AF579933

Prosa oscura romántica

Prosa oscura romántica

Selección, prólogo y notas
E. Ehrendost

Editorial Alastor

Aikin, John [et al.]
Prosa oscura romántica
1ª ed. - Buenos Aires: Editorial Alastor, 2024
192 p.; 19,84 x 12,85 cm.

ISBN 978-987-26668-7-3

1. Literatura de terror 2. Oscuridad I. Aikin, John II. Título
CDD A860

Traducciones: E. Ehrendost
Diseño: E. M. B.

Ilustración de cubierta:
Aguas con cisnes a la luz de la luna
de Ferdinand Keller (1842-1922)

http://editorial-alastor.com.ar
email: info@editorial-alastor.com.ar

Buenos Aires - Argentina

PRÓLOGO

Here is perpetual darkness, and night
even at noon-day. How doleful the solitude!
Not one trace of cheerful society, but sorrow and terror
seem to have made this their dreaded abode.

James Hervey. *Meditations among the Tombs.*

[«Aquí reinan las perpetuas tinieblas y es de noche
incluso al mediodía. ¡Qué soledad tan abrumadora!
Ni un rastro de alegre sociedad; la tristeza y el terror
parecen haber fijado aquí su espantosa morada.»]

Los orígenes de la literatura de horror como tal se encuentran intrínsecamente ligados a la viva inclinación por la oscuridad y el pasado que, entre mediados del siglo XVIII y fines del siglo XIX, prevaleció en una gran parte del mundo de las artes, y que encontró el mayor pico de su auge en la mórbida y melancólica estética del Romanticismo. Y, si bien este acercamiento entre las letras y las temáticas oscuras se dio primero en el campo de la poesía, sería recién su adopción en la prosa lo que marcaría la consolidación del horror como un género literario en sí.

El primer antecedente sobre el que hay que posar la mirada es el de las fúnebres y melancólicas escenas evocadas por los *graveyard poets* (poetas de cementerio), que florecieron entre los años 1720 y 1750, y cuyos principales exponentes fueron Thomas Parnell, Edward Young, Robert Blair, Thomas Gray y James Hervey, autor que en 1746 escribiría ya en prosa sus *Meditations among the Tombs (Meditaciones entre las tumbas)*. El segundo componente en el que hay que reparar es el del súbito auge en suelo británico del medievalismo, una idealizada mirada a la oscura Edad Media que cobró fuerza en la poesía a partir de 1760 y que suscitó la aparición del Ossian de James Macpherson, el Rowley de Thomas Chatterton y la colección de baladas *Reliques of Ancient English Poetry (Reliquias de antigua poesía inglesa)*, reunidas por Thomas Percy en 1765 y entre las que no faltaban piezas de temática fantasmal como «Margaret's Ghost» y «Sweet William's Ghost». Fue en ese clima de época que, en 1764, vio la luz *The Castle of Otranto (El castillo de Otranto)*, de Horace Walpole, obra que se transformaría en la piedra basal del fenómeno de la novela gótica y de toda la subsiguiente literatura de horror. Ambientada en los oscuros recintos de un viejo castillo medieval, la novela incluía numerosos elementos macabros y sobrenaturales que tomaron por asalto la fantasía del período prerromántico y cautivaron a un público que comenzó a buscar escenas de horror con creciente avidez. Los imitadores de Walpole no tardaron, así, en multiplicarse por toda Europa e incluso América, lo cual dio lugar a un sinfín de novelas góticas de entre las cuales hoy es posible destacar *The Old English Baron (El viejo barón inglés)*, de Clara Reeve, publicada en 1778; la inigualable *Vathek*, de William Beckford, escrita en francés en 1782; varias de las de Ann Radcliffe, como *The Mysteries of Udolpho (Los misterios de Udolfo)*, de 1794, o *The Italian (El italiano)*, de 1796; la impiadosa e influyente *The Monk (El monje)*, de Matthew Gregory Lewis, también de 1796; y *Wieland*, de Charles Brockden Brown, aparecida en 1798.

Un buen resumen de toda la estética gótica que reinó en aquel período lo constituye el fragmento inconcluso *Sir Bertrand*, de John Aikin, publicado en 1773 como complemento al ensayo *On the Pleasure Derived from Objects of Terror (Sobre el placer producido por cosas terroríficas)*, escrito por su hermana Anna Letitia Barbauld. Estas dos obras, pioneras en registrar el masivo interés por la literatura de horror, repararon con acierto en muchos de los aspectos y clichés que con el tiempo iban a terminar definiendo el género. En paralelo, el influjo de la poesía de cementerio se mantendría aún vigente hasta las postrimerías del siglo, como lo testimonian los tres macabros diálogos del español José Cadalso publicados en 1790 con el título de *Noches lúgubres*, mientras que el medievalismo poético aún inspiraría numerosas baladas de temática sobrenatural, entre las que es inevitable mencionar los casos de *Lenore* y *Der Wilde Jäger (El cazador salvaje)*, de Gottfried Bürger, aparecidas respectivamente en 1773 y 1786; *Erlkönig (El rey de los elfos)* y *Die Braut von Korinth (La novia de Corinto)*, de Johann Wolfgang von Goethe, obras de 1779 y 1797; *The Rime of the Ancient Mariner (La balada del viejo marinero)*, de Samuel Taylor Coleridge, publicada en 1798; y *Lore Lay (Lorelei)*, escrita por Clemens Brentano en 1800.

Una vez iniciado el Romanticismo, y con los antecedentes tanto de la novela gótica como de la balada sobrenatural, comenzarían a producirse las primeras incursiones en el cuento corto de horror. Tímidos en sus inicios, estos tempranos esfuerzos encontrarían algunos de sus puntos más altos a través de la pluma de autores como el alemán Ludwig Tieck y «el monje» Lewis. Un caso paradigmático lo ofrece la célebre antología germana de relatos de horror publicada en 1810 por Johann August Apel y Friedrich Laun bajo el nombre de *Das Gespensterbuch (El libro de los fantasmas)*, aunque más conocida por su traducción francesa titulada *Fantasmagoriana*, que en 1816 inspiró la competencia de cuentos de terror entre Lord Byron, John Polidori, Percy Bysshe Shelley (que había ya incursionado en la novela gótica con *St. Irvyne* y *Zastrozzi*) y su esposa Mary Wollstonecraft Shelley, competencia que culminó en la aparición en 1818 de *Frankenstein*, la inmortal novela gótica de Mary, y el relato *The Vampyre (El vampiro)*, de Polidori, que marcaría el inicio de toda la subsiguiente literatura vampírica. Otra obra inspirada por esa traducción francesa fue la antología *Infernaliana*, del francés Charles Nodier, publicada en 1822 y que reunía una copiosa serie de breves anécdotas y relatos sobrenaturales, entre los que es posible destacar «El castillo del lago», cuya simpleza es muy representativa del período. Por otro lado, la novela gótica en francés, que había tenido antecedentes como *Le Diable amoureux (El diablo enamorado)*, de Jacques Cazotte, publicada en 1773, o *Manuscrit trouvé à Saragosse (Manuscrito hallado en Zaragoza)*, del conde Jan Potocki, editada en 1805, resurgiría en 1823 de la mano de Victor Hugo y su *Han d'Islande (Han de Islandia)*.

Simultáneamente, tras los relatos fantásticos de Tieck, las novelas góticas de Christian Heinrich Spiess, el clásico *Fausto* de Goethe, cuya primera parte apareció en 1808, y la fabulosa novela *Peter Schlemihls wundersame Geschichte (La maravillosa historia de Peter Schlemihl)*, escrita en 1814 por Adelbert von Chamisso, surgía en Alemania la figura de Ernst Theodor Amadeus Hoffmann, que en lo sucesivo se volvería una influencia definitiva para la literatura fantástica merced a obras como la antología *Nachtstücke (Piezas nocturnas)*, de 1815, que incluía relatos como «El hombre de la arena»; la novela *Die Elixiere des Teufels (Los elixires del Diablo)*, de 1816; y su *Die Serapionsbrüder (Los hermanos de San Serapión)*, extensa colección publicada entre 1819 y 1821 en cuyas páginas podían encontrarse narraciones como «Una historia de fantasmas», «El huésped siniestro» y «Vampirismo». Sus pasos no tardarían demasiado en ser seguidos por otros autores germanos como Ernst Raupach, recordado por su relato vampírico *Laßt die Todten ruhen (Deja a los muertos descansar)*, publicado en 1823.

Al otro lado del Atlántico, los inicios del cuento de horror llegaban de la mano de Washington Irving, que en sus colecciones *The Sketch Book (El libro de bosquejos)*, de 1819, y *Tales of a Traveller (Cuentos de un viajero)*, de 1824, incluía clásicos seminales como «Rip van Winkle», «La leyenda de Sleepy Hollow», «El novio fantasma», «El diablo y Tom Walker» y «La aventura del estudiante alemán». Su más inmediato continuador fue Nathaniel Hawthorne, que pronto enriqueció el género con los relatos de la antología *Twice-Told Tales (Cuentos contados dos veces)* y otros publicados aparte como *La hija de Rappaccini*, *Ethan Brand* o *El joven Goodman Brown*, de 1835. Pero, durante esos mismos años, el cuento corto de horror se estaba viendo ya revolucionado por la aparición de otra figura insoslayable del Romanticismo estadounidense, y cuya influencia en el género se volvería con los años tan determinante como la de Hoffmann: Edgar Allan Poe, quien entre 1832 y 1846 aportó una inmortal seguidilla de títulos entre los que pueden mencionarse gemas como *Morella*, de 1835, *Berenice*, *Ligeia*, *La caída de la casa Usher*, *William Wilson*, *El pozo y el péndulo*, *La máscara de la muerte roja*, *El gato negro*, *El corazón delator*, *El barril de amontillado* y *La verdad sobre el caso del señor Valdemar*.

De vuelta en suelo británico, donde en 1820 la novela gótica había tenido acaso simultáneamente su cumbre y su canto de cisne con la satánica *Melmoth the Wanderer (Melmoth el errabundo)*, del irlandés Charles Maturin, el cuento corto de horror cobraba vigencia mediante los aportes de autores como James Hogg, que sumaba algunos relatos a su novela de 1824 *The Private Memoirs and Confessions of a Justified Sinner (Las memorias y confesiones privadas de un pecador justificado)*; Mary Shelley, que escribía numerosos cuentos góticos; y Walter Scott, que en 1829 publicaba el relato *The Tapestried Chamber (La cámara de los tapices)*, además de su tratado *Letters on Demonology and Witchcraft (Cartas sobre demonología y brujería)*. También es posible mencionar las contribuciones de Thomas de Quincey a la prosa oscura del período mediante *Confessions of an English Opium-Eater (Confesiones de un opiómano inglés)*, de 1821, y *On Murder Considered as One of the Fine Arts (Del asesinato considerado como una de las bellas artes)*, de 1827.

Tras el primer impulso de Nodier y el inevitable influjo de Hoffmann, en Francia el cuento fantástico y de horror experimentaba, entre tanto, un indiscutible apogeo. Algunos casos notables eran los de Théophile Gautier, autor de relatos como *La cafetera*, *Onuphrius*, *El caballero doble* y *La muerta enamorada*; Prosper Mérimée, que destacó con *La Venus de Ille* y *Lokis*; Gérard de Nerval, de quien es inevitable recordar *La mano encantada*; la antología *Contes bruns (Cuentos pardos)*, de 1832, que incluía obras de Charles Rabou, Philarète Chasles y Honoré de Balzac; y Alexandre Dumas padre, que en 1849 publicó la colección de relatos *Les Mille et un fantômes (Los mil y un fantasmas)*.

Finalmente, el cuento de horror sobrenatural y la oscura estética romántica se extendieron por todo el resto de Europa, donde a menudo adquirirían el color folklórico propio de los localismos tan caros al período. Un ejemplo es el del ucraniano Nikolai Gogol, que plasmó tanto su amor por las leyendas y consejas de su país como su mordaz crítica a las costumbres rusas en obras como *Veladas en un caserío de Dikanka*, de 1831, que incluía historias como «La víspera de San Juan», «La noche de mayo», «Terrible venganza» y «Un lugar embrujado»; *Mirgorod*, de 1835, donde destacaba la espeluznante «Viy»; e *Historias de San Petersburgo*, que reunía relatos aparecidos entre 1835 y 1842 como «El retrato», «Diario de un loco» y «El capote». Otro ejemplo lo ofrece el conde ruso Aleksei K. Tolstoi, que introdujo a los vampiros eslavos en la literatura a través de los cuentos *La familia del vurdalak*, de 1839, y *El upiro*, de 1841. Y no menos dignos de mención son los aportes al género fantástico por parte del ruso Ivan Turgueniev, autor de obras como *El sueño* y *Espectros*. En el otro extremo de la Europa continental, donde el Romanticismo literario tuvo un auge más bien tardío, encontramos al español Gustavo Adolfo Bécquer, cuyas *Leyendas*, publicadas entre 1858 y 1865, daban sobradas muestras de oscuridad y horror en obras como «El monte de las ánimas», «La cruz del diablo», «El Miserere» y la arquetípicamente romántica «El rayo de luna», de 1862.

Pero, mientras el Romanticismo agonizaba, nuevas corrientes iban surgiendo, principalmente en Francia, que recogerían toda su esencia y la llevarían a menudo un paso más allá. Una de las principales figuras de este período de cambios y transformaciones fue, sin lugar a dudas, Charles Baudelaire, que a su obra poética, reunida en *Les Fleurs du mal (Las flores del mal)*, sumó invaluables aportes prosísticos como *Les Paradis artificiels (Los paraísos artificiales)*, texto inspirado por De Quincey, sus traducciones de los relatos de Poe y, sobre todo, la popularización del género de la poesía en prosa. A partir de antecedentes como el *Gaspard de la Nuit* (escrito por Aloysius Bertrand en 1842), la colección *Suspiria de Profundis* (obra de De Quincey publicada en 1845) y algunos relatos altamente poéticos de Poe, como *Sombra* y *Silencio*, Baudelaire escribió, entre 1857 y 1864, una serie de viñetas poéticas que serían compiladas póstumamente en la obra *El spleen de París* (también llamada *Pequeños poemas en prosa*) y entre cuyas piezas podrían encontrarse ejemplares de extática belleza melancólica como la presente en «A la una de la madrugada», «Los beneficios de la luna» y «Las viudas». Este género sería inmediatamente explorado por otros autores franceses como Stéphane Mallarmé, Arthur Rimbaud y el Conde de Lautréamont, que en sus malignos *Les Chants de Maldoror (Los cantos de Maldoror)*, de 1868, se volvería tanto un compilador de toda la oscuridad y locura romántica como un precursor del futuro surrealismo.

La huella que, hasta fines del siglo XIX, la estética romántica dejó en el género de horror es manifiesta, y se vuelve fácilmente identificable en incontables autores. Un caso es el del británico Lafcadio Hearn, que, a la manera de Gogol y tantos otros románticos, dio a conocer numerosas leyendas y consejas sobrenaturales de Japón y de China en antologías como *In Ghostly Japan (En el Japón fantasmal)*, de 1899, y *Kwaidan*, de 1904, que incluían obras como «La mujer de la nieve». Otro caso es el del francés Guy de Maupassant, más cercano a la herencia de Poe, que dio curso a todo el horror de sus más exacerbadas alucinaciones en relatos como *La mano*, *Loco*, *Una vendetta*, *¿Quién sabe?* y *El horlá*, de 1886. Pero la lista podría volverse interminable, y sería injusto excluir de ella algunos nombres como los de Frederick Marryat, Wilkie Collins, Charles Dickens, Edward Bulwer-Lytton, W. H. Ainsworth, Henry James, Robert Louis Stevenson, Joseph Sheridan Le Fanu, Bram Stoker, Sabine Baring-Gould, Ambrose Bierce, los colaboradores Erckmann-Chatrian, F. Marion Crawford, Robert W. Chambers, Eric Stenbock y muchos más cuyos ecos e influencia se mantendrían vigentes, de un modo u otro, en casi todo el horror literario de al menos la primera mitad del siglo XX, como puede advertirse en autores como Gustav Meyrink, William Hope Hodgson, Gaston Leroux, Algernon Blackwood, M. R. James, E. F. Benson, H. P. Lovecraft, Robert E. Howard e innumerables más.

Volviendo al Romanticismo, su impronta también se hizo perceptible en muchas de las escuelas literarias que lo sucedieron, como el simbolismo, que a los aportes de Baudelaire, Mallarmé y Rimbaud sumó los de Villiers de L'Isle Adam, con sus numerosos cuentos crueles, Maurice Maeterlinck, con su oscura *Pelléas et Mélisande*, y más; el surrealismo, que a Lautréamont añadió nombres como el del pintor Alfred Kubin, autor de la novela *Die andere Seite (El otro lado)*; el expresionismo, que contó con crudas obras como *Lázaro*, del ruso Leonid Andreiev; y el decadentismo, que quizás fue el movimiento que más cerca se mantuvo del hilo que conduce de la novela gótica a Poe y Baudelaire. Esta singular escuela estética, que exaltaba la fantasía y la artificiosidad en abierta oposición a las vulgares y groseras fealdades defendidas por el realismo y el naturalismo, legó a la posteridad inmortales obras de mórbida belleza de entre las que se destacan las inigualables novelas del francés Joris-Karl Huysmans *À rebours (Al revés)*, de 1884, y *Là-bas (Allá lejos)*, de 1891, así como el drama *Salomé*, de Oscar Wilde, publicado en 1893, títulos a los que podrían sumarse muchas otras gemas de autores como Aubrey Beardsley, Remy de Gourmont, Gabriele D'Annunzio, Octave Mirbeau e incluso de posteriores escritores principalmente inclinados al horror como Arthur Machen, M. P. Shiel y Clark Ashton Smith.

En suma, este volumen, que nos llevará de los albores de la novela gótica a las obras más representativas del decadentismo, se detiene en apenas algunos exiguos puntos de un acervo vastísimo e inabarcable como lo es el de las oscuras obras en prosa que prefiguraron el Romanticismo, surgieron durante su apogeo o recibieron de alguna manera su influjo. El lector podrá luego, según sus inclinaciones, explorar más a fondo los inagotables caminos de ese corpus literario que reclamen especialmente su interés a partir de lo apenas entrevisto entre las melancólicas y terroríficas piezas reunidas en esta módica antología, que no ofrece sino breves e insuficientes destellos de un inmenso universo pletórico de oscuridad, misterio, locura y horror.

E. Ehrendost

Prosa oscura romántica

John Aikin

Sir Bertrand

UN FRAGMENTO

ir Bertrand dirigió su corcel hacia las escabrosas colinas con la esperanza de poder atravesar esos siniestros parajes antes del toque de queda. Pero, cuando todavía no había hecho la mitad del recorrido, una encrucijada de caminos lo desorientó, por lo que, no pudiendo alcanzar con la vista nada fuera del yermo páramo que lo circundaba, terminó indeciso sobre qué dirección tomar. En ese trance lo sorprendió la noche. Era una de esas noches en que la luna apenas derrama una débil claridad a través de las espesas nubes negras de un cielo encapotado. De cuando en cuando emergía con todo su esplendor de entre esos velos, pero al instante volvía a ocultarse tras ellos, apenas permitiendo al extraviado sir Bertrand escudriñar aquel vasto paisaje desolado. Por un tiempo, la esperanza y el valor nato lo impulsaron a seguir adelante, pero, finalmente, la creciente oscuridad y la fatiga corporal y mental lo vencieron. Temiendo moverse del lugar en el que se hallaba, por miedo a caer en algún pozo o pantano invisible a sus ojos, desmontó de su caballo y, abrumado, se tendió en el suelo.

No había permanecido mucho tiempo en esa posición cuando sus oídos se vieron asaltados por el lúgubre tañido de una campana distante. Se incorporó y, volviéndose hacia el sonido, percibió el débil centelleo de una luz mortecina. Tomó de inmediato las bridas de su corcel y, con paso cauteloso, avanzó hacia el resplandor. Tras una penosa marcha, se topó con un foso fortificado que rodeaba el lugar del cual procedía la luz, y, entonces, la momentánea aparición de la luna le permitió vislumbrar una enorme mansión antigua con torrecillas en las esquinas y un amplio pórtico en el centro. Por todas partes se advertían las ostensibles huellas de los estragos del tiempo: el techo habíase desmoronado en varios sitios, las almenas estaban parcialmente derruidas y las ventanas encontrábanse rotas y desmanteladas. Un puente levadizo, con un ruinoso portal en cada extremo, conducía al patio delantero del edificio. No bien sir Bertrand lo cruzó, la luz, que surgía de la ventana de una de las torrecillas, menguó hasta desaparecer de la vista. Simultáneamente, la luna se ocultó detrás de una nube negra y la noche se puso más oscura que nunca. Todo estaba en silencio.

Sir Bertrand ató su corcel bajo un cobertizo y, acercándose a la casa, recorrió de punta a punta su fachada con lentos pasos. Reinaba un silencio de muerte. Miró por las ventanas más bajas, pero no pudo distinguir ni un solo objeto a través de las impenetrables tinieblas. Tras una breve deliberación, ingresó al pórtico y, tomando la pesada aldaba de hierro, la levantó, vaciló unos instantes y, por último, descargó un sonoro golpe. El ruido resonó por toda la mansión con ecos sepulcrales. De nuevo se hizo el silencio. Repitió el golpe con más firmeza y estrépito, a lo que siguió otra pausa. Por tercera vez llamó, y por tercera vez el silencio se adueñó de todo. Retrocedió entonces un trecho para verificar si alguna luz era visible en algún punto de la fachada. Vio de nuevo el resplandor de antes en el mismo lugar, pero rápidamente se desvaneció como la vez anterior, y en ese preciso instante un profundo y siniestro tañido surgió de la torrecilla.

Por un momento, sir Bertrand se quedó paralizado y sintió que su corazón, atenazado por el miedo, se detenía. Luego, el terror lo indujo a correr unos pasos hacia su montura, mas la vergüenza detuvo su huida. Entonces, apremiado por el honor y un irresistible deseo de poner fin a su aventura, regresó al pórtico. Recobrando todo su valor y resolución, con una mano desenvainó su espada y con la otra tomó el picaporte de la puerta. Los pesados batientes, rechinando en sus goznes, opusieron resistencia a su mano, por lo que empujó con su hombro hasta lograr abrirlos. Apenas traspuso el umbral, la puerta se cerró a sus espaldas con un estrepitoso golpe seco. La sangre de sir Bertrand se heló en sus venas. Se volvió para buscar la puerta. Sus trémulas manos tardaron un tiempo en encontrarla, pero ni aun usando todas sus fuerzas logró abrirla de nuevo. Tras varios intentos infructuosos, miró a sus espaldas y observó, sobre una gran escalera al otro lado de la estancia, una pálida llama azulada que difundía un tétrico resplandor. Haciendo nuevamente acopio de valor, se dirigió hacia la luz, pero esta se alejó.

Llegó al pie de la escalera y, tras unos instantes de vacilación, comenzó a ascender lentamente en pos de la llama, que se alejaba de él. Llegó finalmente a un largo corredor. La llama flotó hasta el otro extremo, y él la siguió mudo de espanto, pisando con cautela pues lo sobresaltaban los ecos de sus propios pasos. Por último, la llama lo condujo al pie de otra escalera y desapareció. En ese preciso instante, de la torrecilla brotó un nuevo tañido que hizo estremecer su corazón. Encontrándose completamente a oscuras, extendió sus brazos y comenzó a subir a tientas por la segunda escalera. Entonces, su mano izquierda sintió el contacto de otra mano, mortalmente helada, que lo sujetó firmemente y lo arrastró hacia delante. En vano trató de desasirse, por lo que procedió a arrojar un furioso golpe con su espada. En el acto, un horrísono chillido atravesó sus oídos y la mano helada quedó inerte en la suya. La dejó caer y se precipitó hacia arriba con desesperado arrojo.

Los escalones de la escalera de caracol eran angostos y estaban llenos de grietas y de sueltos fragmentos de piedra. La escalera se estrechaba cada vez más, hasta que por último terminó en una pequeña verja de hierro que sir Bertrand abrió de un empujón. Daba a un pasadizo intrincado y sinuoso cuya altura no permitía otra opción más que la de arrastrarse sobre manos y rodillas. Un resplandor mortecino revelaba la naturaleza del lugar. Sir Bertrand se introdujo y escuchó un gemido profundo y sepulcral resonando a lo lejos en la bóveda. Comenzó a avanzar y, tras ganar el primer recodo, volvió a discernir aquella llama azulada que lo había conducido allí. Una vez más, la siguió. Súbitamente, el pasadizo desembocó en un elevado corredor en el medio del cual se erguía una figura, completamente armada, que, con terrible ceño y aspecto amenazante, blandía una espada en una mano y agitaba violentamente su otro brazo, que terminaba en un sangriento muñón.

Impávido, sir Bertrand se lanzó hacia delante y le asestó un feroz golpe a la aparición, que en el acto dejó caer una pesada llave de hierro y se evaporó. La llama se mantenía ahora estacionaria frente a una enorme puerta al final del corredor. Sir Bertrand caminó hasta ella, introdujo la llave en la cerradura de bronce y la hizo girar con dificultad. La puerta se abrió de inmediato y reveló un vasto aposento, al fondo del cual reposaba un ataúd con una vela ardiendo a cada lado. A lo largo de los muros de la estancia se veían gigantes estatuas de mármol negro que, ataviadas a la usanza morisca, sostenían enormes sables en sus manos derechas. Apenas el caballero entró, cada una de ellas elevó su brazo y dio un paso al frente, la tapa del féretro se abrió y la campana de la torrecilla tocó a difuntos. La llama aún avanzaba, y sir Bertrand la siguió resueltamente hasta llegar a unos seis pasos del ataúd. Entonces, repentinamente, se alzó de este una dama cubierta por un sudario y un velo negro, extendiendo sus brazos hacia él, al tiempo en que las estatuas batían sus sables y se le acercaban.

Sir Bertrand se abalanzó hacia la dama y la estrechó entre sus brazos; ella se levantó el velo y lo besó en la boca. En ese instante, todo el edificio comenzó a temblar, como sacudido por un terremoto, y a derrumbarse en medio de un horrible estruendo. El caballero cayó en un trance y, al volver en sí, se encontró recostado en un sofá de terciopelo en la habitación más suntuosa que jamás hubiese visto, iluminada por innumerables velas que reposaban sobre arañas de cristal puro. Un opíparo festín se hallaba dispuesto en el medio de la estancia. A los sones de una dulce música, las puertas se abrieron y entró una dama de incomparable belleza, ataviada con inefable esplendor, seguida por una tropa de alegres ninfas más bellas que las gracias[1]. La dama avanzó ha-

[1] Las tres gracias o cárites de la mitología griega eran Eufrósine, la alegría; Aglaye, la belleza; y Talía, la abundancia.

cia el caballero y, cayendo de rodillas ante él, le agradeció su liberación. Las ninfas ciñeron entonces su cabeza con una guirnalda de laurel, y la dama lo condujo de la mano hasta el banquete, donde tomó asiento a su lado. El resto de la mesa fue ocupado por las ninfas, y, a los sones de una deliciosa música, una larga procesión de criados entró a servirles. Sir Bertrand, mudo de asombro, sólo atinaba a devolver las atenciones con miradas y gestos corteses.

José Cadalso

Noches lúgubres

(NOCHE PRIMERA)

EDIATO.— ¡Qué noche! La oscuridad, el silencio pavoroso, interrumpido por los lamentos que se oyen en la vecina cárcel, completan la tristeza de mi corazón. El cielo también se conjura contra mi quietud, si alguna me quedara. El nublado crece. La luz de esos relámpagos... ¡qué horrorosa! Ya truena. Cada trueno es mayor que el que le antecede y parece producir otro más cruel. El sueño, dulce intervalo en las fatigas de los hombres, se turba. El lecho conyugal, teatro de delicias; la cuna en que se cría la esperanza de las casas; la descansada cama de los ancianos venerables: todo se inunda en llanto... todo tiembla. No hay hombre que no se crea mortal en este instante... ¡Ay, si fuese el último de mi vida, cuán grato sería para mí! ¡Cuán horrible ahora!, ¡cuán horrible! Pero más lo fue el día, el triste día que fue causa de la escena en que ahora me hallo.

»Lorenzo no viene. ¿Vendrá, acaso? ¡Cobarde! ¿Le espantará este aparato que Naturaleza le ofrece? No ve lo interior de mi corazón... ¡cuánto más se horrorizaría! ¿Acaso la esperanza del premio le traerá? Sin duda... el dinero... ¡Ay, dinero, lo que puedes! Un pecho sólo se te ha resistido... y ya no existe. Ya tu dominio es absoluto... ya no existe el solo pecho que se te ha resistido.

»Las dos están al caer... esta es la hora de cita para Lorenzo. ¡Memoria!, ¡triste memoria!, ¡cruel memoria! Más tempestades formas en mi alma que esas nubes en el aire. También esta es la hora en que yo solía pisar estas mismas calles en otros tiempos muy diferentes de estos. ¡Cuán diferentes! Desde aquellos a estos todo ha mudado en el mundo... todo menos yo.

»¿Acaso será de Lorenzo aquella luz trémula y triste que descubro? Suya será. ¿Quién sino él, y en este lance y por tal premio, saldría de su casa? Él es. El rostro pálido, flaco, sucio, barbado y temeroso; el azadón y pico que trae al hombro; el vestido lúgubre; las piernas desnudas; los pies descalzos, que pisan con turbación: todo me indica ser Lorenzo, el sepulturero del templo, aquel bulto cuyo encuentro horrorizaría a quien le viese. Él es, sin duda. Se acerca. Desembózome y le enseño mi luz. Ya llega. ¡Lorenzo! ¡Lorenzo!

LORENZO.— Yo soy. Cumplí mi palabra. Cumple ahora tú la tuya: ¿el dinero que me prometiste?

TEDIATO.— Aquí está. ¿Tendrás valor para proseguir la empresa, como me lo has ofrecido?

LORENZO.— Sí, porque tú también pagas el trabajo.

TEDIATO.— ¡Interés, único móvil del corazón humano! Aquí tienes el dinero que te prometí. Todo se hace fácil cuando el premio es seguro; pero el premio es justo una vez ofrecido.

LORENZO.— ¡Cuán pobre seré cuando me atreví a prometerte lo que voy a cumplir! ¡Cuánta miseria me oprime! Piénsala tú, y yo... harto haré en llorarla. Vamos.

TEDIATO.— ¿Traes la llave del templo?

LORENZO.— Sí; esta es.

TEDIATO.— La noche es tan oscura y espantosa.

LORENZO.— Y tanto, que tiemblo y no veo.

TEDIATO.— Pues dame la mano y sigue; te guiaré y te esforzaré.

LORENZO.— En treinta y cinco años que soy sepulturero, sin dejar un solo día de enterrar alguno o algunos cadáveres, nunca he trabajado en mi oficio hasta ahora con horror.

TEDIATO.— Es que en ello me vas a ser útil; por eso te quita el cielo la fuerza del cuerpo y del ánimo. Esta es la puerta.

LORENZO.— ¡Que tiemble yo!

TEDIATO.— Anímate... Imítame.

LORENZO.— ¿Qué interés tan grande te mueve a tanto atrevimiento? Paréceme cosa difícil de entender.

TEDIATO.— Suéltame el brazo. Como me lo tienes asido con tanta fuerza, no me dejas abrir con esta llave... Ella parece también resistirse a mi deseo... Ya abre, entremos.

LORENZO.— Sí, entremos. ¿He de cerrar por dentro?

TEDIATO.— No: es tiempo perdido y nos pudieran oír. Entorna solamente la puerta porque la luz no se vea desde fuera si acaso pasa alguno... alguno tan infeliz como yo, pues de otro modo no puede ser.

LORENZO.— He enterrado por mis manos tiernos niños, delicias de sus madres; mozos robustos, descanso de sus padres ancianos; doncellas hermosas, envidiadas de las que quedaban vivas; hombres en lo fuerte de su edad, y colocados en altos empleos; viejos venerables, apoyos del Estado... y nunca temblé. Puse sus cadáveres entre otros muchos ya corruptos; rasgué sus vestiduras en busca de alguna alhaja de valor; apisoné con fuerza y sin asco sus fríos miembros; rompiles las cabezas y huesos; cubrilos de polvo, ceniza, gusanos y podre, sin que mi corazón palpitase... y ahora, al pisar estos umbrales, me caigo... al ver el reflejo de esa lámpara, me deslumbro... al tocar esos mármoles, me hielo... Me avergüenzo de mi flaqueza: no la refieras a mis compañeros. ¡Si lo supieran, harían mofa de mi cobardía!

Tediato.— Más harían de mí los míos al ver mi arrojo. ¡Insensatos! ¡Qué poco saben!... ¡Ah, me serían tan odiosas por su dureza como yo sería necio en su concepto por mi pasión!

Lorenzo.— Tu valor me alienta. Mas ¡ay, nuevo espanto! ¿Qué es aquello? Presencia humana tiene... Crece conforme nos acercamos... Otro fantasma más le sigue... ¿Qué será? Volvámonos mientras podemos: no desperdiciemos las pocas fuerzas que aún nos quedan. Si aún conservamos algún valor, válganos para huir.

Tediato.— ¡Necio! Lo que te espanta es tu misma sombra con la mía, que nacen de la postura de nuestros cuerpos respecto de aquella lámpara. Si el otro mundo abortase esos prodigiosos entes a quienes nadie ha visto, y de quienes todos hablan, serían el bien o el mal que nos traerían siempre inevitables. Nunca los he hallado; los he buscado.

Lorenzo.— Si los vieras...

Tediato.— Aún no creería a mis ojos. Juzgara tales fantasmas monstruos producidos por una fantasía llena de tristeza. ¡Fantasía humana, fecunda sólo en quimeras, ilusiones y objetos de terror! La mía me los ofrece tremendos en estas circunstancias... Casi bastan a apartarme de mi empresa.

Lorenzo.— Eso dices porque no los has visto; si los vieras, temblaras aún más que yo.

Tediato.— Tal vez en aquel instante, pero en el de la reflexión me aquietara. Si no tuviese miedo de malgastar estas pocas horas, las más preciosas de mi vida y tal vez las últimas de ella, te contara con gusto cosas capaces de sosegarte... pero dan las dos. ¡Qué sonido tan triste el de esa campana! El tiempo urge. Vamos, Lorenzo.

Lorenzo.— ¿A dónde?

Tediato.— A aquella sepultura; sí, a abrirla.

Lorenzo.— ¿A cuál?

Tediato.— A aquella.

Lorenzo.— ¿A cuál? ¿A aquella humilde y baja? Pensé que querías abrir aquel monumento alto y ostentoso, donde enterré pocos días ha al duque de Faustotimbrado, que había sido muy hombre de palacio y, según sus criados me dijeron, había tenido en vida el manejo de cosas grandes. Figuróseme que la curiosidad o interés te llevaba a ver si encontrabas algunos papeles ocultos, que tal vez se enterrasen con su cuerpo. He oído, no sé dónde, que ni aun los muertos están libres de las sospechas y aun envidias de los cortesanos.

Tediato.— Tan despreciables son para mí muertos como vivos, en el sepulcro como en el mundo, podridos como triunfantes, llenos de gusanos como rodeados de aduladores... No me distraigas... Vamos, te digo otra vez, a nuestra empresa.

Lorenzo.— No, pues al túmulo inmediato a ese, y donde yace el famoso indiano, tampoco tienes que ir; porque, aunque en su muerte no se le halló la menor parte del caudal que se le suponía, me consta que no enterró nada consigo, pues registré su cadáver: no se halló siquiera un doblón en su mortaja.

TEDIATO.— Tampoco vendría yo de mi casa a su tumba por todo el oro que él trajo de la infeliz América a la tirana Europa.

LORENZO.— Sí será, pero no extrañaría yo que vinieses en busca de su dinero. Es tan útil en el mundo...

TEDIATO.— Poca cantidad, sí, es útil, pues nos alimenta, nos viste y nos da las pocas cosas necesarias a la breve y mísera vida del hombre; pero mucha es dañosa.

LORENZO.— ¡Vaya! ¿Y por qué?

TEDIATO.— Porque fomenta las pasiones, engendra nuevos vicios y, a fuerza de multiplicar delitos, invierte todo el orden de la Naturaleza; y lo bueno se sustrae de su dominio sin el fin dichoso. Con él no pudieron arrancarme mi dicha. ¡Ay! Vamos.

LORENZO.— Sí, pero antes de llegar allá hemos de tropezar con aquella otra sepultura, y se me eriza el pelo cuando paso junto a ella.

TEDIATO.— ¿Por qué te espanta esa más que cualquiera de las otras?

LORENZO.— Porque murió de repente el sujeto que en ella se enterró. Esas muertes repentinas me asombran.

TEDIATO.— Debiera asombrarte el poco número de ellas. Un cuerpo tan débil como el nuestro, agitado por tantos humores, compuesto de tantas partes invisibles, sujeto a tan frecuentes movimientos, lleno de tantas inmundicias, dañado por nuestros desórdenes y, lo que es más, movido por un alma ambiciosa, envidiosa, vengativa, iracunda, cobarde y esclava de tantos tiranos... ¿qué puede durar?, ¿cómo puede durar? No sé cómo vivimos. No suena campana que no me parezca tocar a muerto... A ser yo ciego, creería que el color negro era el único de que se visten... ¡Cuántas veces muere un hombre de un aire que no ha movido la trémula llama de una lámpara! ¡Cuántas de un agua que no ha mojado la superficie de la tierra! ¡Cuántas de un sol que no ha entibiado una fuente! ¡Entre cuántos peligros camina el hombre el corto trecho que hay de la cuna al sepulcro! Cada vez que siento el pie, me parece hundirse el suelo, preparándome una sepultura... Conozco dos o tres hierbas saludables; las venenosas no tienen número. Sí, sí... el perro me acompaña, el caballo me obedece, el jumento lleva la carga... ¿y qué? El león, el tigre, el leopardo, el oso, el lobo e innumerables otras fieras nos prueban nuestra flaqueza deplorable.

LORENZO.— Ya estamos donde deseas.

TEDIATO.— Mejor que tu boca me lo dice mi corazón. Ya piso la losa que he regado tantas veces con mi llanto y besado tantas veces con mis labios. Esta es. ¡Ay, Lorenzo! Hasta que me ofreciste lo que ahora me cumples, ¡cuántas tardes he pasado junto a esta piedra, tan inmóvil como si parte de ella fuesen mis entrañas! Más que sujeto sensible, parecía yo estatua, emblema del dolor. Entre otros días, uno se me pasó sobre ese banco. Los que cuidan de este templo varias veces me habían sacado del letargo, avisándome ser la hora en que se cerraban las puertas. Aquel día olvidaron su obligación y mi delirio: fuéronse y me dejaron. Quedé en aquellas sombras, rodeado de sepulcros, tocando imágenes de muerte, envuelto en tinieblas, y sin respirar apenas, sino los cortos ratos que la congoja me permitía, cubierta mi fantasía cual si fuera con un negro manto de densísima tristeza. En uno de estos amargos intervalos, yo vi, no lo dudes, yo vi salir de un hoyo inmediato a ese un ente que se movía. Resplandecían sus ojos con el reflejo de esa lámpara, que ya iba a extinguirse. Su color era blanco, aunque algo ceniciento. Sus pasos eran pocos, pausados y dirigidos a mí... Dudé... me llamé cobarde... me levanté... y fui a encontrarle... El bulto proseguía... y al ir a tocarle yo, y él a mí... Óyeme...

LORENZO.— ¿Qué hubo, pues?

TEDIATO.— Óyeme... Al ir a tocarle yo, y el horroroso bulto a mí, en aquel lance de tanta confusión... apagose del todo la luz.

LORENZO.— ¿Qué dices? ¿Y aún vives?

TEDIATO.— Y viviré, pues no morí entonces. Escucha...

LORENZO.— Sí, y con grande atención. En aquel apuro, ¿qué hiciste?, ¿qué pudiste hacer?

TEDIATO.— Me mantuve en pie, sin querer perder el terreno que había ganado a costa de tanto arrojo y valentía. Era invierno. Las doce serían cuando se esparció la oscuridad por el templo. Oí la una... las dos... las tres... las cuatro... siempre en pie, haciendo el oído el oficio de la vista.

LORENZO.— ¿Qué oíste? Acaba, que me estremezco.

TEDIATO.— Oí una especie de resuello no muy libre. Procurando tentar, conocí que el cuerpo del bulto huía de mi tacto. Mis dedos parecían mojados en sudor frío y asqueroso; y no hay especie de monstruo, por horrendo, extravagante e inexplicable que sea, que no se me presentase. Pero ¿qué es la razón humana si no sirve para vencer a todos los objetos y aun a sus mismas flaquezas? Vencí todos estos espantos; pero la primera impresión que hicieron, el llanto derramado antes de la aparición, la falta de alimento, la frialdad de la noche y el dolor que tantos días antes rasgaba mi corazón me pusieron en tal estado de debilidad, que caí desmayado en el mismo hoyo de donde había salido el objeto terrible. Allí me hallé por la mañana en brazos de muchos concurrentes piadosos que habían acudido a dar al Criador las alabanzas y cantar los himnos acostumbrados. Lleváronme a mi casa, de donde volví en breve al mismo puesto. Aquella misma tarde hice conocimiento contigo y me prometiste lo que ahora vas a finalizar.

LORENZO.— Pues esa misma tarde eché de menos en casa (poco te importará lo que voy a decirte, pero para mí es el asunto de más importancia), eché de menos un mastín que suele acompañarme, y no apareció hasta el día siguiente. ¡Si vieras qué ley me tiene! Suele entrarse conmigo en el templo, y, mientras hago la sepultura, no se aparta de mí un instante. Mil veces, tardando en venir los entierros, lo he solido dejar echado sobre mi capa, guardando la pala, el azadón y demás trastos de mi oficio.

TEDIATO.— No prosigas, me basta lo dicho. Aquella tarde no se hizo el entierro. Te fuiste, el perro se durmió dentro del hoyo mismo. Entrada ya la noche, despertó, nos encontramos solos él y yo en la iglesia (¡mira qué causa tan trivial para un miedo tan fundado al parecer!), no pudo salir entonces, y lo ejecutaría al abrir las puertas y salir el sol, lo que yo no pude ver por causa de mi desmayo.

LORENZO.— Ya he empezado a alzar la losa de la tumba. Pesa infinito. ¿Acaso verás en ella a tu padre? Mucho cariño le tienes cuando por verle pasas una noche tan dura. ¡Pero el amor de hijo! Mucho merece un padre.

TEDIATO.— ¡Un padre! ¿Por qué? Nos engendran por su gusto, nos crían por obligación, nos educan para que los sirvamos, nos casan para perpetuar sus nombres, nos corrigen por caprichos, nos desheredan por injusticia, nos abandonan por vicios suyos.

LORENZO.— Será tu madre. Mucho debemos a una madre.

TEDIATO.— Aún menos que al padre. Nos engendran también por su gusto, tal vez por su incontinencia, nos niegan el alimento de la leche que Naturaleza les dio para este único y sagrado fin, nos vician con su mal ejemplo, nos sacrifican a sus intereses, nos hurtan las caricias que nos deben y las depositan en un perro o en un pájaro.

LORENZO.— ¿Algún hermano tuyo te fue tan unido que vienes a visitar los huesos?

TEDIATO.— ¿Qué hermano conocerá la fuerza de esta voz? Un año más de edad, algunas letras de diferencia en el nombre, igual esperanza de gozar un bien de dudoso derecho y otras cosas semejantes imprimen en los hermanos tal odio que parecen fieras de distintas especies y no frutos de un vientre mismo.

LORENZO.— Ya caigo en lo que puede ser: aquí yace sin duda algún hijo que se te moriría en lo más tierno de su edad.

TEDIATO.— ¡Hijos! ¡Sucesión! Este, que antes era tesoro con que Naturaleza regalaba a sus favorecidos, es hoy un azote con que no debiera castigar sino a los malvados. ¿Qué es un hijo? Sus primeros años, un retrato horrendo de la miseria humana: enfermedad, flaqueza, estupidez, molestia y asco... Los siguientes años, un dechado de los vicios de los brutos, poseídos en más alto grado: lujuria, gula, inobediencia... Más adelante, un pozo de horrores infernales: ambición, soberbia, envidia, codicia, venganza, traición y malignidad... Pasando de ahí, ya no se mira el hombre como hermano de los otros, sino como a un ente supernumerario en el mundo. Créeme, Lorenzo, créeme. Tú sabrás cómo son los muertos, pues son el objeto de tu trato... yo sé lo que son los vivos. Entre ellos me hallo con demasiada frecuencia. Estos son... no... no hay otros: todos a cual peor. Y yo sería peor que todos ellos si me hubiera dejado arrastrar de sus ejemplos.

LORENZO.— ¡Qué cuadro el que pintas!

TEDIATO.— La Naturaleza es el original; no la adulo, pero tampoco la agravio. No te canses, Lorenzo: nada significan esas voces que oyes de padre, madre, hermano, hijo y otras tales; y si significan el carácter que vemos en los que así se llaman, no quiero ser ni tener hijo, hermano, padre, madre, ni me quiero a mí mismo, pues algo he de ser de todo esto.

LORENZO.— No me queda que preguntarte más que una cosa; y es, a saber, si buscas el cadáver de algún amigo.

TEDIATO.— ¿Amigo? ¿Eh? ¿Amigo? ¡Qué necio eres!

LORENZO.— ¿Por qué?

TEDIATO.— Sí; necio eres, y mereces compasión, si crees que esa voz tenga el menor sentido. ¡Amigos! ¡Amistad! Esa virtud sola haría feliz a todo el género humano. Desdichados son los hombres desde el día que la desterraron o que ella los abandonó. Su falta es el origen de todas las turbulencias de la sociedad. Todos quieren parecer amigos; nadie lo es. En los hombres la apariencia de la amistad es lo que en las mujeres el afeite y composturas. Belleza fingida y engañosa... nieve que cubre un muladar... Darse las manos y rasgarse los corazones: esta es la amistad que reina. No te canses: no busco el cadáver de persona alguna de los que puedes juzgar. Ya no es cadáver.

LORENZO.— Pues si no es cadáver, ¿qué buscas? Acaso tu intento sería hurtar las alhajas del templo, que se guardan en algún subterráneo cuya puerta se te figura ser la losa que empiezo a levantar.

TEDIATO.— Tu inocencia te sirva de excusa. Queden en buena hora esas alhajas establecidas por la piedad, aumentadas por la superstición de los pueblos y atesoradas por la codicia de los ministros del altar.

LORENZO.— No te entiendo.

TEDIATO.— Ni conviene. Trabaja con más brío.

LORENZO.— Ayúdame: mete ese otro pico por allí y haz fuerza conmigo.

TEDIATO.— ¿Así?

LORENZO.— Sí, de este modo. Ya va en buen estado.

TEDIATO.— ¿Quién me diría, dos meses ha, que me había de ver en este oficio? Pasáronse más aprisa que el sueño, dejándome sólo tormento al despertar, y desaparecieronse como humo que deja las llamas abajo y se pierde en el aire. ¿Qué haces, Lorenzo?

LORENZO.— ¡Qué olor! ¡Qué peste sale de la tumba! No puedo más.

TEDIATO.— ¡No me dejes, no me dejes, amigo, yo solo no soy capaz de mantener esta piedra!

LORENZO.— La abertura que forma ya da lugar para que salgan esos gusanos que se ven con la luz de mi farol.

TEDIATO.— ¡Ay, qué veo! Todo mi pie derecho está cubierto de ellos. ¡Cuánta miseria me anuncian! ¡En estos, ay, en estos se ha convertido tu carne! ¡De tus hermosos ojos se han engendrado estos vivientes asquerosos! ¡Tu pelo, que en lo fuerte de mi pasión llamé mil veces no sólo más rubio, sino más precioso que el oro, ha producido esta podre! ¡Tus blancas manos, tus labios amorosos se han vuelto materia y corrupción! ¡En qué estado estarán las tristes reliquias de tu cadáver! ¡A qué sentido no ofenderá la misma que fue el hechizo de todos ellos!

LORENZO.— Vuelvo a ayudarte, pero me vuelca ese vapor... Ahora empieza. Más, más... ¡Qué!, ¿lloras? No pueden ser sino lágrimas tuyas las gotas que me caen en las manos. ¡Sollozas! ¡No hablas! Respóndeme.

TEDIATO.— ¡Ay! ¡Ay!

LORENZO.— ¿Qué tienes? ¿Te desmayas?

TEDIATO.— No, Lorenzo.

LORENZO.— Pues habla. Ahora caigo en quién es la persona que se enterró aquí... ¿Eras pariente suyo? No dejes de trabajar por eso: la losa está casi vencida, y por poco que ayudes la volcaremos, según vemos. Ahora, ahora... ¡Ay!

TEDIATO.— Las fuerzas me faltan.

LORENZO.— Perdimos lo adelantado.

TEDIATO.— Ha vuelto a caer.

LORENZO.— Y el sol va saliendo, de modo que estamos en peligro de que vayan viniendo las gentes y nos vean.

TEDIATO.— Ya han saludado al Criador algunas campanas de los vecinos templos con el toque matutino. Sin duda lo habrán ya ejecutado los pájaros en los árboles con música más natural, más inocente y, por tanto, más digna. En fin, ya se habrá desvanecido la noche. Sólo mi corazón aún permanece cubierto de densas y espantosas tinieblas. Para mí nunca sale el sol. Las horas todas se pasan en igual oscuridad para mí. Cuantos objetos veo en lo que llaman día son a mi vista fantasmas, visiones y sombras cuando menos; algunos son furias infernales.

»Razón tienes. Podrán sorprendernos. Esconde ese pico y ese azadón. No me faltes mañana a la misma hora y en el propio puesto. Tendrás menos miedo, menos tiempo se perderá. Vete, te voy siguiendo.

»Objeto antiguo de mis delicias... ¡hoy objeto de horror para cuantos te vean! Montón de huesos asquerosos... ¡en otros tiempos conjunto de gracias! ¡Oh, tú, ahora imagen de lo que yo seré en breve! Pronto volveré a tu tumba, te llevaré a mi casa, descansarás en un lecho junto al mío, morirá mi cuerpo junto a ti, ¡cadáver adorado!, expirando incendiaré mi domicilio... y tú y yo nos volveremos ceniza en medio de las de la casa.

Charles Nodier

El castillo del lago

avegando una vez por el lago de Ginebra pude ver, al pasar por delante de un castillo abandonado, cómo el terror ensombrecía de pronto el semblante de mi barquero, que de inmediato comenzó a remar con todas sus fuerzas para alejarse de aquel lugar.

—¿Qué te sucede? —le pregunté.

—¡Ah, señor, permítame huir lo antes posible! ¡Vea aquel fantasma que me amenaza desde una de las ventanas!

En efecto, al mirar vi una figura que realizaba gestos amenazantes.

—¡Esto sí que es interesante! ¿Puedes contarme qué cosas extraordinarias son las que suceden en ese castillo?

—Señor —comenzó el barquero—, tiempo atrás yo era un pescador muy intrépido. Mis amigos me repetían una y otra vez: "Honoré, no te acerques al viejo castillo; aunque los peces sean muy abundantes en esa zona, no te dejes tentar, pues todas las almas del otro mundo habitan allí". Pero yo despreciaba sus conejos y, como veía a diario mis redes bien llenas, regresaba todos los días a aquel nefasto lugar. Había visto en numerosas ocasiones a los aparecidos, pero me burlaba de ellos y, desde mi barca, desafiaba a todos los espectros.

»Una noche, ¡noche funesta!, estaba sacando mi red cuando vi a un fantasma espantoso deslizándose sobre el lago. No me asusté en lo más mínimo, y tomé mi remo para repeler a la aparición (la misma que usted acaba de ver), pero, ¡oh, horror!, el monstruo agitó entonces su brazo e hizo surgir una llama que iluminó todo el lago. En ese mismo instante, mi barca se llenó de reptiles. El fuego brotaba de su boca, de sus fosas nasales y de sus ojos, y su voz se asemejaba al trueno. Tomó entonces mi barca con una mano vigorosa y, en un abrir y cerrar de ojos, la hizo desaparecer. Mientras toda mi pequeña fortuna se desvanecía, escuché al fantasma decir:

»—¡Temerario, el Infierno espera por ti! ¡Que este ejemplo enseñe a los débiles humanos a no desafiar jamás a los espíritus infernales!

»Mientras tanto, yo nadaba con todas mis fuerzas sin saber hacia dónde iba. Por fortuna para mí, un pescador me recogió de las aguas, me devolvió a la vida (pues había caído casi muerto en su barca) y me llevó de vuelta a mi hogar. ¡Ay!, yo me había salvado, pero lo había perdido todo: mi barca, mis redes y a mi pequeño hermano. Eso es lo que me sucedió, señor, y la razón por la que ahora no me acerco jamás a ese castillo maldito si no es por una orden expresa de los viajeros que transporto. Desde entonces, llevo una triste existencia como criado, mientras que antes me ganaba bien la vida y la de mi pobre familia.

—Amigo mío, lamento mucho tu desgracia. Sin embargo, quiero ir a ver ese espectro.

—¡El Cielo lo guarde, señor! ¡No volverá de allí con vida!

—¿No quieres venir conmigo?

—¡No! Ya he aprendido bien mi lección.

—Como gustes. Déjame desembarcar.

—¡Por Dios, señor, no cometa esa locura!

—Vamos, déjame desembarcar.

—Como usted diga, pero lo esperaré a cierta distancia.

Al caer la noche ya me encontraba al pie de la torre del castillo. Iba armado hasta los dientes, no contra los fantasmas, en los que no creía, sino por temor a encontrarme con habitantes de este mundo ocupados en cualquier cosa que no fuera rezar a Dios. Entré y todo en el castillo parecía tranquilo. Recorrí las estancias alumbrándome con una vela y vi todo en orden. Por último, me instalé en una habitación y, dejando las armas sobre una mesa, esperé al enemigo con pie firme.

Empezaba ya a creer que los diablos o los espíritus me respetarían, cuando de pronto oí caer algo por la chimenea. Me levanté y fui a mirar: era la cabeza de un muerto. Un instante después le siguió una pierna, luego unos brazos y finalmente el resto del cadáver.

«¡Uh, oh! —me dije—, no es tan apacible este lugar: estos espíritus no parecen limitarse a infundir miedo».

Estaba ya a punto de marcharme cuando llegó a mis oídos un ruido de cadenas. Presté atención y pronto pude ver al espectro, que me dirigió estas palabras:

—Incrédulo, ¿no te bastaba con el terrible castigo de tu barquero, que tenías que irrumpir en mi castillo? ¡Tiembla, temerario! ¡Todo el Infierno se ha desencadenado contra ti!

No perdí la cabeza y abrí fuego contra la aparición. Ella se rio de mi cólera y, realizando un gesto, hizo aparecer en el aposento una multitud de demonios que producían ruidos aterradores. Hui de esa cámara maldita y llegué a una escalera. Subí por ella y me precipité a otra estancia en la que encontré un espectro envuelto en una mortaja cubierta de sangre. Hui de nuevo y miles de esqueletos me agarraron con sus manos descarnadas. Los acometí a sablazos, pero mis golpes no tuvieron efecto alguno. Una figura monstruosa intentó arrojarse sobre mí, pero logré eludirla y escapé de allí. No sabía hacia dónde corría, pues una humareda densa y malsana invadía todo el castillo. Perseguido sin tregua por un ejército de fantasmas, me precipité a una habitación, pero apenas pisarla el suelo se hundió y caí no sé a dónde.

Perdí el conocimiento. Cuando por fin volví en mí, ya era de día y me encontraba a orillas del lago. Mis ropas estaban hechas jirones y yo me sentía tan débil que no podía tenerme en pie. Mi pobre barquero vino a buscarme. Me dijo que desde el lago había visto cosas que lo habían dejado helado de horror y que lo habían hecho temer que ya no fuera yo parte de este mundo.

Emprendimos tristemente el camino de regreso a Ginebra. Una vez allí, le di a mi conductor una suma lo suficientemente generosa como para permitirle retornar a su antigua profesión.

En cuanto a mí, volví a navegar numerosas veces por el lago, pero nunca más sentí la tentación de visitar aquel castillo infernal.

E. T. A. Hoffmann

Una historia de fantasmas

ace no mucho tiempo, poco después de la última campaña, pasé una temporada en las posesiones del coronel de P***. Se trataba de un hombre sumamente alegre y jovial, así como su esposa era la tranquilidad y la ingenuidad en persona. En los tiempos en que permanecí allí, su hijo se encontraba prestando servicio en el ejército, de modo que el grupo familiar se reducía al matrimonio, dos hijas y una vieja francesa que desempeñaba el cargo de gobernanta o algo por el estilo, pese a que ambas jóvenes estaban ya un poco fuera de la edad de ser gobernadas.

La mayor era una cosa tan alegre y vivaz que casi rayaba en el desenfreno, no sin espíritu, pero tal que no podía dar cinco pasos sin ejecutar al menos tres contradanzas, del mismo modo en que en la conversación saltaba de un tema a otro, infatigable en su actividad. Yo mismo presencié una vez cómo en el espacio de diez minutos bordó, leyó, dibujó, cantó, bailó, y cómo en un momento lloró por su pobre primo, que había caído en el campo de batalla, y, aún con lágrimas en los ojos, rompió en una sonora y viva carcajada cuando la francesa echó sin querer su dosis de rapé sobre el hocico del faldero, que al punto comenzó a estornudar, a lo que la vieja, que cuidaba de hablar al susodicho faldero en italiano porque era oriundo de Padua, se lamentaba: «*Ah, che fatalità! Ah, carino, poverino!*»[1]. Por lo demás, la joven señorita era la rubia más encantadora que cabía imaginarse, y en todos sus extravagantes caprichos primaban siempre la amabilidad y la gracia, de modo que ejercía por sobre todo, como sin querer, una fascinación irresistible.

Ofrecía el ejemplo contrario su hermana menor, llamada Adelgunde. En vano me esfuerzo por encontrar palabras que logren describir la singular impresión que me causó esta muchacha la primera vez que la vi. Imaginad la figura más bella y el semblante más hermoso. Pero una palidez de muerte cubría sus mejillas y sus labios; su cuerpo se movía suavemente, con paso lento y acompasado; y cuando unas palabras apenas musitadas se escapaban de su boca levemente entreabierta, resonando en la amplia sala, uno se sentía atravesado como por un horror fantasmagórico. Pronto me sobrepuse, no obstante, a esta

[1] En español: «¡Ah, qué fatalidad! ¡Ah, precioso, pobrecito!».

sensación de terror, y, en cuanto pude entablar una mayor conversación con esta reservada muchacha, me vi obligado a reconocer que lo extraño y fantasmal de su aspecto residía sólo en su parte externa y que de ningún modo podía ser hallado algo parecido en su interior. En lo poco que la joven decía evidenciábanse un sentimiento dulce y femenino, una clara inteligencia y un carácter amable. Y tampoco se hacía visible huella alguna de tensión en esta delicada criatura, así como su triste sonrisa y su mirada empañada por las lágrimas no parecían ser síntoma de una enfermedad que pudiese estar influyendo negativamente sobre su carácter.

Me resultó harto extraño notar que, cada vez que la muchacha hablaba con alguien, todos los miembros de la familia, incluso la vieja francesa, parecían alarmarse e intentaban interrumpir, a veces de un modo en exceso brusco, su conversación. Pero lo más singular de todo era que, en cuanto daban las ocho de la noche, la joven era advertida primero por la francesa, y luego por su madre, por su hermana y por su padre, para que se retirase a su cuarto, tal como se envía, para que no se canse, a un niño a la cama deseándole que duerma bien. La francesa la acompañaba, de suerte que nunca estaban ni la una ni la otra presentes a la cena, que se servía a las nueve en punto.

La esposa del coronel, percatándose de mi asombro, se anticipó a todas mis preguntas advirtiéndome que Adelgunde se hallaba delicada y que, particularmente al anochecer, a eso de las nueve, se veía atacada por accesos de fiebre, por lo cual el médico había dictaminado que antes de esa hora, indefectiblemente, se retirase a reposar. Yo sospeché que los verdaderos motivos debían de ser otros, aunque no sabía nada preciso. Recién ahora he llegado a conocer la horrible relación de hechos y sucesos que destruyó, de un modo tan espantoso, el feliz círculo de esa pequeña familia. Helos aquí.

Adelgunde era la criatura más lozana y jovial que darse pueda. Para la celebración de su decimocuarto cumpleaños, habían sido invitadas al palacio varias de sus compañeras de juego. Sentadas en ronda en un agradable bosquecillo del jardín, bromeaban y reían sin advertir que la oscuridad del anochecer iba creciendo, que las tibias brisas de julio comenzaban a soplar y que la diversión tocaba ya a su fin. En el mágico crepúsculo empezaron a bailar extrañas danzas tratando de fingirse hadas, elfos y ágiles duendecillos.

—¡Oíd! —gritó Adelgunde cuando la noche terminó de caer en el bosque—. ¡Oídme, niñas! Ahora voy a aparecerme como la dama de blanco[2], de la que tanto nos ha hablado el viejo jardinero que murió. Pero tenéis que venir conmigo al final del jardín, donde está el antiguo muro.

---

[2] Aparición femenina vestida de blanco muy común en las leyendas folklóricas germánicas, que a menudo la asociaban con la diosa pagana Perchta.

Apenas decir esto, se envolvió en un chal blanco y se deslizó ligera a través del follaje, mientras las demás muchachas echaban a correr tras ella entre risas. Mas, no bien penetró bajo el arco medio desmoronado del viejo muro, se quedó petrificada, con todos sus miembros paralizados. El reloj del palacio dio las nueve.

—¿No la veis? —exclamó entonces Adelgunde con un ahogado y sepulcral tono de profundo terror—. ¿No podéis ver la figura que está delante de mí? ¡Dios! ¡Extiende hacia mí su mano! ¿Es que no la veis?

Las muchachas no veían lo más mínimo, pero quedaron sobrecogidas por el horror y el espanto. Echaron entonces a correr despavoridas, todas excepto la que parecía ser la más valiente, que saltó hacia Adelgunde e intentó tomarla del brazo. Pero, en ese preciso instante, la vio caer al suelo como muerta. Alarmados por los gritos de terror de las niñas, todos salieron corriendo del palacio. Levantaron a Adelgunde y la llevaron adentro. Cuando al fin despertó de su desmayo, refirió temblando que, al llegar al arco del muro, había visto ante sí una figura etérea, envuelta como en niebla, que alargaba hacia ella su mano.

Como es natural, se atribuyó la aparición a las extrañas ilusiones que produce a veces la luz del anochecer. Adelgunde se recuperó por completo de su conmoción esa misma noche, de modo que no se temieron consecuencias y se dio el asunto por terminado. ¡Pero cuán diferente iba a resultar todo! A la noche siguiente, apenas el reloj dio las nueve, Adelgunde se irguió horrorizada en medio de todos y exclamó:

—¡Ahí está, ahí está de nuevo! ¿No la veis? ¡Está justo frente a mí!

En breve, desde aquel infausto día, todas las noches cuando daban las nueve, Adelgunde volvía a afirmar que la figura estaba delante de ella y permanecía en ese trance por unos segundos, sin que nadie más pudiera percibir lo más mínimo o intuir por algún medio psíquico la proximidad de una desconocida presencia espiritual. Se comenzó a murmurar que la pobre muchacha estaba loca, lo cual no tardó en avergonzar a su familia, que deploraba la singular condición de la hija y hermana.

Esto fue lo que motivó ese extraño modo de proceder con ella que mencioné al principio. No se escatimaron médicos y recursos para intentar librar a la pobre muchacha de su idea fija, pues como tal era tenida la aparición que afirmaba ver, pero todo fue en vano y pronto ella rogó entre lágrimas que la dejasen en paz, pues la figura, que en sus rasgos inciertos y difusos no tenía nada de terrorífico, había dejado de infundirle miedo. Aun así, tras cada aparición experimentaba la sensación de que su ser interior salía de ella y flotaba de manera incorpórea, por lo que día a día se iba sintiendo más débil y enferma.

Finalmente, el coronel trabó conocimiento con un célebre médico que estaba en el pico de su fama por sus ingeniosos métodos para curar a los locos. Cuando el coronel le detalló lo que sucedía con la desdichada Adelgunde, el médico rio a carcajadas y le aseguró que no existía nada más sencillo que curar esa clase de locura, que tenía su origen en una imaginación sobreexcitada. La idea de la aparición fantasmagórica se encontraba sin duda tan ligada al toque de las nueve campanadas que el poder interior del espíritu no era capaz de separarlos, por lo que sólo se requería que esa separación se provocase desde el exterior. Y esto último sería fácil de lograr engañando a la joven con el tiempo y dejando que transcurriesen las nueve sin que ella se enterase. Si el fantasma no aparecía, ella misma constataría su locura, tras lo cual el uso de tónicos físicos completaría felizmente la cura.

¡El desafortunado consejo se llevó a cabo de inmediato! Aquella noche, se atrasaron una hora todos los relojes del palacio e incluso el reloj del pueblo, cuyas campanas retumbaban sordamente en la lejanía, para que Adelgunde, al levantarse a la siguiente mañana, estuviese una hora equivocada. Llegó por fin el anochecer. La pequeña familia, como era habitual, se hallaba reunida en una sala alegremente adornada, sin la compañía de extraños. La madre procuraba contar algo divertido, y el coronel, con la complicidad de Auguste, la mayor de las hermanas, gastaba bromas a la francesa, como era su costumbre cuando estaba de buen humor. Todos reían y estaban más felices que nunca.

Entonces, el reloj de pared dio las ocho (aunque en realidad eran las nueve), y Adelgunde, poniéndose pálida como la muerte, se hundió en su butaca y dejó caer la labor de sus manos. De pronto se puso de pie, con su semblante demudado por el horror, y, mirando fijamente un espacio vacío de la sala, susurró apagadamente con voz cavernosa:

—¡Cómo!, ¿una hora antes hoy? ¡Ay! ¿No la veis? ¿No la veis? ¡Está ahí, justo frente a mí! ¡Está justo frente a mí!

Todos se levantaron aterrorizados, y, como ninguno veía nada, el coronel gritó:

—¡Adelgunde, domínate! No hay nada allí, lo que engaña tus sentidos es una ilusión de tu mente, un juego de tu imaginación. Nosotros no vemos nada de nada, y, si hubiese una figura frente a ti, ¿no deberíamos percibirla tan bien como tú? ¡Domínate, Adelgunde!

—¡Oh, Dios, oh, santo Dios! —suspiró la muchacha—, ¿es que estáis tratando de volverme loca? ¡Ved, ved! ¡Extiende ahora hacia mí su blanco brazo y me hace señas!

Y como inconsciente, con la mirada fija e inmóvil, Adelgunde se volvió, tomó un pequeño plato que de casualidad reposaba sobre la mesa, lo levantó en el aire y lo soltó... y el plato, como transportado por una mano invisible, circuló lentamente alrededor de los presentes y fue a posarse sobre la mesa de nuevo.

La madre y Auguste cayeron en un profundo desmayo, a lo que siguió un violento ataque de fiebre nerviosa. El coronel logró rehacerse, pero pudieron advertirse desde entonces en su aspecto perturbado las severas secuelas que le produjo aquel inexplicable fenómeno. La vieja francesa cayó de rodillas, rezando con su rostro pegado al suelo, y quedó, como Adelgunde, libre de toda funesta consecuencia.

Poco tiempo después, la esposa del coronel falleció. Auguste se sobrepuso a la enfermedad, pero hubiera sido mejor para ella la muerte que quedar en su actual estado. Ella, que, como la describí en un comienzo, era la jovialidad y la juventud personificadas, ahora es presa de una locura que me parece más espantosa y terrible que cualquier otra jamás engendrada por obsesión alguna. Está convencida de ser el fantasma invisible e incorpóreo que visitaba a Adelgunde, por lo que rehúye a todas las personas o trata de no moverse ni hablar cuando está en presencia de alguien, a duras penas atreviéndose siquiera a respirar, pues cree firmemente que, si delata su presencia de algún modo, podría acarrearle la muerte a cualquiera. Ahora es necesario abrirle la puerta, depositar ante ella la comida y dejarla comer, moverse y hacer todo a escondidas. ¿Puede darse una condición más penosa que esa? El coronel, movido por la desesperación, se alistó en la nueva campaña de guerra y murió en la victoriosa batalla de W***.

Es extraño, muy extraño que Adelgunde esté libre del fantasma desde aquella fatídica noche. Ahora se dedica por entero, junto a la vieja francesa, a cuidar a su hermana enferma. Esto es lo que me ha contado hoy Sylvester, el tío de las pobres muchachas, quien ha venido para consultar con nuestro afamado doctor R*** un tratamiento para ensayar con Auguste. ¡Quiera el Cielo hacer posible esa improbable curación!

Washington Irving

La aventura del estudiante alemán

n una noche borrascosa, durante los tempestuosos tiempos de la Revolución francesa, un joven alemán retornaba a su alojamiento, a una tardía hora, atravesando la parte vieja de París. Los relámpagos centelleaban y los ruidosos fragores del trueno resonaban en las estrechas callejas... pero sería mejor que antes os hablase un poco más de este joven.

Gottfried Wolfgang provenía de una buena familia. Había estudiado durante algunos años en la universidad de Gotinga, pero, puesto que poseía un carácter visionario y entusiasta, terminó desviándose hacia esas extravagantes doctrinas especulativas que por tanto tiempo han encandilado a los estudiantes alemanes. Su vida retirada, su intensa dedicación y la singular naturaleza de sus estudios tuvieron un notable efecto sobre su cuerpo y espíritu. Su salud se resintió y su imaginación no tardó en enfermar. Se había entregado a fantasiosas especulaciones relativas a la esencia espiritual, hasta que, como Swedenborg[1], llegó a forjarse un mundo ideal propio a su alrededor. Cayó en la convicción, ignoro por qué causa, de que una influencia diabólica gravitaba sobre su persona, un genio o espíritu del mal que buscaba apoderarse de él y asegurar su perdición. Tal idea, al obrar sobre su melancólico temperamento, produjo los resultados más sombríos. Se lo comenzó a ver demacrado y abatido. Pronto sus amigos descubrieron la dolencia mental que hacía presa en él y determinaron que el mejor remedio sería un cambio de aires. Lo enviaron, por consiguiente, a finalizar sus estudios entre los esplendores y las jovialidades de la vida parisina.

Wolfgang llegó a París durante el estallido de la Revolución. El delirio popular capturó de inmediato su entusiasmo, y se dejó seducir por las teorías filosóficas y políticas de la época; pero las escenas sangrientas que siguieron causaron profunda impresión en su naturaleza sensible, por lo que, asqueado con la sociedad y con el mundo, se encerró más que nunca en su reclusión. Se aisló en un solitario apartamento del Pays Latin[2], el barrio de los estudiantes. Allí, en una lóbrega calleja no muy distante de los monásticos muros de la Sorbona, retomó sus estu-

[1] Emanuel Swedenborg (1688-1772), célebre teólogo y místico sueco.

[2] Antiguo nombre que los románticos daban al Quartier Latin (Barrio Latino) de París.

dios predilectos. Con frecuencia pasaba horas enteras en las grandes bibliotecas de París, esas catacumbas de autores muertos, revolviendo las hordas de obsoletos y polvorientos volúmenes en busca de nutrimento para sus malsanos apetitos. Semejaba entonces, en cierto modo, un vampiro necrófago de las letras, cebándose en el osario de la literatura más corrupta y olvidada.

Wolfgang, aunque solitario y secluso, poseía un temperamento ardiente, si bien este sólo había operado hasta entonces sobre su imaginación. Era muy tímido e ignorante del mundo como para cortejar a las mujeres atractivas, pero era un apasionado admirador de la belleza femenina, de modo que en la soledad de su cuarto se perdía a menudo en ensueños de formas y rostros que había visto, y su fantasía creaba imágenes de una hermosura que sobrepasaba toda realidad.

Una noche, mientras su mente se hallaba en ese estado de enorme exaltación, un sueño produjo un extraordinario efecto sobre él. Tratábase de un rostro femenino de trascendental belleza. Tan fuerte resultó la impresión que comenzó a soñar con este una y otra vez; ocupaba sus pensamientos durante el día y sus reposos durante la noche, de suerte que terminó así por enamorarse apasionadamente de esa sombra de un sueño. El fenómeno duró tanto que se convirtió en una de esas ideas fijas que persiguen a las mentes de los hombres melancólicos y que son a menudo confundidas con la locura.

Tal era Gottfried Wolfgang y tal su situación a la fecha que mencioné. Retornaba, pues, a su hogar, tarde en una noche tormentosa, a través de algunas de las viejas y lúgubres calles del Marais, la parte antigua de París. Los estruendosos fragores del trueno resonaban entre las altas casas de las estrechas callejas. Llegó así a la plaza de Grève, sitio donde tenían lugar las ejecuciones públicas. Los relámpagos temblaban en torno a los pináculos del antiguo Ayuntamiento y esparcían sus fugaces destellos sobre el espacio que se abría delante. Mientras Wolfgang estaba cruzando el sitio, se sobresaltó y retrocedió con horror al sorprenderse de súbito demasiado cerca de la guillotina. Era el colmo del Reinado del Terror[3] que ese espantoso instrumento de muerte se hallase siempre listo y que su cadalso estuviese permanentemente cubierto con la sangre de los valientes y los virtuosos. Ese mismo día había sido empleada activamente en su trabajo de matanza, y allí se erguía siniestra y cruel, en medio de una silenciosa ciudad dormida, aguardando por nuevas víctimas.

El corazón de Wolfgang se encogió en su pecho, y comenzaba ya a alejarse, temblando, de la horrible máquina cuando percibió una oscura figura agazapada al pie de los peldaños que conducían al cadalso. Una sucesión de luminosos relámpagos la revelaron con mayor nitidez. Se

[3] Período de la Revolución francesa marcado por el mayor pico de ejecuciones y masacres.

trataba de una mujer vestida de negro. Estaba sentada en uno de los escalones inferiores, inclinada hacia delante, con el rostro escondido en el regazo y las largas trenzas desgreñadas colgando hasta el suelo, chorreando bajo la lluvia que caía torrencialmente. Wolfgang se detuvo. Había algo terrible en ese solitario monumento del dolor. La mujer tenía la apariencia de hallarse por encima del orden común. No ignoraba él que esos tiempos estaban llenos de vicisitudes, y que muchas nobles cabezas, que alguna vez se habían recostado sobre lujosos cojines, ahora vagabundeaban sin hogar. Quizás se tratara de alguna pobre doliente a la que la pavorosa cuchilla había sumido ese día en la desolación y que permanecía allí sentada, con el corazón roto, en la orilla de la existencia, desde donde todo cuanto alguna vez le fuese querido había sido arrojado hacia la eternidad.

Se aproximó a ella y la abordó en los acentos de la compasión. La mujer levantó su cabeza y lo contempló desconsoladamente. ¡Cuál no fue el asombro de él al descubrir en ella, bajo la brillante luz de un relámpago, el mismísimo rostro que lo había perseguido en sus sueños! Se veía pálido y abatido, pero hermoso.

Temblando con violentas y conflictivas emociones, Wolfgang volvió a hablarle. Le dijo algo sobre el hecho de que estuviese expuesta a semejante hora de la noche y bajo la furia de tal tormenta, y se ofreció a acompañarla hasta donde tuviese a sus amigos. Ella señaló la guillotina con un gesto de espantoso significado:

—Ya no me queda ningún amigo en este mundo —le dijo.

—Pero debes de tener un hogar... —le respondió Wolfgang.

—Sí... en la tumba.

El corazón del estudiante se deshizo ante esas palabras.

—Si un extraño puede haceros semejante ofrecimiento —le dijo— sin peligro de ser malinterpretado, os ofreceré mi humilde morada como refugio y a mí mismo como amigo devoto. Yo tampoco tengo amistades en París y soy un extranjero en estas tierras, pero, si mi vida puede seros de alguna utilidad, está a vuestra disposición, y estoy decidido a sacrificarla antes de que os ocurra daño o deshonra.

Había tanta honesta seriedad en los modales del joven, que sus palabras tuvieron efecto. Su acento extranjero, también, jugaba a su favor: demostraba que no se trataba de un vulgar habitante de París. Ciertamente, el verdadero entusiasmo genera una elocuencia que no puede ser puesta en duda. De modo que la extraña sin hogar se confió ciegamente a la protección del estudiante.

Él la sostuvo en su andar vacilante a través del Pont Neuf, por el sitio donde el populacho había derribado ya la estatua de Enrique IV.[4]

[4] Enrique de Borbón (1553-1610), abuelo de Luis XIV, fue rey de Francia entre 1589 y su muerte. Su estatua ecuestre en el Pont Neuf fue repuesta en 1817, durante la Restauración.

La tormenta había amainado y el trueno retumbaba en la lejanía. Todo París estaba en silencio: ese gran volcán de pasión humana dormitaba por un momento, a fin de reunir nuevas fuerzas para la erupción del día siguiente. El estudiante condujo su carga a través de las antiguas callejas del Pays Latin, pasando junto a los oscuros muros de la Sorbona, hacia el sucio hotel en el que vivía. La vieja portera que los dejó entrar miró con sorpresa la inusual escena del melancólico Wolfgang con una compañía femenina.

Al entrar a su apartamento, el estudiante se sonrojó al notar la pobreza de su morada. Constaba de una única cámara (una anticuada sala) profusamente ornamentada y fantásticamente amoblada con los restos de una antigua magnificencia, pues se trataba de uno de esos hoteles situados en la zona del Luxemburgo que antaño habían pertenecido a la nobleza. Estaba atestada de libros, papeles y de todo el aparato usual de un estudiante, y la cama se situaba en uno de los rincones.

Cuando las velas fueron encendidas, y Wolfgang tuvo una mejor oportunidad para contemplar a la extraña, quedó más intoxicado que nunca por su belleza. Su semblante era pálido pero de una deslumbrante hermosura, que se veía realzada por la gran profusión de brillante cabello negro que caía a su alrededor. Sus ojos eran grandes y fulgentes, y tenían una expresión casi salvaje. Hasta donde el negro vestido permitía apreciar, su figura era perfecta. Su apariencia entera resultaba extremadamente atractiva, aun estando vestida con tanta sencillez. El único objeto de adorno que llevaba era una ancha banda negra, abrochada por diamantes, alrededor de su cuello.

Presentósele entonces al estudiante el problema de cómo disponer del indefenso ser que había caído bajo su protección. Pensó en dejarle la habitación a ella y buscarse un refugio en otra parte, pero se hallaba tan fascinado por sus encantos, parecían ejercer tal hechizo sobre sus pensamientos y sentidos, que no le resultaba posible separarse de esa mujer, los modales de la cual se habían tornado inexplicablemente extraños. Ya no hablaba de la guillotina. Su aflicción habíase esfumado. Aparentemente, las atenciones del joven se habían ganado su confianza primero, y luego su corazón. Sin duda, ella era una entusiasta como él, y los entusiastas no tardan demasiado en entenderse entre sí.

En el ardor del momento, Wolfgang le confesó su amor. Le narró la historia de su misterioso sueño y de cómo se había adueñado ella de su corazón aun antes de que él la hubiese conocido. Ella quedó extrañamente impresionada por su narración y reconoció haber sentido hacia él un impulso igualmente inexplicable. Era aquella una época de teorías y acciones audaces. Los viejos prejuicios y supersticiones habían quedado atrás; todo se hallaba bajo el imperio de la «diosa Razón». Entre otros desatinos de los tiempos pasados, las formas y ceremonias del matrimonio comenzaban a ser vistas como lazos superfluos para las mentes honorables. Las uniones libres estaban en boga, y Wolfgang era demasiado amigo de las teorías modernas como para no estar contaminado por las doctrinas liberales de su tiempo.

—¿Por qué habríamos de separarnos? —dijo—. Nuestros corazones se han unido; a los ojos del honor y de la razón somos uno. ¿Qué necesidad hay de sórdidas formalidades para unir dos espíritus elevados?

La extraña lo escuchaba con emoción: evidentemente, había sido educada en la misma escuela teórica.

—Tú no tienes ni hogar ni familia —continuó—. Permíteme serlo todo para ti, o, mejor, seámoslo todo el uno para el otro. Si alguna formalidad es necesaria, entonces será respetada: aquí tienes mi mano. Me entrego a ti para siempre.

—¿Para siempre? —preguntó, solemnemente, la extraña.

—¡Para siempre! —repitió Wolfgang.

La extraña tomó la mano que se extendía hacia ella.

—Entonces, soy tuya —murmuró, y se hundió en el pecho de él.

A la mañana siguiente, el estudiante dejó a su esposa durmiendo y salió en busca de un apartamento más espacioso y más acorde a su nueva situación. Al regresar, encontró a la extraña acostada con la cabeza fuera de la cama y un brazo colgando. Le habló, pero no recibió respuesta. Se acercó entonces a ella para despertarla de su mala postura. Al tomar su mano, la notó fría, sin pulso; su cara se veía pálida y cadavérica. En pocas palabras, estaba muerta.

Horrorizado y fuera de sí, corrió a dar la alarma. Siguió una escena de confusión. Se llamó a la policía. Cuando un oficial entró a la habitación, retrocedió con un sobresalto al ver el cadáver.

—¡Por el Cielo! —gritó—, ¿cómo ha llegado esta mujer aquí?

—¿Sabe usted algo sobre ella? —preguntó Wolfgang con ansiedad.

—¿Que si sé algo? —exclamó el oficial—. ¡Esta mujer fue guillotinada ayer!

Se adelantó hacia ella, desató el negro collar que el cadáver lucía en el cuello... y la cabeza de la extraña cayó rodando por el suelo.

El estudiante estalló en un ataque.

—¡El Demonio! ¡El Demonio ha tomado posesión de mí! —gritaba—. ¡Estoy perdido para siempre!

Intentaron calmarlo, pero fue en vano. Estaba dominado por la espantosa idea de que un espíritu maligno había reanimado aquel cuerpo muerto para apoderarse de él. Finalmente, terminó perdiendo la razón y murió confinado en un manicomio.

Nathaniel Hawthorne

El joven Goodman Brown

l joven Goodman Brown salió a la calle mientras la tarde caía sobre el pueblo de Salem, y, tras cruzar el umbral, volvió su rostro para intercambiar un beso de despedida con su joven esposa. Y Fe, pues tal era el nombre, por cierto que adecuado, de ella, asomó su cabeza al exterior, permitiendo al viento jugar con las cintas color rosa de su gorro mientras llamaba a Goodman Brown.

—¡Corazón! —susurró, con cierta dulzura y tristeza, cuando sus labios se hubieron acercado al oído de su esposo—, te ruego que aplaces tu viaje hasta el amanecer y que duermas en casa esta noche. Una mujer sola se ve asaltada por tales sueños y pensamientos, que a veces siente miedo hasta de sí misma. Te suplico que te quedes conmigo esta noche, querido, esta especialmente entre todas las noches del año.

—¡Mi amor, mi Fe! —respondió el joven Goodman Brown—; entre todas las noches del año, justo en esta debo separarme de ti. Mi viaje, como tú lo llamas, la ida y la vuelta, debe tener lugar entre este momento y el amanecer. ¿Es que dudas de mí, mi dulce y bella esposa, apenas tres meses después de casados?

—Entonces, que Dios te bendiga —dijo Fe, con sus rosadas cintas al aire—; y espero que encuentres todo bien a tu regreso.

—¡Amén! —exclamó Goodman Brown—. Reza tus oraciones, mi querida Fe, y acuéstate al anochecer; ningún daño habrá de alcanzarte.

Y así se separaron. El joven emprendió su marcha, pero, cuando ya iba doblando la esquina a la altura de la iglesia, miró hacia atrás y advirtió que su Fe seguía asomada, observándolo alejarse, con un aspecto melancólico a pesar de sus cintas.

«¡Mi pobre Fe! —pensó él, con el corazón acongojado—. ¡Cuán despreciable soy al abandonarla en pos de semejante cometido! Cuando me habló de sus sueños me pareció advertir que su rostro se turbaba, cual si una pesadilla le hubiese presentado la tarea que voy a realizar esta noche. Mas no, no: el sólo pensarlo la mataría. Ella es un ángel venido a este mundo, y, tras esta única noche, me pegaré a sus faldas para seguirla hasta el Cielo».

Con este noble propósito para el futuro, Goodman Brown se sintió justificado para acelerar su paso hacia el infame objetivo del presente. Se internó en un tétrico sendero boscoso, ensombrecido por tenebrosos árboles que, apenas eran apartados para abrir un estrecho paso entre ellos, se volvían a cerrar de inmediato a sus espaldas. El paraje no podía ser más solitario. Tales desolaciones tienen la peculiaridad de que el viajero ignora lo que pueden ocultar los innumerables troncos y el espeso follaje que lo circundan, de modo que sus solitarios pasos pueden estar siendo espiados por una multitud invisible.

—Puede haber un maldito indio detrás de cada árbol —se dijo Goodman Brown; y, mirando con súbito temor hacia atrás, añadió—: ¡Y hasta el Diablo mismo puede estar agazapado detrás de mi hombro!

Volviendo entonces a mirar hacia delante al llegar a un recodo del sendero, se topó con la figura de un hombre que, ataviado con prendas sobrias y pulcras, se sentaba al pie de un añoso árbol. Al acercarse Goodman Brown, el extraño se levantó y comenzó a caminar a su lado.

—Llegas tarde, Goodman Brown —le dijo—. El reloj de Old South estaba dando las campanadas cuando salí de Boston, y de eso ha pasado ya un buen cuarto de hora.

—Mi Fe me retuvo demasiado —respondió el joven con la voz temblorosa a causa de la repentina, aunque no del todo inesperada, aparición de su compañero.

El anochecer había caído sobre el bosque, y de manera más profunda en la umbrosa zona que ellos atravesaban. Por lo poco que podía apreciarse, el segundo viajero tenía unos cincuenta años y parecía pertenecer a la misma clase social que Goodman Brown, con el que guardaba un singular parecido, aunque quizás más por la expresión que por los rasgos, si bien cualquiera podría haberlos tomado por padre e hijo. Y, sin embargo, aunque los modos e indumentos del hombre mayor eran igual de sencillos que los del joven, era posible hallar en él ese aire indescriptible de un conocedor del mundo, alguien que no habría desentonado en la mesa del gobernador o en la corte del rey Guillermo[1] si sus asuntos le hubiesen llevado hasta allí. Pero lo que menos pasaba desapercibido de él era su cayado, que tenía el aspecto de una gran serpiente negra y que estaba tan ingeniosamente tallado que parecía contorsionarse y retorcerse como una serpiente viva. Esto último, naturalmente, debía de ser producto de una ilusión óptica ayudada por la vacilante luz nocturna.

—¡Vamos, Goodman Brown! —exclamó su compañero de viaje—. Tu paso es muy cansino para un viaje que recién comienza. Toma mi cayado, si tan pronto te dejas ganar por la fatiga.

—Amigo —respondió el otro, transformando su lento andar en una detención absoluta—, tras haber cumplido mi palabra de encontrarte aquí, es ahora mi propósito regresar por donde he venido, pues siento grandes escrúpulos respecto del asunto que nos convoca.

---

[1] Guillermo IV, rey del Reino Unido de Gran Bretaña e Irlanda entre 1830 y 1837.

—¿Conque esas tenemos? —dijo el de la serpiente, disimulando una sonrisa—. Sigamos adelante, no obstante, y razonemos mientras caminamos. Si no logro convencerte, podrás volverte atrás: apenas si nos hemos internado un breve trecho en el bosque aún.

—¡Demasiado, demasiado lejos para mí! —exclamó el buen hombre[2], echando a andar de nuevo sin darse cuenta—. Mi padre jamás se aventuró en este bosque con semejantes propósitos, ni tampoco su padre antes que él. Desde los tiempos de los mártires, hemos sido un linaje de hombres honestos y buenos cristianos. Y si fuera yo el primero de los Brown que siguiera este camino con semejante...

—"Con semejante compañía", ibas a decir —observó el hombre mayor, interpretando su pausa—. ¡Bien dicho, Goodman Brown! He tenido tanto trato con tu familia como con casi nadie entre los puritanos, lo cual no es poco decir. Yo ayudé a tu abuelo, el alguacil, cuando azotó con crueldad a aquella cuáquera por las calles de Salem; y fui yo el que alcanzó a tu padre la antorcha de pino, encendida en mi propio hogar, con la que incendió aquel poblado indio en la guerra del rey Felipe[3]. Los dos fueron grandes amigos míos, y muchas fueron las agradables caminatas que con ambos compartí por este sendero, así como los alegres regresos pasada la medianoche. En su memoria, mucho me gustaría ser ahora amigo de su nieto e hijo.

—Si lo que dices es verdad —respondió Goodman Brown—, harto me asombra que nunca me lo hayan mencionado. Aunque, pensándolo mejor, no me asombra tanto, pues el menor rumor de algo así les habría valido el exilio de Nueva Inglaterra. Somos un pueblo piadoso y de buenas obras, sin tolerancia para tamañas iniquidades.

—Iniquidades o no —dijo el caminante del bastón retorcido—, tengo aquí en Nueva Inglaterra incontables amistades. Los diáconos de muchas iglesias han bebido conmigo el vino de la comunión; los notables de varias ciudades me han hecho su presidente; y casi todos los miembros del Gran Consejo General son firmes partidarios de mi causa. Incluso el gobernador y yo... pero estos son secretos de Estado.

—¿Cómo puede ser? —gritó Goodman Brown, mirando con estupor a su inmutable compañero—. Sin embargo, nada tengo que ver yo con el gobernador y el Consejo: ellos tienen sus propias costumbres, que nada significan para un simple aldeano como yo. Mas, si accediese a acompañarte, ¿cómo podría después mirar a la cara a ese venerable anciano que oficia como pastor del pueblo de Salem? ¡Oh, su voz me haría estremecer los domingos y los días de sermón!

---

[2] El autor juega con el significado de *Goodman* en inglés, que es 'buen hombre'. Toda la alegoría del relato está construida en torno a su nombre y el de su esposa, Fe (*Faith* en inglés).

[3] La guerra del rey Felipe fue un conflicto bélico entre los colonos europeos y las tribus indias que habitaban en Nueva Inglaterra, lideradas por el jefe wampanoag Felipe.

Hasta ese momento, el viajero de más edad había escuchado todo con adusta seriedad, pero entonces rompió a reír con irrefrenables carcajadas, sacudiéndose con tanta violencia que su ofídico cayado parecía contorsionarse al unísono, como por contagio.

—¡Ja, ja, ja, ja! —reía sin parar, hasta que por fin, tranquilizándose, dijo—: Bueno, continúa, Goodman Brown, continúa, pero te ruego que no me mates de la risa.

—Bien, entonces, para poner fin a esto de una vez —dijo Goodman Brown, visiblemente irritado—, está mi Fe, mi mujer. Algo así le destrozaría el corazón, y antes que eso prefiero arrancarme el mío.

—Bueno, en ese caso —respondió el otro—, regresa por tu camino, Goodman Brown. No quisiera yo que tu Fe sufriese daño alguno ni por veinte ancianas como la que renquea allí delante.

Al hablar señaló con su cayado a una silueta femenina que avanzaba por el sendero. Goodman Brown reconoció en ella a una dama ejemplar y muy piadosa, que le había enseñado el catecismo en su juventud y que, junto con el diácono Gookin y el pastor, era aún su consejera espiritual y moral.

—Es increíble que Goody Cloyse se interne tanto en el bosque a estas horas de la noche —observó Goodman Brown—. Pero, si me lo permites, daré un rodeo a través de la arboleda hasta que hayamos dejado detrás a esa cristiana mujer. Dado que eres un extraño para ella, podría preguntarme en compañía de quién estoy y hacia dónde me dirijo.

—Como gustes —respondió el otro—. Ve tú entre los árboles y deja que yo siga por el camino.

Así pues, el joven abandonó el sendero, pero cuidando de no perder de vista a su compañero, que avanzó gradualmente por el camino hasta que tuvo a la anciana al alcance de su bastón. Ella caminaba lo mejor que podía, con una presteza notable para una mujer de tan avanzada edad, e iba murmurando palabras ininteligibles, sin duda una plegaria. Entonces, el viajero alzó su cayado y la tocó en la decrépita nuca con lo que parecía la cola de la serpiente.

—¡El Demonio! —gritó la piadosa anciana.

—¿Así que Goody Cloyse reconoce a su viejo amigo? —señaló el viajero, poniéndose delante de ella e inclinándose sobre su retorcido bastón.

—¡Ah, desde luego! ¿Así que es en verdad su señoría? —preguntó la buena mujer—. Sí que lo es, y en la misma imagen de mi viejo compadre Goodman Brown, el abuelo del mojigato de ahora. Pero ¿podrá creerlo su señoría? Mi escoba ha desaparecido, robada, según sospecho, por Goody Cory, esa maldita bruja que aún no ha sido colgada. Y yo que ya me había untado toda la piel con el bálsamo de apio silvestre, patas de gallina y acónito...

—Mezclados con harina de trigo y la grasa de un niño recién nacido —se anticipó el doble del viejo Goodman Brown.

—¡Ah, bien conoce su señoría la receta! —exclamó la anciana, lanzando una estruendosa carcajada—. Pues, como le decía, preparada ya para el cónclave y despojada de montura, resolví ir a pie, puesto que se dice que hoy será bautizado un apuesto joven, pero ahora su señoría me prestará un brazo y llegaremos en un abrir y cerrar de ojos.

—Tal cosa no es posible —respondió su amigo—. No puedo prestarte mi brazo, Goody Cloyse, pero aquí está mi cayado, si lo deseas.

Diciendo esto, se lo arrojó a sus pies, donde al instante cobró vida, pues se trataba de una de esas varas que, en tiempos pretéritos, su dueño había prestado a los magos egipcios.[4] Sin embargo, Goodman Brown no pudo percatarse de nada de esto. Había levantado su mirada al cielo, estupefacto, y, al volver a bajarla, no vio ya ni el ofídico cayado ni a Goody Cloyse, sino sólo a su compañero de viaje, que lo esperaba tan calmo como si nada hubiese sucedido.

—Esa anciana me dio catequesis —dijo el joven, y esa simple observación encerraba un mundo de significados.

Reanudaron su marcha, mientras el viajero de más edad exhortaba a su compañero a apresurarse y a seguir adelante, discurriendo con tanto acierto que sus argumentos parecían brotar del pecho de su oyente antes que de él mismo. Por el camino arrancó una rama de arce para utilizarla como cayado y comenzó a arrancarle los brotes y retoños, que estaban húmedos por el rocío nocturno. Apenas los tocaba con sus dedos, se marchitaban inexplicablemente y se quebraban como tras una semana de secarse al sol. La pareja siguió así caminando a buen paso hasta que, súbitamente, al llegar a una siniestra hondonada, Goodman Brown se sentó en el tronco de un árbol y se rehusó a continuar.

—Amigo —dijo con aire obstinado—, estoy decidido: no daré un paso más en esta travesía. ¿Qué importa que una condenada anciana haya elegido entregarse al Diablo cuando yo creía que iba al Cielo? ¿Es esa una razón para que yo la siga y abandone a mi querida Fe?

—Será mejor que lo pienses bien —dijo con compostura su acompañante—. Descansa un rato ahí sentado, y, cuando decidas ponerte en marcha de nuevo, aquí tienes mi bastón para ayudarte.

Sin más palabras, arrojó el báculo de arce a su compañero y se puso rápidamente fuera del alcance de su vista, cual si se hubiese fundido con la creciente penumbra. El joven permaneció sentado algunos momentos a la vera del camino, congratulándose con entusiasmo y pensando en cuán limpia estaría su conciencia cuando se cruzase con el pastor en su paseo matinal o cuando enfrentase la severa mirada del diácono Gookin. ¡Y qué tranquilo sería su sueño esa misma noche, que

---

[4] Alusión al Éxodo, 7, vers. 11-12: «Pero el faraón llamó a sus sabios, a sus hechiceros y a los magos de Egipto, y ellos también hicieron lo mismo con sus encantamientos, pues todos lanzaron al suelo sus varas, las cuales se transformaron en serpientes».

iba a haber sido consagrada a cosas tan impías, pero que ahora sería tan dulce y pura en los brazos de su Fe! Mientras se hallaba sumido en tan loables y placenteras meditaciones, Goodman Brown oyó cascos de caballos en el camino y consideró aconsejable ocultarse en las espesuras del bosque, consciente del culpable propósito, si bien ahora felizmente abandonado, que lo había llevado hasta allí.

Junto con el ruido de los cascos llegó a sus oídos el sonido de las voces de los jinetes, dos voces graves de ancianos que conversaban sobriamente mientras se acercaban. Los sonidos llegaban desde el camino, a pocos metros del escondite del joven, pero, sin duda debido a las profundas tinieblas reinantes en aquella hondonada, ni los viajeros ni sus caballos eran visibles. Aunque sus siluetas rozaron al pasar las ramas del camino, ni por un instante parecieron interceptar el débil resplandor del cielo estrellado. Goodman Brown, a veces agachado, a veces de puntillas, apartando el ramaje y estirando el cuello tanto como podía, no llegó a distinguir más que unas vagas sombras. Esto lo dejó sumamente irritado, pues podría haber jurado que, de ser ello posible, había reconocido las voces del pastor y del diácono Gookin, cabalgando tan tranquilamente como solían hacerlo cuando se dirigían a alguna ordenación o algún concilio eclesiástico. Todavía podía oírlos cuando uno de los jinetes se detuvo para tomar una rama.

—De las dos cosas, reverendo —dijo la voz que sonaba como la del diácono—, preferiría perderme una cena de ordenación antes que el cónclave de esta noche. Se dice que algunos miembros de nuestra comunidad vendrán desde Falmouth y aún más lejos, otros de Connecticut y Rhode Island, además de muchos brujos indios que, a su manera, son tan entendidos en las cosas del Diablo como los mejores de nosotros. Y, como si eso fuera poco, será bautizada una bella muchacha.

—¡Muy de acuerdo, diácono Gookin! —respondió la solemne voz del pastor—. Pero apresurémonos, o llegaremos tarde. Como bien sabéis, la ceremonia no puede comenzar sin mi presencia.

Los cascos repiquetearon de nuevo, y las voces, hablando misteriosamente en el aire vacío, se perdieron en aquel bosque en el que jamás se congregó iglesia alguna ni se elevó solitaria plegaria de cristiano.

¿Hacia dónde, entonces, podían dirigirse aquellos santos varones que se adentraban en esas paganas espesuras? El joven Goodman Brown, al borde del desmayo, se aferró a un árbol para sostenerse, abrumado y aturdido por el peso que acababa de caer sobre su corazón. Elevó sus ojos al cielo, dudando de si realmente habría uno sobre su cabeza. Pero allí estaba la bóveda azul, tachonada de brillantes astros.

—¡Con el Cielo allí arriba y mi Fe aquí abajo, me mantendré firme contra el Demonio! —bramó Goodman Brown.

Mientras aún tenía la mirada clavada en la elevada cúpula del firmamento y las manos enlazadas para rezar, una nube, pese a que no soplaba ningún viento, irrumpió en el cénit y ocultó las resplandecientes estrellas. El cielo azul todavía era visible, excepto justo sobre su cabeza, donde esa negra masa nubosa se deslizaba velozmente hacia el norte. De las alturas surgió entonces, cual si lo hiciera de las profundidades de la nube, un confuso e incierto rumor de voces. Al principio, el que escuchaba creyó distinguir los acentos de la gente de su pueblo, mujeres y hombres, tanto impíos como piadosos: con muchos de ellos había compartido la comunión, mientras que a otros los había visto entregarse al vicio en la taberna. Un instante después, los sonidos se volvieron tan indistintos que dudó haber oído otra cosa que el murmullo del viejo bosque, susurrando aun sin viento. Pero entonces resurgieron con mayor fuerza aquellas voces familiares, oídas cotidianamente en el pueblo de Salem a la luz del día, mas nunca hasta entonces brotando de una nube nocturna. Destacaba la voz de una muchacha que profería lamentos, si bien con un pesar un tanto ambiguo, cual si suplicase por un favor cuya obtención no desease del todo, mientras toda la invisible multitud, tanto santos como pecadores, la exhortaban a seguir.

—¡Fe! —gritó Goodman Brown con una voz llena de agonía y desesperación, y los ecos del bosque se burlaron repitiendo: «¡Fe! ¡Fe! ¡Fe!», como si numerosos desgraciados la buscasen perdidos en medio de aquellas desolaciones.

Aún atravesaba la noche aquel grito de dolor, ira y terror, y aún el desdichado esposo contenía el aliento en espera de una respuesta, cuando se oyó un alarido que de inmediato fue ahogado por un sonoro estrépito de voces que se fue disolviendo en lejanas risotadas conforme la nube se desvanecía en la distancia. Sobre Goodman Brown no quedó más que un cielo despejado y silencioso. Pero algo cayó revoloteando ligeramente por el aire y fue atrapado por la rama de un árbol. El joven lo tomó y descubrió que se trataba de una cinta color rosa.

—¡Mi Fe se ha perdido! —gritó tras un momento de estupefacción—. No existe el bien sobre la tierra, y el pecado no es más que una palabra. ¡Ven a mí, Satán, pues tuyo es este mundo!

Loco de desesperación, y prorrumpiendo en demenciales carcajadas, Goodman Brown tomó su cayado y se puso nuevamente en marcha con un paso tan veloz que, más que andar o correr, parecía que volaba por el camino del bosque. El sendero se tornó más agreste y sombrío, de contornos cada vez más difusos e indefinidos, hasta que por último desapareció y dejó al joven en las entrañas de esa siniestra soledad, aún corriendo hacia delante con el instinto que guía a los mortales hacia el mal. Todo el bosque palpitaba con sonidos aterradores: el crujido de los árboles, los gritos de los indios y el aullido de las fieras salvajes, mientras el viento ora sonaba como el tañido de la campana de una distante iglesia que tocaba a difuntos, ora envolvía entre rugidos al viajero cual si la Naturaleza entera se estuviese mofando de él. Pero el mayor horror de toda esa espeluznante escena era Goodman Brown, que, enceguecido, hacía caso omiso de todos los demás horrores.

—¡Ja, ja, ja, ja! —aullaba, mientras el viento se burlaba de su locura—. ¡Ya veremos quién ríe con más fuerza! ¡No podrás asustarme con tus jugarretas diabólicas! ¡Venid, brujas! ¡Venid, nigromantes! ¡Venid, hechiceros indios! ¡Que venga el Diablo en persona! ¡Aquí llega Goodman Brown! ¡Bien haríais en temerle tanto como él a vosotros!

Ciertamente, nada había en ese bosque embrujado que inspirase más terror que la estampa de Goodman Brown. Volaba entre los negros pinos, blandiendo su cayado con gestos frenéticos, ora dando rienda suelta a una elocuencia de espantosas blasfemias, ora prorrumpiendo en tales risotadas que todos los ecos del bosque parecían ponerse a reír como demonios a su alrededor. No es tan horrible el Diablo cuando adopta su propia forma como cuando desencadena su furia en el pecho de un hombre. Así siguió el endemoniado su vertiginosa carrera hasta que pudo divisar ante sí, vacilando entre los árboles, una luz rojiza similar a la que se ve cuando, en un claro, un montón de troncos y ramas son encendidos en una fogata y arrojan un lívido resplandor sobre el cielo nocturno. Se detuvo, cual si hubiese amainado la tempestad que lo había conducido hasta allí, y sus oídos fueron asaltados por lo que parecía ser un himno que resonaba solemnemente en la distancia con la fuerza de muchas voces. Reconoció la melodía: la cantaban muy a menudo en el templo de su pueblo. Los versos se apagaron en ecos lejanos, pero fueron prolongados por un coro, no de voces humanas, sino de todos los ruidos que el bosque nocturno tañía con horrísona armonía. Goodman Brown gritó, pero su llamado le resultó inaudible al fundirse con el agreste fragor de esas desolaciones.

En el intervalo de silencio que siguió, avanzó con sigilo hasta que el resplandor cayó de lleno sobre sus ojos. En el extremo de un claro cercado por la oscura muralla del bosque, una roca que guardaba cierta semejanza tosca y natural con un altar o un púlpito se erguía rodeada por cuatro pinos que ardían como velas de una misa nocturna, con sus copas en llamas y sus troncos intactos. El follaje que coronaba la roca era también presa del fuego, y sus resplandores arrojaban destellos al cielo de la noche e iluminaban intermitentemente el paraje. Las ramas y los festones de hojas se consumían entre llamaradas, y, conforme aquella luz carmesí crecía y decrecía, una numerosa congregación resplandecía y desaparecía entre las sombras para, en seguida, resurgir de nuevo de las tinieblas y repoblar las entrañas de ese bosque solitario.

—Un siniestro cónclave de individuos ataviados de negro —musitó Goodman Brown.

Y en verdad así era. Oscilando entre la luz y las tinieblas, era posible discernir allí rostros que al día siguiente serían vistos en el consejo de gobierno de la provincia, así como otros que, domingo tras domingo, miraban devotamente al Cielo y con benevolencia a los bancos de los fieles desde los más venerandos púlpitos de la comarca. Hay quienes afirman que estaba allí la esposa del gobernador. En todo caso, había encumbradas damas que ella conocía bien, esposas de maridos respetables, multitudes de viudas, solteronas de excelente reputación y hermosas muchachas que temblaban ante la idea de ser descubiertas allí por sus madres. A no ser que sus ojos lo engañasen, deslumbrados por los súbitos fulgores que rasgaban las tinieblas reinantes, Goodman Brown creyó reconocer a una veintena de miembros de la Iglesia de Salem célebres por su ejemplar santidad. El afable diácono Gookin ya había llegado, y aguardaba pegado a las faldas de aquel respetable santo, su reverenciado pastor. Pero, impíamente mezclados con estos severos, venerables y piadosos personajes, estos patriarcas de la iglesia, estas castas damas y vírgenes puras, había hombres de vida disoluta y mujeres de dudosa reputación, miserables entregados a los vicios más bajos y despreciables, e incluso sospechosos de crímenes horrendos. Era extraño ver que los virtuosos no temiesen a los depravados y que los pecadores no se avergonzasen ante los santos. Diseminados también entre los pálidos rostros de sus enemigos estaban los sacerdotes o hechiceros indios, que a menudo habían llevado el horror a sus bosques nativos con ritos mucho más abominables que ninguno conocido por la brujería inglesa.

«Pero ¿dónde está mi Fe?», pensó Goodman Brown, y su cuerpo tembló mientras en su corazón renacía la esperanza.

Comenzó otra estrofa del himno, una melodía lenta y lastimera como las que tanto gustan a los devotos, pero unida a palabras que expresaban todo cuanto nuestra naturaleza puede concebir de pecaminoso, y con oscuras insinuaciones a cosas aún peores. Insondables para los simples mortales son los saberes demoníacos. Los versos se sucedían uno tras otro, y aún el coro del bosque se elevaba entre ellos como los graves tonos de un potente órgano. Y, cuando esa antífona de horrores tocó a su fin, su última sílaba fue acompañada por un súbito clamor que hacía pensar que el rugido del viento, el rumor de los arroyos, el aullido de las fieras y todas las demás voces de la cacofónica foresta estuvieran fundiéndose y armonizándose en un acorde con la voz culpable del hombre para homenajear al príncipe de las tinieblas. Y los cuatro pinos en llamas elevaron sus lenguas de fuego y revelaron tétricas siluetas y horrendos semblantes en las volutas de humo que se alzaban sobre la impía asamblea. En ese preciso instante, el fuego sobre la roca se avivó en rojas llamaradas y formó un arco ardiente sobre su base, donde entonces una figura se hizo visible. Con el mayor de los respetos sea dicho, la figura no guardaba poca similitud, tanto en porte como en modales, con cierta eminencia de las iglesias de Nueva Inglaterra.

—¡Traed a los conversos! —gritó una voz que resonó en todo el páramo y se perdió entre las negras espesuras del bosque.

Al oír esas palabras, Goodman Brown abandonó la sombra de los árboles y se acercó a la congregación, con la que se sentía repugnantemente hermanado por todo cuanto había de perverso en su corazón. Casi podría haber jurado que en una voluta de humo veía la forma de su difunto padre observándolo desde lo alto y haciéndole señas para que avanzara, mientras que una mujer, con vagos rasgos de desesperación, elevaba su mano para detenerlo. ¿Sería acaso su madre? Pero no tuvo ya fuerzas para dar un solo paso atrás, o para resistirse siquiera en su mente, cuando el pastor y el viejo diácono Gookin lo tomaron por los brazos y lo condujeron a la roca en llamas. Hacia allí avanzaba también la esbelta silueta de una mujer cubierta por un velo que era flanqueada por Goody Cloyse, la piadosa catequista, y Martha Carrier, una verdadera bruja a quien el Diablo había prometido hacerla reina del Infierno. Así fueron llevados los dos prosélitos bajo el dosel de fuego.

—Bienvenidos, hijos míos —dijo la oscura figura—, a la comunión de vuestra raza. A joven edad os habéis encontrado con vuestra naturaleza y vuestro destino. ¡Hijos míos, contemplad lo que tenéis detrás!

Ambos voltearon y pudieron ver, como si estuviesen proyectados sobre un telón de llamas, a los adoradores del Diablo. Una nauseabunda sonrisa de bienvenida brillaba siniestramente en cada rostro.

—Aquí están —prosiguió la negra figura— todos aquellos a quienes habéis venerado desde pequeños. Los creíais más virtuosos que vosotros, y os avergonzabais de vuestros deslices cuando os comparabais con sus vidas rectas y entregadas a la oración y la búsqueda del Cielo. Mas aquí los veis a todos, en mi cónclave de adoradores. Esta noche os serán revelados sus actos secretos: sabréis cómo los impolutos sacerdotes de blancas barbas susurraban palabras lascivas a las jóvenes que servían en sus casas; cómo muchas mujeres, ansiosas por lucir las prendas de luto, al acostarse dieron a beber a sus maridos el filtro que los sumió en el último sueño entre sus brazos; cómo numerosos jóvenes imberbes se apresuraron a heredar la fortuna de sus padres; y cómo bellas damiselas (no os ruboricéis, dulces criaturas) han cavado diminutas tumbas en su jardín y me han hecho el único invitado a los funerales de su retoño. Merced a la afinidad de vuestros humanos corazones con el pecado, detectaréis todos los lugares en los que algún crimen haya sido cometido, ya sea en la iglesia, la alcoba, la calle, el campo o el bosque, y os regocijaréis al constatar que la tierra entera no es sino una gran mancha de depravación, un inmenso charco de sangre. Y aún hay más: se os concederá descubrir en cada pecho y en cada alma los profundos misterios del pecado, la fuente de todas las artes perversas, que inagotablemente proporciona más impulsos malignos que los que ningún poder humano, y ni siquiera el mío en todo su apogeo, es capaz de manifestar en acciones. Y ahora, hijos míos, volveos y miraos el uno al otro.

Así lo hicieron, y, al resplandor de aquellas antorchas encendidas con los fuegos del Infierno, el infeliz marido pudo contemplar a su Fe, y ella a su esposo temblando ante el sacrílego altar.

—Ya lo veis, hijos míos —dijo la figura con una voz grave y solemne, casi triste en sus horrendos y desesperados tonos, como si su naturaleza otrora angelical aún pudiese afligirse por nuestra desdichada raza—. Confiabais el uno en el corazón del otro, y abrigabais aún la esperanza de que la virtud fuese algo más que un sueño. Ahora os habéis desengañado. El mal es la verdadera naturaleza del hombre, y sólo en el mal podréis hallar la felicidad. Bienvenidos una vez más, hijos míos, a la comunión de vuestra raza.

—¡Bienvenidos! —repitieron los acólitos del Demonio con un grito de triunfo y agonía.

Y allí estaban ambos, la única pareja, según parecía, que aún vacilaba al borde de la depravación en este mundo tenebroso. En la roca había un pozo natural. ¿Contenía agua que se veía roja por la luz carmesí? ¿O era sangre? ¿O, acaso, fuego líquido? En ella sumergió su mano la figura maligna y se dispuso a grabar sobre sus frentes la marca del bautismo, para hacerlos así partícipes en los misterios del pecado y mostrar a sus conciencias las secretas culpas de los otros, tanto de pensamiento como de obra, con una claridad aún mayor que la que tenían sobre las propias. El marido clavó sus ojos en su pálida esposa, y Fe los suyos en él. ¡Qué vil carroña verían la siguiente vez que se mirasen, temblando por igual ante lo que les sería dado revelar y contemplar!

—¡Fe! ¡Fe! —gritó el joven esposo—. ¡Mira arriba hacia el Cielo y resístete al Maligno!

Nunca pudo saber si Fe le obedeció o no. Apenas había hablado cuando se encontró en medio de la tranquila y solitaria noche, escuchando el rugir del viento que se perdía en las entrañas del bosque. Se tambaleó hacia la roca y, al apoyar su mano, la encontró húmeda y fría, mientras que una rama, que un instante atrás ardía en llamas, ahora salpicó sus mejillas con un gélido rocío.

A la mañana siguiente, el joven Goodman Brown entró por las calles de Salem y avanzó lentamente, mirando a su alrededor con el más profundo desconcierto. El venerable pastor estaba dando su acostumbrado paseo por el cementerio para abrir su apetito y meditar su próximo sermón. Al pasar, bendijo a Goodman Brown, quien huyó del santo varón como de un anatema. El afable diácono Gookin estaba rezando en su casa, y las sagradas palabras de su plegaria podían oírse a través de la ventana abierta.

—¿A quién le estará rezando ese viejo brujo? —se preguntó Goodman Brown.

Goody Cloyse, esa intachable cristiana, apoyada en su celosía bajo el sol matinal catequizaba a una niña que le había llevado una pinta de leche recién ordeñada. Goodman Brown le arrebató violentamente a la niña cual si la arrancara de las garras del Diablo. Al doblar la esquina de la iglesia, divisó la cabeza de Fe, con sus cintas rosadas, mirando ansiosamente hacia todas partes. Al verlo llegar, su alegría fue tal que corrió dando saltos por la calle y poco faltó para que besara a su marido delante de todo el pueblo. Pero Goodman Brown la miró fría y amargamente y pasó de largo sin saludarla.

¿Acaso era posible que se hubiese quedado dormido en el bosque y que todo el aquelarre no hubiese sido más que una funesta pesadilla? Creedlo así, si gustáis; mas, ¡ay!, para el joven Goodman Brown fue una pesadilla llena de presagios. Desde la noche de ese espantoso sueño se volvió un hombre adusto, melancólico, meditativo y receloso, por no decir desesperado. Cada domingo, cuando la congregación entonaba los salmos sagrados, no podía escucharlos, pues un himno de blasfemias aturdía sus oídos y ahogaba por completo los devotos compases. Cuando el pastor, con su mano sobre la Biblia abierta, hablaba con enérgica y fervorosa elocuencia de las divinas verdades de nuestra religión, de las vidas de los santos y las triunfantes muertes de los mártires, y de una futura bienaventuranza o la miseria de tormentos inefables, Goodman Brown empalidecía, temiendo que el techo se derrumbase sobre el encanecido réprobo y sus oyentes. A menudo, despertándose repentinamente en medio de la noche, se apartaba con horror del regazo de Fe; y por la mañana o al anochecer, cuando la familia se arrodillaba para orar, fruncía el ceño, mascullaba para sus adentros, miraba con severidad a su mujer y les daba la espalda. Y tras una larga vida, cuando su marchito cuerpo fue llevado a la tumba seguido por una anciana Fe y una nutrida procesión de hijos y nietos, además de numerosos vecinos, no fueron palabras de esperanza las que se labraron sobre su lápida, pues ni aun en la hora de su muerte lo abandonó su desconsuelo.

Edgar Allan Poe

Morella

Αὐτὸ καθ' αὐτὸ μεθ' αὐτοῦ μονοειδὲς ἀεὶ ὄν.[1]

- Platón. *Symposium*.

on un sentimiento de profundo pero también de singularísimo afecto miraba yo a mi amiga Morella. Puesto en relación con ella por casualidad hace muchos años, mi alma, desde nuestro primer encuentro, ardió con fuegos que nunca antes había conocido; pero estos fuegos no eran de Eros[2], y amarga y atormentadora para mi espíritu fue la gradual convicción de que de ningún modo podía yo definir su inusual significado o regular su vaga intensidad. Sin embargo, nos conocimos, y el destino nos unió frente al altar; y jamás hablé de pasión ni pensé en amor. Ella, no obstante, rehuía la sociedad, y, apegándose sólo a mí, me hizo feliz. Es una felicidad maravillarse; es una felicidad soñar.

La erudición de Morella era profunda. Tan cierto como que estoy vivo, sus talentos no eran del orden común; sus facultades mentales eran enormes. Yo sentía esto y, en muchas materias, me volví su discípulo. Muy pronto, no obstante, advertí que, quizás a causa de su educación en Pressburg, solía poner ella ante mí varios de aquellos escritos místicos que son usualmente considerados como la mera escoria de la temprana literatura germana. Estos, no puedo imaginar por cuál razón, formaban su favorito y constante objeto de estudio; y el que con el tiempo se volviesen también el mío debe ser atribuido a la simple pero eficaz influencia del hábito y el ejemplo.

En todo esto, si no me engaño, mi razón no tomaba parte alguna. Mis convicciones, a menos que me desconozca, de ningún modo estaban influidas por lo ideal, ni podía matiz alguno del misticismo de mis lecturas ser descubierto, a no ser que esté en un gran error, en mis actos o en mis pensamientos. Convencido de ello, me abandoné ciegamente a la conducción de mi esposa, y con corazón resuelto me adentré en los laberintos de sus estudios. Y entonces... entonces, cuando, estudiando

[1] «En sí misma y por sí misma, para siempre única y sola». Cfr. Platón, *El banquete*, 211b.

[2] Dios del deseo amoroso entre los griegos, equivalente al Cupido romano.

con detenimiento páginas prohibidas, sentía que un espíritu abominable se encendía dentro de mí, Morella posaba su fría mano sobre la mía y recogía, de entre las cenizas de alguna filosofía muerta, hondas y singulares palabras cuyos extraños significados las grababan a fuego en mi memoria. Y entonces, hora tras hora, me quedaba a su lado y me detenía en la música de su voz, hasta que, finalmente, su melodía se corrompía en terror, y una sombra caía sobre mi alma, y yo palidecía y temblaba interiormente ante aquellas entonaciones sobrenaturales. Y así, desvanecíase súbitamente la alegría en el horror, y lo más hermoso se transformaba en lo más atroz, así como el Hinón se transformó en la Gehena.[3]

Es innecesario explicar el carácter exacto de aquellas disquisiciones que, surgidas de los volúmenes que he mencionado, constituyeron por largo tiempo casi el único tema de conversación entre Morella y yo. Los entendidos en lo que podemos llamar «moral teológica» las comprenderían con facilidad, y los profanos, en todo caso, entenderían poco. El extravagante panteísmo de Fichte[4], la παλιγγενεσία[5] modificada de los pitagóricos, y, sobre todo, las doctrinas de la *Identidad*, tal como las presenta Schelling[6], eran generalmente los puntos de discusión que ofrecían mayores atractivos para la imaginativa Morella. Esa identidad que se denomina personal es fielmente definida, creo que por Locke[7], como consistente en la permanencia del ser racional. Y dado que por persona entendemos una esencia inteligente dotada de razón, y que existe una conciencia que siempre acompaña al pensamiento, es ella la que nos lleva a ser aquello que llamamos *nosotros mismos*, distinguiéndonos de ese modo de los otros seres que piensan y dándonos nuestra identidad personal. Pero el *principium individuationis*[8], la noción de esa identidad *que con la muerte se pierde o no para siempre*, era para mí, permanen-

---

[3] El valle de Hinón, cercano a Jerusalén, era un lugar bíblico en el cual se realizaban sacrificios humanos y se arrojaban niños a las llamas en honor al dios Moloch, por lo que pasó a ser llamado Gehena, topónimo que se transformó en un sinónimo del Infierno.

[4] Johann Gottlieb Fichte (1762-1814) fue un filósofo alemán considerado como uno de los padres del idealismo germano. Su panteísmo consistía en la noción de que todo el universo entero era un único principio espiritual.

[5] La palingenesia o palingénesis (en griego, 'nacer de nuevo') es una doctrina filosófica que postula la idea de la reencarnación o del «eterno retorno». Los pitagóricos la asociaban a la metempsícosis, es decir, al traspaso del alma de un difunto a un nuevo feto.

[6] Friedrich Schelling (1775-1854) fue un filósofo idealista alemán continuador de las ideas de Fichte, de cuyo idealismo subjetivo se apartó, precisamente, con las ideas de la identidad.

[7] John Locke (1632-1704) fue un filósofo empirista inglés. La definición citada por Poe pertenece, en efecto, a él (cfr. *Ensayo sobre el entendimiento humano*, Libro II, Capítulo 27, § 11).

[8] El principio de individuación es un concepto filosófico que intenta definir qué es lo que constituye la individualidad, tanto respecto al resto como a uno mismo a lo largo del tiempo.

temente, un tema de profundo interés. Y no tanto por la perturbadora y apasionante naturaleza de sus consecuencias como por la marcada y agitada manera en la que Morella lo mencionaba.

Pero entonces llegó el momento en que el misterio de las costumbres de mi esposa comenzó a oprimirme como un hechizo. Ya no pude soportar el contacto de sus blancos dedos, ni el grave tono de sus musicales palabras, ni el brillo de sus melancólicos ojos. Y ella supo esto, pero no me lo reprochó; parecía ser consciente de mi debilidad o locura y, sonriendo, lo llamaba «destino». Parecía, también, ser consciente de la causa, desconocida para mí, del gradual deterioro de mi estima hacia ella; pero no me dio indicio ni hizo alusión alguna sobre su naturaleza. Sin embargo, era ella mujer, y languidecía día a día. Con el tiempo, una mancha carmesí se asentó firmemente sobre sus mejillas, y las azules venas de su pálida frente se volvieron prominentes; y, en un instante, mi naturaleza se deshacía en piedad, pero, al siguiente, encontraba yo la mirada de sus expresivos ojos, y entonces mi alma se enfermaba y se mareaba con el mismo vértigo de quien mira abajo hacia un abismo sombrío e insondable.

¿Diré entonces que esperaba con un grave y voraz anhelo la muerte de Morella? Así era; pero el frágil espíritu se aferró a su morada de arcilla durante muchos días, durante muchas semanas y fastidiosos meses, hasta que mis torturados nervios obtuvieron el dominio por sobre mi mente y me enfurecí por la demora y, con el corazón de un demonio, maldije los días y las horas y los amargos momentos que parecían prolongarse y prolongarse, mientras su apacible vida declinaba, como sombras en el agonizar de un día.

Pero un atardecer de otoño, cuando los vientos yacían quietos en el cielo, Morella me llamó a la cabecera de su lecho. Había una oscura niebla por toda la tierra, y un cálido brillo sobre las aguas, y, en medio de la riqueza del follaje del bosque en octubre, un arco iris parecía haber caído del firmamento.

—Este es el día entre los días —dijo cuando me hube aproximado—; el día entre todos los días para vivir o para morir. Es un hermoso día para los hijos de la tierra y de la vida... ¡ah, y más hermoso aún para las hijas del cielo y de la muerte!

Besé su frente y continuó:

—Estoy muriendo; sin embargo, viviré.

—¡Morella!

—Nunca han sido los días en que tú pudiste amarme... pero a aquella a quien en vida aborreciste, en la muerte adorarás.

—¡Morella!

—Repito que estoy muriendo. Pero dentro de mí hay una prenda de ese afecto, ¡ah, cuán pequeño!, que sentiste por mí, por Morella. Y cuando mi espíritu parta, el niño vivirá, el niño tuyo y mío, de Morella. Pero tus días serán días de tristeza, de esa tristeza que es la más duradera de las impresiones, del mismo modo en que el ciprés es el más resistente de los árboles. Pues las horas de tu felicidad han terminado, y la alegría no se recoge dos veces en una vida, como las rosas de Pæstum[9] dos veces en un año. Tú ya no jugarás, entonces, como el de Teos[10] con el tiempo, sino que, ignorando el mirto y la viña, llevarás encima tu sudario por toda la tierra, como los musulmanes en La Meca.[11]

—¡Morella! —grité—. ¡Morella! ¿Cómo sabes esto?

Pero ella volvió su rostro sobre la almohada y, con un leve tremor recorriendo sus miembros, murió, y ya no oí más su voz.

Sin embargo, como ella había predicho, su hija, a la cual dio a luz al morir, y que no respiró sino hasta que la madre dejó de hacerlo, su hija, una niña, vivió. Y creció singularmente en estatura e intelecto, y era la exacta imagen de aquella que había partido, y yo la amé con un amor más ferviente del que había creído posible sentir por cualquier habitante de la tierra.

Pero, antes de que hubiese pasado mucho, el cielo de ese tan puro afecto se ensombreció, y el abatimiento, el horror y el pesar se extendieron por él como nubarrones. Dije que la niña creció singularmente en estatura e intelecto. Singular, verdaderamente, era su veloz crecimiento corporal; pero terribles, ¡oh!, terribles eran los tumultuosos pensamientos que sobre mí se apiñaban mientras observaba el desarrollo de su mente. ¿Podía ser de otra manera cuando diariamente descubría, en las ideas de la niña, los adultos poderes y facultades de la mujer; cuando las lecciones de la experiencia surgían de los labios de la infancia; cuando encontraba yo a menudo la sabiduría o las pasiones de la madurez brillando en sus profundos y meditativos ojos? Cuando todo esto se volvió evidente para mis pasmados sentidos, cuando ya no lo pude esconder de mi alma ni apartar de aquellas percepciones que temblaban al recibirlo, ¿es de extrañar que sospechas de una espantosa y perturbadora naturaleza se arrastrasen por mi espíritu, o que mis pensamientos recayesen horrorizados sobre las extravagantes

---

[9] Antigua ciudad grecorromana cuyas rosas fueron mencionadas por Virgilio: «Si no estuviese ya recogiendo velas, casi al final de mis trabajos, y no me apremiase el afán de enderezar la proa a tierra, acaso cantaría el arte con que se cultivan y hermosean los fértiles huertos, y también sobre los rosales de Pæstum, que florecen dos veces al año» (cfr. *Geórgicas*, Libro IV, 116 y ss.).

[10] Alusión a Anacreonte de Teos (c.574 a.C.-c.485 a.C.), poeta helénico en cuya obra lírica, de tono hedonista y festivo, son recurrentes los temas de la vejez y del amor a muchachas mucho más jóvenes.

[11] Era costumbre que, al peregrinar a La Meca, los musulmanes llevaran consigo, con el fin de sumergirlos en las aguas sagradas del pozo de Zamzam, los sudarios en los que serían amortajados al morir.

historias y espeluznantes teorías de la sepultada Morella? Arrebaté de la curiosidad del mundo a un ser que el destino me obligaba a amar, y en la rigurosa soledad de mi hogar vigilé con agónica ansiedad todo lo concerniente a la criatura amada.

Y, mientras los años transcurrían y yo contemplaba, día a día, su santo, suave y elocuente rostro y estudiaba detenidamente el madurar de sus formas, día a día descubría nuevos puntos de semejanza entre la niña y la madre, entre la melancólica y la muerta. Y, a cada momento, oscurecíanse más esas sombras de similitud y volvíanse más profundas, más definidas, más pasmosas y más atrozmente terribles en su aspecto. Porque que su sonrisa fuese como la de su madre lo podía yo soportar, pero, entonces, me estremecía ante su demasiado perfecta *identidad*; que sus ojos fuesen como los de Morella lo podía yo tolerar, pero, entonces, ellos se hundían demasiado a menudo en las profundidades de mi alma con el mismo intenso y desconcertante sentido de los de Morella. Y en el contorno de su amplia frente, y en los rizos de su sedoso cabello, y en los pálidos dedos que en aquel se ocultaban, y en los tristes tonos musicales de su habla, y sobre todo (¡oh, sobre todo!) en las frases y expresiones de la muerta que brotaban de los labios de la amada, de la viva, encontraba yo alimento para un pensamiento voraz, y horror para un gusano que *no moría*.

Y así pasaron dos lustros de su vida, y, sin embargo, mi hija permanecía sin nombre alguno sobre la tierra. «Hija mía» y «cariño» eran los apelativos usualmente sugeridos por un afecto paternal, y la rígida reclusión de sus días impedía toda otra relación. El nombre de Morella había muerto con ella al momento de su deceso. De la madre nunca había hablado a la hija; era imposible hablar. A decir verdad, durante el breve período de su existencia, esta última no había recibido impresiones del mundo exterior, salvo aquellas que podían ser recogidas dentro de los estrechos límites de su aislamiento. Pero, finalmente, la ceremonia del bautismo se presentó a mi mente, en su nerviosa y agitada condición, como una acertada liberación del terror de mi destino. Y ante la pila bautismal vacilé al elegir un nombre. Y muchos epítetos de sabiduría y belleza, de viejos y modernos tiempos, de mi tierra y de tierras extrañas, se agolparon en mis labios, junto con muchos, muchos epítetos de gracia, de alegría y de bondad. ¿Qué me impulsó, entonces, a perturbar la memoria de los muertos sepultados? ¿Qué demonio me urgió a musitar ese sonido cuyo solo recuerdo solía hacer correr en torrentes la purpúrea sangre de mis sienes a mi corazón? ¿Qué entidad infernal habló desde las profundidades de mi alma cuando, bajo aquellas oscuras bóvedas, y en medio del silencio de la noche, susurré al oído del sacerdote las sílabas de «Morella»? ¿Qué otra cosa sino un demonio convulsionó las facciones de mi hija y las cubrió con matices de muerte cuando, sobresaltándose ante ese sonido apenas audible, volvió sus vidriosos ojos de la tierra al cielo y, cayendo postrada sobre las negras losas de nuestro panteón familiar, respondió:

—¡Aquí estoy!

Nítidas, fría y tranquilamente nítidas cayeron estas escasas y simples palabras en mis oídos, y de ahí, como plomo fundido, rodaron silbando hasta mi cerebro. Años, años podrán pasar, pero, el recuerdo de esa época, jamás. No ignoraba yo, a decir verdad, las flores y la viña, pero el abeto y el ciprés ensombrecían todas mis noches y mis días. Y perdí toda noción de tiempo y espacio, y las estrellas de mi destino se desvanecieron del cielo, y, en consecuencia, la tierra se oscureció, y sus formas comenzaron a pasar a mi lado como sombras fugaces, y entre todas ellas sólo veía yo a... Morella. Los vientos del firmamento no susurraban sino un único sonido en mis oídos, y el agitarse del mar murmuraba eternamente: «Morella». Pero ella murió, y con mis propias manos la llevé a su tumba; y reí con una larga y amarga carcajada cuando no encontré rastros de la primera en el nicho donde tendí a la segunda... Morella.

Nikolai Gogol

Viy[1]

penas resonaba por las mañanas en Kiev la estruendosa campana del seminario colgada sobre las puertas del monasterio de Bratski, de todos los extremos de la ciudad acudían en tropel los seminaristas y aspirantes. Los gramáticos, retóricos, filósofos y teólogos corrían, con los cuadernos bajo el brazo, a clase.

Los gramáticos eran aún muy pequeños; al ir, se empujaban los unos a los otros y se insultaban con voz muy atiplada. Casi todos tenían sus indumentos hechos jirones o sucios, y sus bolsillos estaban eternamente repletos de todo tipo de bagatelas, como ser pastelillos, silbatos hechos con plumas, tortas a medio comer y, a veces, hasta pequeños gorriones, algunos de los cuales, al chillar repentinamente en medio del extraordinario silencio de la clase, le ocasionaban a su dueño una buena zurra en ambas manos, cuando no una ruda azotaina con varas de cerezo.

Los retóricos caminaban con mayor aplomo. Sus trajes estaban a menudo absolutamente intactos, pero, en cambio, ostentaban casi siempre en la cara algún adorno que asumía la forma de un tropo retórico: o bien un ojo que desaparecía bajo la misma frente, o bien toda una burbuja que reemplazaba a un labio, o cualquier otro signo característico. Estos perjuraban y hablaban entre sí con voz de tenor.

Los filósofos caían incluso una octava más baja. En sus bolsillos sólo había fuerte picadura de tabaco, pues nunca almacenaban reservas, sino que devoraban inmediatamente cuanto caía en sus manos. Despedían un olor a pipa y a vodka tan penetrante a su alrededor que a veces el artesano que pasaba cerca se detenía y husmeaba el aire durante largo rato como un sabueso.

La feria, por lo general, a esa hora apenas empezaba a moverse, y las vendedoras, con sus rosquillas, sus panecillos, sus semillas de sandía y sus tortas de amapola, tiraban de aquellos cuyos faldones eran de paño fino o de cualquier género de algodón.

---

[1] El viy es una fantástica creación de la imaginación popular. Así llaman los ucranianos al jefe de los gnomos, cuyos párpados llegan hasta el suelo. Esta historia es una leyenda tradicional. No he querido cambiarle detalle alguno y la cuento aquí casi con la misma sencillez con la que la he escuchado. *(Nota del autor).*

—¡Jóvenes, jóvenes! ¡Aquí, aquí! —gritaban desde todas partes—. ¡Miren estas rosquillas, estas tortas de amapola, estos ricos pastelillos! ¡Por Dios que son muy buenos! ¡Con miel! ¡Recién salidos del horno!

Otra, levantando algo largo y retorcido, gritaba:

—¡Miren este caramelo! ¡Jóvenes, compren este caramelo!

—No le compren nada a esa. Miren qué fea es. Su nariz es espantosa, y tiene las manos sucias.

Pero las vendedoras tenían miedo de pregonarles a los filósofos y los teólogos, ya que los filósofos y los teólogos gustaban de tomar solamente a prueba y, por añadidura, de a montones.

Al llegar al seminario, toda la multitud se distribuía por las aulas, establecidas en aposentos bajos pero bastante espaciosos, de ventanas pequeñas, puertas anchas y bancos sucios. El aula se llenaba repentinamente del zumbido de muchas voces: los ayudantes les tomaban las lecciones a los alumnos. La sonora voz atiplada del gramático iba a vibrar contra los vidrios de las pequeñas ventanas, y los vidrios respondían con un sonido casi idéntico; de un rincón llegaba la voz del retórico, cuya bocaza y gruesos labios eran dignos cuando menos de la filosofía, tronando con voz de bajo, de tal modo que desde lejos sólo se oía un «bu, bu, bu, bu». Los ayudantes, mientras tomaban la lección, miraban de soslayo bajo el banco, donde del bolsillo del estudiante asomaba un panecillo, un pastelillo o unas semillas de zapallo.

Cuando toda aquella muchedumbre de sabios llegaba un poco más temprano, o cuando sabían que los profesores iban a llegar más tarde que de costumbre, concertaban una batalla en la que debían intervenir todos, hasta los monitores, encargados de velar por el orden y la moralidad de todo el gremio estudioso. Por lo general, dos de los teólogos resolvían cómo se debía librar la batalla: si cada clase debía luchar por separado o si todos debían dividirse en dos bandos, los aspirantes y los seminaristas. En cualquier caso, los gramáticos eran los que empezaban, pero, en cuanto intervenían los retóricos, se alejaban corriendo hacia las alturas para observar de lejos. Luego entraba en escena la filosofía, con sus negros y largos bigotes, y finalmente los teólogos, con sus enormes pantalones y sus gordísimas nucas. Lo corriente era que los teólogos zurraran a los demás y que los filósofos, frotándose las caderas, volvieran a empujones al aula, donde se instalaban a descansar sobre los bancos. Al entrar el profesor, que había participado antaño personalmente en lides de aquella índole, adivinaba de inmediato, en los enardecidos rostros de sus oyentes, que la batalla había sido importante, y, mientras golpeaba con la vara los dedos de los retóricos, en otra aula otro profesor le ajustaba las cuentas en forma análoga a la filosofía. Con los teólogos se obraba de una manera distinta: a ellos, según decía el profesor de Teología, debía corresponderles una andanada de «pólvora grande», o sea, unos cortos rebencazos de cuero.

En las fechas solemnes y los días festivos, los seminaristas y los aspirantes iban de casa en casa ejecutando dramas. A veces representaban una comedia, y en esas ocasiones siempre se distinguía algún teólogo, de una estatura muy próxima a la del campanario de Kiev, que encarnaba a Herodías o a la esposa del cortesano egipcio Potifar.[2] En recompensa obtenían un trozo de paño, una bolsa de avena, medio pavo hervido o algo por el estilo.

Todos aquellos eruditos, tanto los seminaristas como los aspirantes, que vivían en una suerte de mutua hostilidad hereditaria, eran muy pobres en cuanto a medios de sustento y, al mismo tiempo, extremadamente voraces, a tal punto que habría resultado imposible calcular cuántos bollos engullían a la cena, por lo cual las voluntarias donaciones de los ciudadanos acaudalados nunca eran suficientes. Entonces, un congreso compuesto por filósofos y teólogos enviaba a los gramáticos y retóricos, comandados por un filósofo (que a veces se unía al grupo como uno más), a arrasar, con bolsas al hombro, los huertos ajenos. Y el puré de zapallo aparecía en clase. Los congresistas se atragantaban con sandías y melones de tal modo que al día siguiente los ayudantes oían de ellos dos lecciones en lugar de una: la primera, de sus labios; la segunda, de sus rugientes estómagos congresales. Tanto los aspirantes como los seminaristas iban ataviados con una especie de sobretodo que les llegaba «por todo el presente», expresión técnica que significaba «hasta por debajo de los talones».

El acontecimiento más trascendental del seminario eran las vacaciones, que principiaban en el mes de junio, época en que los estudiantes solían ser enviados a sus casas. Entonces, toda la amplia carretera principal se cubría de gramáticos, filósofos y teólogos. Todo aquel que carecía de refugio propio iba al de alguno de sus condiscípulos. Los filósofos y los teólogos iban «a condición», es decir, se comprometían a dar clases o preparar para el colegio a los hijos de familias acomodadas, y obtenían por ello un par de botas y a veces hasta lo suficiente para un sobretodo nuevo. Toda aquella turba avanzaba unida como una caravana gitana, se cocinaba gachas y dormía al raso. Cada uno llevaba sobre sus espaldas una bolsa que contenía una camisa y un par de medias. Los teólogos eran particularmente ahorrativos y meticulosos: para no gastar sus botas, se las quitaban, las colgaban de un palo y las llevaban sobre el hombro, especialmente cuando había mucho barro. En tales ocasiones, se arremangaban los pantalones hasta las rodillas y chapoteaban temerariamente descalzos a través de los charcos. Tan pronto como divisaban algún caserío, abandonaban el camino y, acercándose a la cabaña que se les antojaba en mejores condiciones, se alineaban frente a las ventanas y comenzaban a entonar una salmodia. El dueño

[2] Figuras bíblicas femeninas. Para Herodías, esposa del rey Herodes, ver *Salomé* (p. 163).

de la cabaña, algún viejo campesino cosaco, los escuchaba largo rato apoyado sobre ambos codos, tras lo cual sollozaba amargamente y le decía a su esposa:

—¡Mujer! Lo que estos estudiantes cantan debe de ser muy razonable; llévales algo de cerdo y cualquier otra cosa que tengamos en casa.

Y toda una fuente de pastelillos era depositada en una bolsa. A veces un buen pedazo de tocino, algunos panecillos y hasta una gallina bien amarrada también eran de la partida. Fortalecidos con estas reservas, los gramáticos, retóricos, filósofos y teólogos continuaban su camino. Pero, a medida que avanzaban, su número iba mermando. Ya la mayoría había llegado a su casa, y sólo quedaban aquellos cuyos nidos paternos estaban emplazados a mayor distancia.

Cierta vez, durante uno de estos viajes, tres estudiantes abandonaron el camino principal con la intención de proveerse de vituallas en el primer caserío con el que se topasen, pues sus bolsas llevaban ya bastante tiempo vacías. Se trataba del teólogo Jaliava, el filósofo Jomá Brut y el retórico Tiberi Gorobets.

El teólogo era alto, ancho de hombros y de un carácter sumamente singular: robaba invariablemente todo aquello que encontraba a su paso. En otros casos se mostraba sumamente lúgubre, y, cuando se emborrachaba, se escondía en los matorrales, de tal modo que al seminario le costaba enormes esfuerzos dar con él.

El filósofo Jomá Brut era de un temperamento alegre. Le agradaba sobremanera echarse por ahí a fumar su pipa, y, cuando bebía, contrataba ineludiblemente a algunos músicos y bailaba el *trepak*[3]. Probaba muy a menudo la «pólvora grande», pero con una indiferencia perfectamente filosófica, diciendo que lo inevitable era inevitable.

El retórico Tiberi Gorobets no tenía aún derecho a dejarse crecer los bigotes, a beber vodka o a fumar pipa. Apenas si ostentaba un principio de barba. Por consiguiente, su carácter no se había desarrollado demasiado aún, pero, a juzgar por los significativos chichones que a menudo lucía en su frente cuando se presentaba a clase, cabía suponer que llegaría a ser un gran guerrero. El teólogo Jaliava y el filósofo Jomá con frecuencia le tiraban del copete en señal de protección y lo utilizaban en calidad de delegado.

Anochecía ya cuando abandonaron el camino principal; el sol acababa de ponerse y la calidez del día perduraba aún en el aire. El teólogo y el filósofo caminaban fumando sus pipas en silencio; el retórico Tiberi iba descabezando con un palo las flores que crecían a la vera del sendero. El camino serpenteaba a través de dispersos grupos de robles y nogales que cubrían el prado. Súbitas laderas y pequeñas colinas, verdes y redondas como cúpulas, alteraban ocasionalmente la monotonía

[3] Danza folklórica tradicional rusa, originaria de Ucrania.

de la llanura. La visión de un sembrado de trigo les hizo inferir que no tardarían en dar con alguna alquería, pero hacía una hora que habían dejado el trigo atrás y seguían sin ver una sola morada. Las sombras del ocaso habían ya cubierto el cielo, y sólo al oeste palidecía aún un último destello de purpúreo resplandor.

—¡Qué diablos! —exclamó el filósofo Jomá Brut—. Realmente parecía que habría algún caserío cerca.

El teólogo guardó silencio y paseó sus ojos por los alrededores, tras lo cual volvió a ponerse la pipa en la boca y reanudó junto a los otros su camino.

—¡Juro por Dios! —dijo el filósofo, deteniéndose nuevamente—. No se ve ni el puño del Diablo.

—Puede que haya alguna casa más adelante —respondió el teólogo sin sacarse la pipa de la boca.

Mientras tanto, ya había caído la noche, y se trataba de una noche bastante oscura. Unas nubes acrecentaban las tinieblas, y, a juzgar por todos los indicios, no podían esperarse ni luna ni estrellas. Los estudiantes advirtieron que se habían extraviado y que hacía ya bastante que no pisaban el camino.

El filósofo, después de haber tanteado con sus pies en varias direcciones, dijo abruptamente:

—¿Dónde está el camino?

El teólogo meditó unos instantes en profundo silencio y observó:

—Sí, es una noche oscura.

El retórico se movió a un lado y buscó el sendero en cuatro patas, pero sus manos siempre terminaban encontrando sólo madrigueras de zorras. No había allí más que una extensa estepa por la que, al parecer, nadie viajaba. Los viandantes hicieron otro esfuerzo por avanzar, pero por todos lados encontraban la misma desolación. El filósofo probó gritar, pero su voz murió en el aire sin encontrar respuesta. Sólo un poco más tarde se oyó un débil gemir que semejaba el aullido de un lobo.

—Ya ven, ¿qué hacemos ahora? —dijo el filósofo.

—¿Qué hacemos? Nos quedamos aquí a pasar la noche —respondió el teólogo, y buscó en su bolsillo la yesca para encender nuevamente su pipa.

Pero el filósofo no podía estar de acuerdo con ello: estaba muy habituado a guardarse para la noche un pedazo de pan de varios kilos y unas cuatro libras de tocino, y sentía ahora una suerte de insoportable soledad en el estómago. Además, a pesar de su temperamento alegre, les tenía bastante miedo a los lobos.

—No, Jaliava, no podemos —dijo—. ¿Echarnos como perros sin habernos fortalecido con algo? De ninguna manera. Sigamos probando; quizás demos con alguna casa y podamos al menos beber todavía un vaso de vodka esta noche.

Al oír la palabra «vodka», el teólogo escupió a un lado y respondió:

—Es cierto, no hay motivo para pasar la noche aquí en el campo.

Los estudiantes reanudaron su marcha y, con inmensa alegría, creyeron oír de pronto unos ladridos distantes. Después de escuchar con atención para conjeturar la dirección de su procedencia, avanzaron más animados y, al poco de andar, vieron al fin una pequeña luz.

—¡Un caserío, por Dios que es un caserío! —gritó el filósofo.

Su suposición no se vio desengañada: al poco tiempo vieron, efectivamente, un pequeño caserío formado por sólo dos cabañas que compartían un mismo patio. Se veía luz en las ventanas y se divisaba una decena de ciruelos proyectándose tras la cerca. Mirando a través de los intersticios abiertos entre los tablones de la puerta, los estudiantes vieron un patio repleto de carretas. Recién ahora las estrellas comenzaban a asomar en el cielo.

—¡Atención, hermanos, a no detenerse ahora! Debemos conseguir albergue para esta noche a cualquier precio.

Los tres sabios golpearon a un tiempo la puerta y gritaron:

—¡Eh, abran!

La puerta de una de las cabañas crujió y, al cabo de un instante, los estudiantes vieron frente a sí a una anciana envuelta en un abrigo de piel de cabra.

—¿Quién anda ahí? —preguntó la vieja con una sorda tos.

—Déjanos pasar la noche dentro, abuelita de mi vida. Nos hemos extraviado, y fuera en la campiña se está tan mal como en una panza hambrienta.

—¿Qué clase de gente sois?

—Somos gente inofensiva: el teólogo Jaliava, el filósofo Brut y el retórico Gorobets.

—Imposible —refunfuñó la anciana—. Tengo lleno el patio y ocupados todos los rincones de la cabaña. ¿Dónde os pondría? ¡Y muchachos tan altos y robustos! Se me derrumbará la cabaña si acomodo gente así. Ya conozco a estos filósofos y teólogos: una vez que empiezas a recibir a tales borrachos, no tardas en quedarte sin casa. ¡Largaos, fuera, fuera! No hay aquí lugar para gente como vosotros.

—¡Ten piedad, abuelita! ¿Permitirás que unas almas cristianas perezcan por nada? Métenos donde gustes. Y si hacemos algo indebido... ¡que se nos pudran las manos y todo lo que Dios quiera! ¡Eso es!

La anciana pareció ablandarse un poco.

—Bueno —dijo, como pensando—. Os dejaré entrar, pero os haré dormir a los tres en lugares separados, pues mi corazón no estará para nada tranquilo si permanecéis juntos.

—¡Haz como quieras! ¡No nos opondremos! —respondieron los estudiantes al unísono.

La puerta crujió y los tres entraron al patio.

—Bien, abuelita —dijo el filósofo, siguiendo a la anciana—, la cosa es que, como se dice, siento como si me retorcieran el vientre con una rueda. Desde la mañana que no hemos probado ni una astilla.

—¡Vaya con sus pretensiones! —respondió la vieja—. No tengo nada, no se ha encendido el horno en todo el día.

—Mañana lo pagaríamos todo, como corresponde, con dinero contante y sonante —prosiguió el filósofo, tras lo cual susurró para sí—: Ni el diablo de un centavo te daremos...

—¡Caminad, caminad, y contentaos con lo que recibís! Vaya señoritos delicados que nos trajo el Diablo hoy.

El filósofo Jomá quedó completamente abatido al escuchar tales palabras, pero de improviso su nariz percibió olor a pescado seco. Miró a los pantalones del teólogo, que caminaba a su lado, y vio que una enorme cola de pez asomaba de su bolsillo: el teólogo ya había tenido tiempo de hurtar una merluza entera de una carreta. Y, puesto que no lo había hecho por codicia sino por mero hábito, hasta el punto de haberla ya olvidado por completo y estar buscando algo nuevo para robar, resuelto a no dejar pasar siquiera una rueda rota, el filósofo Jomá le metió la mano en el bolsillo cual si se hubiese tratado del propio y tomó la merluza para sí.

La vieja instaló a los estudiantes: el retórico fue ubicado en la cabaña, el teólogo fue encerrado en un cuartucho desocupado, y el filósofo fue destinado al establo ovino, que también se encontraba vacío.

El filósofo, una vez solo, devoró su merluza en cuestión de instantes, examinó las paredes del establo, dio un puntapié al hocico de una marrana curiosa que se había asomado desde el establo contiguo, y se recostó sobre uno de sus lados a fin de quedar pesadamente dormido. Pero, de repente, la baja puerta del establo se abrió, y la anciana, encorvándose, entró.

—¿Qué necesitas, abuelita? —preguntó el filósofo.

La anciana avanzó hacia él con los brazos extendidos.

«¡Ajá! —pensó el filósofo—. Pero no, querida, ya estás muy vieja».

Se apartó un poco, pero la anciana, sin ceremonias, volvió a avanzar hacia él.

—Escucha, abuelita —dijo el filósofo—, estoy en período de ayuno, y yo soy de la clase de hombres que no faltarían a su ayuno ni por mil rublos de oro.

Pero la anciana seguía extendiendo los brazos y persiguiéndolo sin decir palabra.

El filósofo comenzó a asustarse, sobre todo cuando advirtió que los ojos de la vieja brillaban con una luz anormal.

—¡Abuelita! ¿Qué te sucede? ¡Vamos, ve, ve con Dios! —gritó.

Pero la anciana no decía palabra alguna y seguía persiguiéndolo con los brazos extendidos.

Jomá se levantó de un salto, con la intención de escapar, pero la anciana se apostó en la puerta, fijando sus centelleantes ojos en él, y nuevamente comenzó a acercársele.

El filósofo quiso repelerla con sus manos, pero notó, con asombro, que no podía levantarlas y que sus pies no se movían. Preso del pánico, descubrió que de su boca no salía ya su voz, sino que las palabras se movían sobre sus labios sin producir sonido alguno. Sólo escuchaba los latidos de su propio corazón. Entonces la anciana se le puso al lado, le hizo cruzar los brazos sobre el pecho, le inclinó la cabeza, le saltó sobre la espalda con la velocidad de un gato, le pegó en un costado con su escoba, y él, saltando como un caballo de silla, comenzó a llevarla montada sobre sus hombros. Todo esto se produjo con tal rapidez que el filósofo apenas si pudo darse cuenta de lo que hacía. Intentó sujetarse las rodillas con ambas manos, en un esfuerzo por detener sus piernas, pero estas, para su enorme consternación, siguieron moviéndose contra su voluntad y trotando con una velocidad mayor a la de un caballo circasiano. Recién cuando dejaron el caserío atrás y una llana planicie, flanqueada por un bosque negro como el carbón, se abrió ante ellos, Jomá se dijo: «¡Uh, oh, es una bruja!».

Una luna en cuarto menguante brillaba en el cielo. Un tímido resplandor de medianoche se cernía levemente, como un velo transparente, sobre la tierra. Los bosques, la pradera, el cielo, los valles... todo parecía dormir con los ojos abiertos. No soplaba nada de viento en ningún lado, y había algo de humedad y tibieza en la frescura de la noche. Las sombras de árboles y arbustos caían, como cometas, en afiladas cuñas sobre la empinada planicie. Tal era la noche en la que el filósofo Jomá Brut galopó con un inexplicable jinete sobre su espalda. Sentía que su corazón era asediado por un sentimiento lánguido y desagradable, si bien no exento de dulzura. Inclinó su cabeza y advirtió que la hierba, que estaba casi bajo sus pies, parecía crecer cada vez más y más lejos y que sobre ella fluía un agua transparente como manantial de montaña, de modo que la hierba parecía estar en las hondas profundidades de un mar brillante y cristalino; al menos, se veía a sí mismo reflejado en el agua, con la anciana aún sentada sobre sus hombros. Notó que, en vez de la luna, una especie de sol brillaba allí, y escuchó el tintineo de unas azules campanillas que mecían sus cabezas. Luego advirtió que de entre los juncos salía nadando una rusalka[4]; vio surgir su espalda y su pierna, armoniosa, firme, toda brillo y temblor. La rusalka se volvió hacia él y, con sus ojos agudos y resplandecientes y su canto que invadía el alma, se le aproximó hasta casi alcanzar la superficie. Luego, estremeciéndose con una encendida risa, se alejó, tras lo cual se tendió de espaldas y el sol

---

[4] En la mitología eslava, las rusalkas eran ninfas elementales del agua, lo que las emparentaba ligeramente con las ondinas, nereidas, náyades, sirenas, nixies, selkies, etc.

brilló sobre sus nebulosos pechos, opacos como porcelana sin esmaltar, arrancando destellos de la blanca y tierna elasticidad de su redondez. El agua los cubría con diminutas burbujas que semejaban perlas. Ella temblaba de pies a cabeza y reía bajo el líquido elemento.

Mas ¿veía él todo aquello o no? ¿Era realidad o era todo un sueño? ¿Y qué era aquel viento o música que sonaba, sonaba, ondulaba, lo invadía todo y atravesaba su alma con un trino insoportable?

«¿Qué es esto?», pensó el filósofo Jomá Brut, mirando abajo mientras corría a toda velocidad. El sudor le corría por la frente. Experimentaba un sentimiento diabólicamente dulce, un penetrante placer, lánguido y terrible. A menudo tenía la sensación de que su corazón había dejado de latir y, asustado, se llevaba la mano al pecho. Exhausto y abrumado, empezó a recordar cuanta plegaria conocía. Pasó revista a todos los exorcismos contra espíritus malignos, y súbitamente sintió algo de alivio: le pareció que su andar se volvía más pesado y que la bruja se sostenía más débilmente sobre sus hombros. Podía sentir de nuevo la tupida hierba y ya no veía nada de extraordinario en ella. El cuarto menguante brillaba en el cielo.

«¡Perfecto!», pensó el filósofo, tras lo cual empezó a recitar sus exorcismos en voz alta. Finalmente, con la rapidez del relámpago, se escabulló de debajo de la vieja y montó a su turno sobre las espaldas de ella. La anciana, con su paso menudo, comenzó a correr tan aprisa que el jinete casi no podía respirar. Apenas si lograba vislumbrar la tierra debajo. Si bien el terreno era llano y la luna, pese a hallarse en su menguante, lo bañaba con su claridad, la velocidad tornaba todo vago y confuso a sus ojos. Aun así, Jomá logró alcanzar un leño tirado en el camino y comenzó a golpear a la anciana con todas sus fuerzas. Ella profirió salvajes alaridos; primero rabiosos y amenazantes, luego más débiles, agradables y puros, y por último suaves, apenas audibles, semejantes a tenues cascabeles de plata que penetraban el alma del filósofo. Un pensamiento lo asaltó entonces: ¿era realmente una vieja?

—¡Ay, no puedo más! —dijo ella, exhausta, y se desplomó.

El filósofo se puso de pie y la miró a los ojos, mientras amanecía y las doradas cúpulas de las iglesias de Kiev centelleaban en la distancia. Ante él yacía una hermosa muchacha, de largas pestañas y de abundante y desgreñada cabellera, que estiraba insensiblemente sus blancos brazos y gemía, mirando al cielo con los ojos llenos de lágrimas.

Jomá tembló como una hoja en un árbol. Lo dominaron la piedad, una extraña excitación y una timidez que le resultaba por completo desconocida, por lo que se lanzó a correr como un loco. Por el camino, su corazón le latía con violencia. No podía explicarse ese nuevo y extraño sentimiento que lo embargaba. Ya no quiso ni acercarse de nuevo al caserío, por lo que se apresuró a retornar a Kiev, meditando sin cesar, mientras regresaba, sobre aquel incomprensible suceso.

Al llegar, descubrió que casi no quedaban estudiantes en la ciudad: todos se habían desparramado por las aldeas, habían partido «a condición» o lo habían hecho sin condición alguna, pues en las alquerías ucranianas se podía comer queso, bollos, crema y pasteles del tamaño de un sombrero sin pagar un solo céntimo. La gran cabaña destartalada en la que moraban los estudiantes estaba desierta, y, por más que el filósofo hurgó en todos los rincones, recovecos y agujeros del tejado, no encontró ni un solo trozo de tocino o siquiera un viejo mendrugo de los que los estudiantes tenían por costumbre esconder.

Sin embargo, el filósofo no tardó en encontrar una solución a sus infortunios: dio, silbando, unos tres paseos por la feria, intercambió un guiño de ojos con una joven viuda de casaca amarilla que vendía cintas, perdigones y ruedas, y ese mismo día se encontró, en una pequeña casa de arcilla situada en medio de un jardín de cerezos, comiendo pollo, bollos de trigo y, en pocas palabras, una mesa con más cosas de las que se podían contar. Y esa noche se pudo ver al filósofo en la taberna: se echó en un banco a fumar su pipa, como era su costumbre, y, a la vista de todo el mundo, le arrojó al tabernero judío una pieza de oro. Ante él se depositó una jarra. Pasó la noche mirando a todos entrar y salir con ojos satisfechos, sin recordar ya su extraordinaria aventura.

Mientras tanto, por todas partes se difundió el rumor de que la hija de uno de los más ricos jefes cosacos, cuya aldea se hallaba a unas cincuenta verstas de Kiev, había regresado un día terriblemente golpeada de una caminata, agonizante y con fuerzas apenas suficientes para arrastrarse hasta la casa paterna, y que había expresado el deseo de que, en la hora de su muerte, las oraciones junto a su cuerpo durante los tres días siguientes a su defunción fuesen leídas por un seminarista de Kiev: Jomá Brut. El filósofo supo esto de boca del propio rector, quien lo citó para tal propósito en su gabinete y lo conminó a que se pusiera en marcha de inmediato, ya que el distinguido cosaco había enviado hombres y una carreta en su busca.

Jomá se estremeció ante una vaga inquietud cuya naturaleza no era capaz de explicarse. Un oscuro presentimiento le decía que algo malo le aguardaba. Sin saber por qué, manifestó sin ambages que no iría.

—Escucha, dómine Jomá —le dijo el rector, que en ciertas ocasiones se dirigía con suma cortesía a sus subordinados—. Nadie te está preguntando si quieres ir o no. Sólo te diré que, si sigues haciéndote el listo y opinando, te haré propinar tal azotaina en la espalda con una rama de abedul que ya no lo necesitarás nunca más al ir a la *bania*[5].

El filósofo, rascándose detrás de una oreja, salió sin decir palabra, decidido a confiar en sus piernas apenas se le presentase la primera

[5] Tradicional sauna ruso en el que, tras el baño de vapor, era común recibir un azote con ramas de abedul y de inmediato darse un nuevo baño con agua helada.

oportunidad. Meditando profundamente, descendió por la empinada escalera que llevaba al patio rodeado de álamos, pero se detuvo un instante al oír con bastante claridad la voz del rector que daba instrucciones a su despensero y a alguien más, probablemente a uno de los hombres enviados por el jefe cosaco:

—Agradece a tu señor por la avena y los huevos —decía el rector—, y dile que en cuanto estén listos los libros que pidió se los enviaré sin demora: ya se los he entregado al escriba para que los copie. Y no se te olvide mencionarle que en su comarca, según tengo entendido, se obtiene muy buen pescado, especialmente esturión, de modo que cuando tenga ocasión puede enviarnos algo, pues en nuestro mercado es malo y muy caro. Y tú dale a estos cosacos una ración de vodka. Y amarren al filósofo, pues de seguro intentará escapar.

«¡Ese hijo del Diablo! —pensó el filósofo—. Ha olido mis intenciones».

Terminó de bajar y vio una carreta cubierta que al principio le pareció un granero sobre ruedas. En efecto, era tan profunda como un horno de ladrillos. Se trataba de un vehículo muy común en Cracovia, al que a menudo subían cincuenta judíos juntos con sus mercancías para ir a todos los pueblos en los que sus narices olfateasen una feria. Seis robustos y firmes cosacos, entrados en años, lo aguardaban. Sus chaquetas de paño fino evidenciaban que pertenecían a un amo importante y de fortuna, mientras que numerosas cicatrices indicaban que habían participado antaño en la guerra, y no sin gloria.

«¡Qué se le va a hacer! Lo inevitable es inevitable», pensó el filósofo, y, dirigiéndose a los cosacos, les dijo con voz sonora:

—¡Buen día, camaradas!

—¡Salud, filósofo! —contestaron algunos de los cosacos.

—¿De modo que debo viajar allí dentro con ustedes? ¡Lujoso coche! —siguió, mientras subía—. Si contratásemos algunos músicos, podríamos hasta bailar aquí.

—Sí, es un vehículo espacioso —contestó uno de los cosacos, sentándose en el pescante junto al cochero, que llevaba un pañuelo ceñido a la cabeza en lugar de sombrero, pues ya había tenido tiempo para olvidárselo en la taberna.

Los otros cinco hombres, junto al filósofo, subieron al interior y se sentaron sobre unos sacos llenos de toda clase de mercaderías adquiridas en la ciudad.

—Sería interesante saber lo siguiente —dijo el filósofo—. Si esta carreta fuese cargada con alguna mercancía, digamos con sal o con cuñas de hierro, ¿cuántos caballos necesitaría?

—Sí —dijo tras una pausa el cosaco del pescante—, se necesitaría un número suficiente de caballos.

Tras una respuesta tan satisfactoria, el cosaco se creyó con pleno derecho a guardar silencio durante todo el resto del viaje.

El filósofo sentía grandes deseos de saber con más detalle quién era aquel jefe cosaco, cómo era su carácter y qué había de esos rumores sobre su hija, que había regresado a su casa en tan extraordinarias condiciones, al borde de la muerte, y cuya historia se conectaba ahora con la suya; cómo era el señor con ellos y qué sucedía en la casa. Les formuló todas estas preguntas, pero los cosacos debían de ser filósofos también, pues no respondieron nada y se limitaron a seguir fumando sus pipas, tendidos sobre los sacos. Tan sólo uno de ellos le dirigió la palabra al cochero que iba en el pescante para darle una breve orden:

—Estate atento, Overko, viejo babieca. Cuando llegues a la taberna del camino de Chujrailovskaya no olvides detenerte y despertarnos a mí y a los demás si nos hemos quedado dormidos.

Tras decir esto, cerró los ojos y comenzó a roncar de manera bastante estruendosa. De todos modos, su instrucción resultó totalmente innecesaria, pues no bien la enorme carreta se aproximó a dicho lugar todos los cosacos gritaron al unísono:

—¡Para!

Además, los caballos de Overko ya estaban tan acostumbrados a ello que se detenían solos frente a cada taberna.

A pesar del caluroso día de julio, todos salieron de la carreta y se introdujeron en un bajo y sucio saloncito en el que el tabernero judío, con visibles signos de alegría, se apresuró a dar la bienvenida a sus viejos conocidos. Bajo sus ropas llevaba varias salchichas de cerdo y, tras depositarlas sobre una mesa, dio la espalda de inmediato a ese fruto prohibido por el Talmud. Los cosacos se sentaron en torno a la mesa y ante cada parroquiano apareció una jarra de arcilla. El filósofo Jomá se vio obligado a ser de la partida. Y dado que los hombres de la Pequeña Rusia[6] apenas se ponen un poco alegres comienzan a besarse o a llorar, pronto todo el lugar se llenó de ruido de besos:

—¡Vamos, Spirid, dame un beso!

—¡Ven, Dorosh, que te daré un abrazo!

Uno de los cosacos, que era un poco más viejo que los otros y tenía canosos los bigotes, apoyó su mejilla sobre la mano y comenzó a sollozar con toda su alma al recordar que no tenía ni padre ni madre y se hallaba solo en el mundo. Otro de ellos, que era un gran razonador, lo consolaba diciéndole:

—¡No llores más, te lo ruego! Que esto es así... y Dios sabe cómo tiene que ser.

El que se llamaba Dorosh se puso extraordinariamente curioso y, dirigiéndose al filósofo Jomá, comenzó a preguntarle sin cesar:

—Me gustaría saber qué es lo que les enseñan en el seminario. ¿Es lo mismo que el diácono lee en la iglesia, o es otra cosa distinta?

---

[6] Antigua expresión para referirse a Ucrania.

—¡No preguntes! —le dijo el razonador, arrastrando las palabras—. Deja que sea como siempre ha sido. Dios sabe cómo tiene que ser; Dios lo sabe todo.

—¡No! —insistió Dorosh—. Yo quiero saber qué dicen esos libros. Puede que sea algo diferente de lo que nos lee el diácono.

—¡Oh, Dios mío, Dios mío! —contestó el honrado razonador—. ¿De qué hablas? La voluntad de Dios lo ha hecho así. Es como Dios lo ha dispuesto, no lo puedes cambiar.

—¡Quiero saber todo lo que está escrito ahí! ¡Iré al seminario yo mismo, por Dios que lo haré! ¿Piensas que no puedo aprender? ¡Lo aprenderé todo, todo!

—¡Oh, Dios mío, oh, Dios mío...! —dijo el otro mientras dejaba caer la cabeza sobre la mesa, pues ya no tenía fuerzas suficientes para seguir sosteniéndola encima de los hombros.

Los demás cosacos hablaban de terratenientes y de por qué la luna brilla en el cielo.

El filósofo Jomá, al ver el estado general, decidió aprovechar la oportunidad para escapar. Primero le habló al cosaco canoso que lloraba a sus padres:

—¿Por qué lloras, amigo? —le dijo—. ¡Si yo también soy huerfanito! ¿Por qué no me dejan ir, muchachos? ¿Para qué me necesitan?

—¡Déjemoslo ir! —dijeron algunos—. ¡Es huérfano! ¡Déjemoslo ir a donde guste!

—¡Oh, Dios mío, oh, mi Dios! —dijo el razonador, levantando la cabeza—. ¡Dejémoslo en libertad! ¡Que se vaya en paz!

Y los cosacos ya se disponían a conducirlo al campo abierto, pero el que había mostrado curiosidad los detuvo de pronto diciendo:

—¡No lo toquen! Quiero hablar con él sobre el seminario. ¡Yo mismo iré al seminario!

De cualquier modo, difícilmente podría haber tenido éxito aquella fuga, pues, cuando el filósofo decidió levantarse de la mesa, sintió que sus piernas se petrificaban y comenzó a ver tantas puertas en el salón que no habría tenido muchas chances de hallar la verdadera.

Recién al anochecer recordaron que debían proseguir el viaje. Una vez que treparon a la carreta, partieron, fustigando a los caballos y cantando una canción de la cual no resultaba nada fácil entender palabra alguna. Tras haber perdido la mitad de la noche deambulando y saliéndose constantemente del camino, que sabían de memoria, los viajeros descendieron finalmente por una empinada colina y arribaron a un valle en el cual el filósofo vio una larga estacada o cerca que se proyectaba a ambos lados, y detrás de la cual asomaban tejados y árboles de escasa altura. Era la gran aldea del jefe cosaco. Muy atrás había quedado ya la medianoche: el cielo estaba oscuro y algunas pequeñas estrellas brillaban aquí y allí. No se veía luz en ninguna de las cabañas. Acompañados por el ladrido de los perros, se introdujeron en la aldea. A ambos lados podían verse cabañas y cobertizos con techos de paja. Una casa situada justo en el medio, frente a las puertas, era de mayores dimensiones que las restantes y parecía ser la morada del jefe. La carreta se detuvo ante una especie de diminuto cobertizo y los viajeros se fueron a dormir. El filósofo, sin embargo, quiso examinar un poco mejor el exterior de la casa del amo, pero, por mucho que esforzó la vista, no pudo ver nada con claridad: en vez de la casa veía un oso, y la chimenea le parecía un rector, de modo que, resignándose, se echó a descansar.

Cuando despertó, toda la aldea estaba en pleno revuelo: durante la noche había muerto la hija del jefe cosaco. La servidumbre corría de acá para allá resollando, algunas viejas lloraban, y una multitud de curiosos miraban, a través de la tapia, al patio de la casa del señor como si hubiese habido allí algo para ver.

El filósofo comenzó a examinar ociosamente todos aquellos lugares que no le había resultado posible discernir durante la noche. La casa del amo era un edificio bajo y pequeño, con techo de paja, de los que solían construirse en la Pequeña Rusia en los tiempos antiguos. La diminuta y puntiaguda fachada, con un ventanuco que semejaba un ojo vuelto hacia arriba, estaba toda pintarrajeada con rojas lunas menguantes y con flores amarillas y azules. La casa estaba sostenida por pilares de roble, hexagonales en su base y con sofisticados labrados en su parte superior. Bajo el frontón había un pórtico provisto de bancos a ambos lados. A los costados de la casa había aleros sostenidos por pilares del mismo estilo, algunos en espiral. Un elevado peral de copa piramidal y trémulo follaje lucía su verde delante del edificio. En el patio se erguían varios cobertizos que, dispuestos en dos hileras, formaban una suerte de amplia avenida que conducía a la casa. Tras los cobertizos, cerca de la valla, se elevaban, uno frente al otro, los triángulos de dos bodegas, también con techos de paja. El frente triangular de ambas contaba con una puerta y ostentaba numerosas imágenes pintadas. En una de ellas se veía el retrato de un cosaco que, sentado sobre un barril, sostenía sobre su cabeza una jarra con la leyenda: «Me lo beberé todo»; en la otra, una petaca, botellas, un caballo vuelto patas arriba, una pipa, panderetas, y la inscripción: «La bebida es la alegría del cosaco». En la buhardilla de uno de los cobertizos podían verse, a través de una enorme ventana, un tambor y unos clarines de cobre, y dos cañones flanqueaban la valla. Todo indicaba que el señor de la casa gustaba de los festejos y que en aquel patio solía resonar el bullicio de las celebraciones. Al otro lado de la valla había dos molinos de viento, tras la casa se extendían agradables jardines, y a través de las espesas arboledas circundantes sólo podían divisarse las oscuras chimeneas de cabañas que se ocultaban en la verde fronda. Toda la aldea se situaba sobre la amplia y nivelada pendiente de una montaña que la cubría por el norte, y cuyo pie terminaba en el mismo patio del amo. Mirada desde abajo, la montaña parecía más empinada aún, y en su alta cumbre veíanse unos raquíticos arbustos que recortaban sus negros e irregulares contornos contra el límpido cielo. El aspecto desnudo y arcilloso de la montaña, con su superficie toda surcada y socavada por efecto de las lluvias, inspiraba cierto desánimo. En dos puntos de su cuesta se discernían sendas cabañas, y sobre una de ellas extendía sus amplios ramajes un manzano sostenido en sus raíces por un montículo de tierra y cortas estacas. Sus manzanas, arrancadas por el viento, caían rodando hasta el patio de la casa del jefe. Un camino serpenteaba desde la cumbre de la montaña y, pasando por el patio, descendía hasta la aldea. El filósofo midió la abrupta pendiente y, recordando el viaje de la noche anterior, llegó a la conclusión de que o los caballos del amo eran muy inteligentes o las cabezas de los cosacos se habían mantenido increíblemente lúcidas entre los vapores etílicos para no haber rodado cuesta abajo con la inconmensurable carreta y su copiosa carga.

Jomá observaba aquello desde el punto más alto del patio, y, cuando se volvió y miró en la dirección opuesta, se le presentó un panorama completamente distinto. La aldea, junto con la pendiente, se extendía hasta la llanura. A partir de allí, vastos prados seguían hasta donde llegaba la vista; su brillante verdor se iba tornando más oscuro con la distancia, y en la lejanía se divisaban, como manchas azules, hileras enteras de poblados, aun cuando estaban a más de veinte verstas. A la derecha de esos prados se erguía una cadena de montañas, y en lontananza, como una franja apenas perceptible de destellos y sombras, se distinguía el curso del Dniéper.

—¡Ah, qué hermoso lugar! —se dijo el filósofo—. ¡Cómo me gustaría vivir aquí, pescar en el Dniéper o en los estanques, y salir con una escopeta o una red a cazar agachadizas y perdices! Aunque imagino que en estos prados tampoco faltarán las avutardas. También podría secar una enorme cantidad de frutas para vender en la ciudad o, mejor aún, para hacer vodka con ellas, pues nada puede compararse al vodka de frutas. Pero no estaría de más pensar antes en cómo escapar de aquí.

Notó entonces que tras la cerca había un pequeño sendero completamente invadido por las malezas. Se dirigió mecánicamente hacia allí, con la intención de dar primero un simple paseo y luego escurrirse sigilosamente por entre las chozas hacia los prados, pero de pronto sintió el fuerte apretón de una mano sobre su hombro. Detrás de él estaba el mismo viejo cosaco que el día anterior había llorado amargamente por la muerte de sus padres y su propia soledad.

—Mucho te engañas, filósofo, si crees que podrás escapar de la aldea —le dijo—. No está emplazada aquí arriba para que sea fácil huir: estos caminos son traicioneros para quien anda a pie. Mejor ven a presentarte ante el amo, que lleva ya un tiempo esperándote en la sala.

—Sí, vamos, ¿por qué no? Con mucho gusto —respondió el filósofo y echó a andar tras el anciano.

El jefe cosaco, un hombre ya mayor con bigotes grises y una expresión de lúgubre tristeza, estaba sentado a la mesa de la sala con la cabeza apoyada sobre ambas manos. Tenía unos cincuenta años de edad, pero el profundo abatimiento que reflejaba su rostro y cierta palidez enfermiza sugerían que su alma había sido aplastada repentinamente, en un instante, y que toda su anterior vida de festividades y bullicio había desaparecido para siempre. Cuando Jomá y el viejo cosaco llegaron y, manteniéndose respetuosamente en la puerta de la sala, hicieron una profunda reverencia a modo de saludo, apartó del rostro una de sus manos para responder con una leve inclinación de cabeza.

—¿Quién eres, de dónde vienes y cuál es tu condición, buen muchacho? —preguntó el jefe con un tono ni amable ni severo.

—Soy el filósofo Jomá Brut, un estudiante del seminario de Kiev.

—¿Y quién fue tu padre?

—No lo sé, noble señor.

—¿Y tu madre?

—Tampoco conocí a mi madre. Si lo pienso razonablemente, sin duda debí tener una, pero quién fue ella, de dónde y cuándo vivió, por Dios que no lo sé, noble señor.

El jefe hizo una pausa y pareció quedar sumido en hondas cavilaciones por un minuto.

—¿Y cómo conociste a mi hija?

—¡Nunca la conocí, noble señor, por Dios que no! Nunca aún he tenido trato con mujeres desde que he llegado a este mundo. ¡Al diablo con ellas!... por no decir algo inconveniente.

—Entonces, ¿por qué te eligió precisamente a ti para que leyeras las oraciones junto a su cuerpo?

El filósofo se encogió de hombros:

—Sabrá Dios cómo explicar cosa semejante. Es sabido que las señoritas a veces tienen caprichos que ni los hombres más ilustrados pueden entender. Y, como ya lo dice el proverbio: "Baila al son de la música que tu amo toque".

—No me estarás mintiendo, ¿no, filósofo?

—¡Que me parta un rayo aquí mismo si miento!

—Si tan sólo hubiese vivido un minuto más, seguramente lo habría sabido todo —suspiró el jefe con tristeza—. "No dejes que nadie lea las oraciones sobre mi cuerpo, papito. Manda ya mismo a buscar al seminario de Kiev al filósofo Jomá Brut y haz que sea él quien rece durante tres noches por mi alma pecadora. Él sabe...". Pero nunca llegué a oír qué era lo que él sabía. Mi palomita sólo alcanzó a decir eso antes de morir. Seguramente, buen muchacho, has de ser conocido por la santidad de tu vida y por tus obras piadosas, y ella habrá oído hablar de ti.

—¿Quién? ¿Yo? —dijo el estudiante, retrocediendo pasmado—. ¿Una vida santa yo? —agregó, mirando al jefe a los ojos—. ¡Dios lo ampare, señor mío! ¿Qué está diciendo? ¡Pero si, aunque hasta mencionarlo sea indecente, estuve con la panadera el último Jueves Santo!

—Bueno... sin duda por algo te habrá elegido mi hija. En cualquier caso, empezarás con la tarea hoy mismo.

—Yo diría, noble señor... claro está que cualquier hombre versado en las Sagradas Escrituras puede hacerlo... pero tal vez sería más conveniente que lo hiciera un diácono... o, al menos, un sacristán. Son gente muy preparada y que sabe cómo se hacen estas cosas. En cambio, yo... Además, mi voz no es la más buena... e incluso mi aspecto... ¡Sabe Dios que no sirvo para algo así!

—Sí, puede que sea como tú dices, pero haré cumplir al pie de la letra la última voluntad de mi palomita. Si rezas tres noches junto a su cuerpo, empezando hoy, te recompensaré. De lo contrario... no le aconsejaría ni al mismo Diablo hacerme enojar.

El jefe cosaco pronunció estas últimas palabras con tanto énfasis que el filósofo comprendió plenamente su sentido.

—¡Sígueme! —le dijo entonces el jefe.

Salieron al vestíbulo. El jefe abrió una puerta que daba a otra habitación situada justo frente a la primera. El filósofo se detuvo un momento para sonarse la nariz y, experimentando un vago terror, franqueó por último el umbral. Todo el piso estaba cubierto por un tapiz rojo. En un rincón, debajo de unos iconos, yacía tendido en una mesa el cuerpo de la muchacha, sobre una frazada de terciopelo azul recamada con borlas y flecos de oro. A la cabeza y los pies de la difunta, unas altas velas de cera entrelazadas con ramas de mundillo derramaban una tenue luz que se diluía en medio del resplandor diurno. El desconsolado padre se había sentado junto al cuerpo, de espaldas a la puerta, y ocultaba el rostro de la muchacha al filósofo, quien quedó impactado por las palabras que escuchó al entrar:

—Lo que más deploro, amada hija mía, no es que, para dolor e infortunio míos, hayas abandonado este mundo en la flor de la juventud, sin haber llegado a vivir el término de una vida, sino que no me sea posible conocer, palomita mía, quién fue el aborrecible enemigo de mi sangre que ocasionó tu muerte. ¡Si llegase a mis oídos que alguien pudo siquiera pensar en agraviarte o hacerte daño, juro por Dios que ese hombre no volvería a ver nunca más a sus hijos, si fuese tan viejo como yo, o a su padre y a su madre, si aún estuviese en su juventud, y su cuerpo sería pasto de las aves y las fieras de la estepa! Pero desgraciado de mí, mi florecilla silvestre, mi estrellita del cielo, mi pequeña codorniz, que tendré que vivir el resto de mi vida despojado de todo gozo, enjugándome con las mangas las lágrimas que brotan de mis viejos ojos, mientras mi enemigo ríe en secreto de este débil anciano...

El jefe cosaco no pudo seguir, desgarrado por un agobiante pesar que se resolvió en un copioso torrente de lágrimas.

El filósofo se sintió muy conmovido por ese dolor inconsolable. Tosió y carraspeó sordamente, a fin de despejarse un poco la voz. El jefe se dio vuelta y le señaló un lugar junto a la cabecera de la difunta, frente a un pequeño atril sobre el cual reposaban algunos libros.

«Pasaré de algún modo aquí las tres noches —pensó el filósofo— y, a cambio, el jefe me llenará los bolsillos de rublos de oro».

Se acercó y, tras aclarar su garganta una vez más, comenzó a leer sin prestar atención a nada de lo que lo rodeaba ni atreverse a dirigir una mirada al rostro de la difunta. Reinaba un profundo silencio. Advirtió que el jefe cosaco se había retirado. Entonces giró lentamente la cabeza para contemplar a la muerta y...

Un escalofrío recorrió sus venas: ante él yacía una belleza tal como jamás había existido en la tierra. Se hubiera dicho que nunca antes los rasgos faciales habían sido reunidos para conformar una hermosura tan subyugante al par que armoniosa. Parecía estar viva. Su frente, deslumbrante, tierna, nívea, argéntea, parecía pensar; sus cejas, delgadas, regulares, noche en medio de un día soleado, se alzaban orgullosamente sobre sus ojos cerrados, mientras que sus pestañas, que caían como flechas sobre sus mejillas, ardían con el fuego de los deseos más recónditos; y su boca, dos labios de precioso rubí, parecía aprontarse para echar a reír... Sin embargo, en esos mismos rasgos el filósofo percibió algo terriblemente inquietante. Sintió que su alma era embargada por una febril angustia, como si, en medio del alegre torbellino de una multitudinaria danza, alguien comenzase a entonar una endecha fúnebre. Los rubíes de esos labios parecían haber puesto a su alma a arder. Y, de pronto, notó algo espantosamente familiar en su rostro.

—¡La bruja! —gritó con una voz irreconocible, y, palideciendo, apartó los ojos de la difunta y comenzó a leer sus oraciones.

¡Era la misma bruja a la que había dado muerte!

Cuando el sol empezó a ponerse, el cuerpo fue llevado a la iglesia. El filósofo sostenía el negro ataúd cubierto de crespones sobre uno de sus hombros, y en ese hombro sentía algo frío como el hielo. El jefe marchaba delante, llevando el lado derecho de la estrecha morada de la muerta. Casi en las afueras de la aldea se alzaba, con aire desolado, una iglesia de madera con tres cúpulas cónicas, ennegrecida y cubierta de verde musgo. Era evidente que hacía ya mucho tiempo que no se celebraba allí ningún servicio religioso. Se encendieron velas ante casi todos los iconos. El ataúd fue colocado en el medio, justo frente al altar. El viejo jefe besó una vez más a la difunta, se postró ligeramente y, tras ordenar que diesen de comer al filósofo y lo acompañaran de nuevo a la iglesia tras la cena, salió seguido por todos sus hombres. Los que habían llevado el ataúd se dirigieron entonces a la cocina y comenzaron a tocar la estufa, lo cual es una costumbre muy generalizada entre los habitantes de la Pequeña Rusia tras ver un cuerpo muerto.

El hambre que entonces empezó a sentir el filósofo hizo que por unos minutos se olvidara de la difunta. Pronto toda la servidumbre de la casa comenzó a congregarse en la cocina del jefe. Aquel recinto era como un club al que acudían a diario todos los que vivían en la finca, incluidos los perros, que se acercaban a la puerta meneando la cola para recibir huesos y residuos. Todos los que eran enviados a cumplir un recado se detenían siempre primero en la cocina para descansar un momento en un banco y fumar una pipa. Los solteros que moraban en la casa y que se ufanaban de sus pergaminos cosacos solían pasar allí el día entero, junto a la estufa, en los bancos, debajo de ellos o, en una palabra, donde quiera que encontrasen un buen lugar para holgazanear. Por lo demás, todo el mundo olvidaba allí un gorro, un látigo para los perros ajenos o algo por el estilo. Pero la mayor congregación se producía a la hora de la cena, cuando se sumaban el arriero tras llevar los caballos a la cuadra, el vaquero tras reunir en el establo las vacas para ordeñar y todos los demás que no habían sido vistos en el transcurso del día.

Durante la cena, la locuacidad se apoderaba hasta de las lenguas más taciturnas. Allí usualmente se hablaba de todo: de uno que se había hecho unos nuevos pantalones, de otro que había visto un lobo y de lo que había en el interior de la Tierra. No faltaban tampoco los *bonmotistas*[7], que suelen abundar entre la gente de la Pequeña Rusia.

El filósofo se sentó junto a otros en un gran círculo al aire libre, frente al umbral de la cocina. Pronto una mujer con un pañuelo rojo en la cabeza salió por la puerta, sosteniendo con ambas manos una olla caliente repleta de bollos de masa, y la colocó en medio de esa asamblea de hambrientos. Cada uno sacó de su bolsillo una cuchara de madera o, a falta de una, un palito cualquiera. En cuanto los labios comenzaron a moverse más lentamente y el voraz apetito de la congregación menguó un poco, muchos comenzaron a hablar. La conversación, naturalmente, giró en torno a la difunta.

—¿Es cierto —preguntó un joven pastor que había puesto tantos botones e insignias de cobre en su chaleco de cuero que parecía el escaparate de una mercería— que la señorita, con perdón sea dicho, mantenía comercio con los espíritus malignos?

—¿Quién? ¿La señorita? —dijo Dorosh, a quien el filósofo ya conocía de cuando había desbaratado su huida durante el viaje—. ¡Una bruja de pies a cabeza! ¡Por Dios que lo era!

—¡Ya basta, ya basta, Dorosh! —le dijo aquel que en la taberna había tratado de consolar al cosaco canoso—. No es asunto nuestro. Es asunto de Dios. No hay necesidad de que hablemos de ello.

---

[7] Del francés *bon mot*, 'ocurrencia, salida ingeniosa, comentario agudo'.

Pero Dorosh no estaba en lo absoluto dispuesto a quedarse callado. Había bajado poco antes a la bodega con el degano por algún asunto de vital importancia y, tras haberse inclinado un par de veces ante dos o tres barriles, había regresado extremadamente alegre y locuaz.

—¿Qué quieres? ¿Que me calle? —bramó—. ¡Pero si montó sobre mis propios hombros! ¡Por Dios que lo hizo!

—Dime, Dorosh —le dijo el pastor de los botones—, ¿es posible reconocer a una bruja por alguna señal?

—No —le respondió Dorosh—. No hay manera de saberlo. Puedes leer todos los salmos y aun así nunca podrás reconocer a una.

—¡Sí es posible, Dorosh! ¡No digas eso! —intervino el cosaco de los consuelos—. No por nada Dios le ha dado a cada uno una característica especial. La gente que ha leído mucho dice que todas las brujas tienen un pequeño rabo.

—Toda mujer que ha envejecido es una bruja —dijo adustamente el cosaco canoso.

—¡Oh, tú sí que eres bueno! —replicó la anciana, que estaba echando más bollos en la olla vacía—. ¡Vaya gordo marrano!

El viejo cosaco, cuyo nombre era Yavtuj pero a quien todos apodaban Kovtún[8], no pudo evitar que una sonrisa de placer aflorara a sus labios al ver que sus palabras habían hecho enojar a la anciana, y el vaquero estalló en una estruendosa carcajada que sonó como si dos bueyes, uno frente al otro, hubiesen mugido a la vez.

La conversación había despertado la curiosidad del filósofo y había suscitado en él un irrefrenable deseo de conocer más detalles sobre la difunta hija del amo, por lo que, a fin de reflotar el tema, se volvió a su vecino y le dirigió estas palabras:

—Quisiera saber una cosa... ¿por qué toda la gente que está aquí cenando considera que la señorita era una bruja? ¿Acaso causó algún tipo de mal o hechizó a alguien?

—Hubo todo tipo de cosas —respondió uno de los hombres sentados, que tenía el rostro tan liso como una pala.

—¿Quién no recuerda al montero Mikita o a...?

—¿Qué pasó con el montero Mikita? —preguntó el filósofo.

—¡Esperen! Yo le contaré la historia de Mikita —dijo Dorosh.

—Se la contaré yo, pues era mi compadre —respondió el vaquero.

—No, yo contaré lo de Mikita —dijo Spirid.

—¡Dejen, dejen que lo cuente Spirid! —exclamó la multitud.

—Tú, filósofo, no conociste a Mikita —comenzó Spirid—. ¡Ah, qué hombre raro era! Conocía a cada perro de caza como a su propio padre. El montero actual, Mikola, que está ahí sentado, no vale ni la mitad que él. Aunque conoce su oficio, al lado de Mikita es basura, escoria.

[8] Sobrenombre común que se daba a quienes tenían plica polaca o el pelo sucio y enredado.

—¡Oh, lo estás contando tan bien, tan, tan bien! —dijo Dorosh mientras asentía con la cabeza a modo de aprobación.

—Era capaz de avistar un conejo —continuó Spirid— en menos de lo que se aspira una dosis de rapé. A veces silbaba: "¡Vamos, Intrépido! ¡Aquí, Ligera!", tras lo cual se lanzaba al galope sobre su caballo y ya no era posible decir si iba él delante de sus perros o sus perros delante de él. También podía atizarse una pinta de vodka como si nada. ¡Qué gran montero era! Pero de pronto comenzó a mirar constantemente a la señorita. No sé si se habría enamorado realmente de ella o si ella lo habría hechizado, pero se volvió un caso perdido. Se ablandó y se transformó en una cosa que... ¡uf!, hasta da vergüenza decirlo.

—¡Vas muy bien! —dijo Dorosh.

—Apenas la señorita lo miraba, dejaba caer las riendas, llamaba Gruñón a Intrépido, tropezaba con todo y Dios sabe qué más. En cierta ocasión, la señorita fue a la caballeriza, donde estaba cepillando a uno de sus caballos, y le dijo: "Mikita, déjame ponerte el pie encima". Y el muy tonto se alegró y le respondió: "No sólo el pie, también puede sentarse sobre mí". La señorita levantó el pie y, en cuanto Mikita vio desnuda su pierna blanca y regordeta, el hechizo lo dominó completamente, según aseguró después. El tonto dobló su espalda y, tomando las piernas de la señorita con ambas manos, comenzó a galopar como un caballo por todo el campo. No supo decir luego a dónde fueron, pero regresó apenas vivo, y desde entonces se empezó a secar como un viejo leño. Y un día alguien fue a la caballeriza y en su lugar encontró un montón de cenizas y una cuba vacía: se había consumido por completo. ¡Y qué gran montero era, como no había otro en el mundo!

Apenas Spirid terminó su historia, de todas partes surgieron comentarios sobre los méritos del difunto cazador.

—¿Y has oído hablar de Shepchija? —le preguntó Dorosh a Jomá.

—No.

—¡Eh, por lo visto no les enseñan a ustedes gran cosa en el seminario! Bueno, ¡escucha! En nuestra aldea vive un cosaco llamado Sheptún. ¡Un buen cosaco! A veces le gusta robar y mentir sin ninguna necesidad... pero es un buen cosaco. Su cabaña no está lejos de aquí. Una vez, a esta misma hora en que estamos cenando, Sheptún y su esposa terminaron de comer y se fueron a dormir. Como esa noche el tiempo estaba agradable, Shepchija se acostó en el patio y Sheptún en una yacija dentro de la cabaña. O no, miento... fue Shepchija la que se tendió en la yacija y Sheptún el que se fue a dormir afuera...

—Y no fue en una yacija, Shepchija se acostó en el suelo —interrumpió la anciana, que escuchaba de pie en el umbral, con la mejilla apoyada sobre una mano.

Dorosh la miró, bajó los ojos al suelo, volvió a mirarla y, tras una pausa, le dijo:

—Te levantaré la falda delante de todos y veremos si te causa gracia.

La advertencia surtió efecto, pues la anciana guardó silencio y ya no lo volvió a interrumpir. Dorosh continuó con su historia:

—Y en una cuna en medio de la cabaña yacía un bebé de un año, no recuerdo si niño o niña. Shepchija descansaba allí y de pronto oyó que un perro arañaba la puerta y aullaba de tal manera que daban ganas de salir huyendo de la casa. Se asustó enormemente, pues las mujeres son tan tontas que basta con sacarles la lengua desde atrás de una puerta al anochecer para que el alma se les vaya a los talones. Pero entonces pensó: "Le daré un buen golpe en el hocico a ese maldito perro y quizás así se deje de aullar". Y, tomando el atizador, se dirigió a abrir la puerta. Apenas la hubo entreabierto, el perro se abalanzó por entre sus piernas y se lanzó directo hacia la cuna del bebé. Al volverse, Shepchija vio con asombro que ya no era un perro, sino la señorita. Y quizás no habría sido para tanto si se hubiese tratado de la señorita en su forma habitual, pero la cuestión era que estaba toda azul y sus ojos ardían como dos brasas. Y entonces agarró al niño, le mordió la garganta y comenzó a beber su sangre. Shepchija sólo atinó a gritar: "¡Ah, un demonio!" y a intentar huir de la cabaña. Pero descubrió que le era imposible abrir la puerta, por lo que la tonta corrió al desván y se acurrucó allí, temblando de pies a cabeza. Entonces la señorita se dirigió al desván, se lanzó sobre la estúpida mujer y comenzó a morderla. A la mañana siguiente, Sheptún encontró allí a Shepchija, toda azul y con marcas de mordeduras. Y, al día siguiente, la insensata murió. ¡Ya ves qué clase de hechizos y prodigios son posibles! Aunque se trate de la hija del amo, una bruja es una bruja.

Tras esta narración, Dorosh paseó su mirada por la audiencia con aire complacido y hundió su dedo índice en la pipa, preparándola para llenarla de tabaco. El tema de la bruja se volvió inagotable. Todos empezaron a turnarse para contar algo: a uno la bruja se le había aparecido en la puerta de su cabaña en la forma de un montón de paja; a muchos otros les había robado el gorro o la pipa; a incontables muchachas de la aldea les había cortado las trenzas; y de varios más había bebido cubas enteras de sangre.

Finalmente, todos advirtieron que habían estado hablando más de la cuenta, pues vieron que alrededor ya reinaban las tinieblas y era noche cerrada. Empezaron entonces a dispersarse en busca de sus habituales alojamientos nocturnos, que podían ser en la cocina, en los cobertizos o en el medio del patio.

—Bueno, señor Jomá —le dijo entonces al filósofo el cosaco canoso—, es hora de ir con la difunta.

Y los dos, junto con Spirid y Dorosh, se encaminaron hacia la iglesia azotando con sus látigos a los perros, que eran muy numerosos en la calle y que mordían rabiosamente sus palos.

El filósofo, a pesar de que se había fortificado con una buena jarra de vodka, sentía secretamente que una extraña timidez se iba apoderando de él a medida que se acercaban a la iglesia iluminada. Los espeluznantes relatos y anécdotas que había oído contribuían a excitar su imaginación. Las sombras de las empalizadas y los árboles comenzaron a ralear; el paraje se veía cada vez más desnudo. Franquearon la destartalada valla de la iglesia e ingresaron en un pequeño patio, más allá del cual no crecía ni un árbol y sólo se extendían campos desiertos y prados que eran engullidos por las tinieblas de la noche. Los tres cosacos subieron junto a Jomá la empinada escalera del pórtico y entraron en la iglesia. Allí, tras desearle éxito en el cumplimiento de su tarea, dejaron al filósofo y cerraron la puerta tras él como el amo había ordenado.

El filósofo se quedó solo. Primero bostezó, luego se desperezó, acto seguido se sopló ambas manos y por último miró a su alrededor. En el medio estaba el negro ataúd. Ante oscuros iconos aún ardían algunas velas cuya luz sólo iluminaba el iconostasio y, muy débilmente, el centro de la nave. Los rincones lejanos estaban envueltos en tinieblas. El alto y antiguo iconostasio mostraba un profundo deterioro. Su tallado, revestido de oro, brillaba con esporádicos fulgores: en algunas partes el dorado había desaparecido y en otras se había puesto negro. Los rostros de los santos, completamente oscurecidos, se veían sombríos y lúgubres. El filósofo volvió a mirar a su alrededor.

—Bueno —dijo—, ¿por qué habría de tener miedo? Nadie de afuera puede entrar aquí, y contra los muertos y los visitantes de ultratumba tengo plegarias que, una vez que las haya recitado, no les permitirán ponerme un dedo encima. ¡No hay nada que temer! —exclamó agitando una mano en el aire—. Empecemos con la lectura.

Al acercarse al facistol descubrió varios paquetes de velas y cirios.

«Excelente —pensó—. Hay que iluminar toda la iglesia para que se vea como si fuese de día. ¡Qué lástima que no me esté permitido fumar mi pipa en el templo de Dios!».

Comenzó a colocar velas de cera, sin escatimar ni una sola, en todos los rincones, atriles e iconos, y pronto toda la iglesia se inundó de luz. Sólo en lo alto la oscuridad pareció volverse más profunda, y los lóbregos iconos miraron de manera más sombría desde sus viejos marcos tallados, en los que aún refulgía algún que otro vestigio de oro. El filósofo se acercó al ataúd, miró tímidamente el rostro de la difunta y, con un estremecimiento, cerró de inmediato los ojos.

¡Qué belleza tan deslumbrante y terrible!

Se dio vuelta y quiso alejarse; pero, movido por una inexplicable curiosidad, por ese extraño sentimiento morboso y contradictorio que nunca abandona al hombre, especialmente en los momentos de terror, no pudo evitar, experimentando nuevamente el mismo estremecimiento, volverse mientras se alejaba y mirar otra vez su rostro.

Sin duda, la extraordinaria belleza de la difunta tenía algo aterrador. Quizás no le habría infundido el mismo pánico si hubiese tenido alguna imperfección o fealdad, pero en sus facciones no había nada deslucido, apagado, muerto. Parecía viva, y el filósofo sintió que lo estaba mirando a través de sus párpados cerrados. Incluso creyó ver que una lágrima brotaba bajo las pestañas de su ojo derecho, la cual, al comenzar a rodar por su mejilla, resultó ser una gota de sangre.

Se dirigió a toda prisa al facistol, abrió el libro y, a fin de darse ánimo, empezó a leer con energía. Su voz retumbó en las paredes de madera de la iglesia, que durante muchos años habían permanecido sordas y silentes; solitaria y sin eco, atravesó con un denso registro de bajo aquel sepulcral silencio y espantó hasta al mismo orador.

«¿Por qué habría de tener miedo? —pensó entonces—. Después de todo, ella no se levantará de su ataúd, temerosa de la palabra de Dios. ¡Que se quede allí! Además, ¿qué clase de cosaco sería yo si me asustara? Sólo bebí más de la cuenta, y por eso estoy inquieto. Si tan sólo pudiera aspirar un poco de tabaco. ¡Ah, el buen tabaco! ¡El agradable tabaco! ¡El espléndido tabaco!».

Y, sin embargo, cada vez que volteaba una página miraba sin querer de soslayo hacia el féretro mientras un sentimiento involuntario parecía susurrarle: «¡Mira, mira, va a levantarse, va a incorporarse, va a mirarte desde el ataúd!».

Pero reinaba un silencio de muerte, el ataúd permanecía inmóvil y las velas derramaban un torrente de luz. ¡Oh, cuán aterradora es una iglesia iluminada en medio de la noche con un cadáver y sin la compañía de ningún otro ser vivo en su interior!

Alzando la voz, Jomá comenzó a cantar en diferentes registros a fin de ahogar los resabios de su temor, pero a cada momento dirigía sus ojos al féretro como formulando inadvertidamente la pregunta: «¿Y si se levanta, si sale del ataúd?».

Pero el ataúd no se movía. ¡Si al menos se hubiese oído algún sonido, algún ser vivo, siquiera el canto de un grillo en un rincón! No se oía más que el leve crepitar de algún cirio lejano y el ruido apenas audible de las gotas de cera que aquí y allí caían al suelo.

«¿Y si se levanta...?».

La muerta alzó la cabeza.

El filósofo miró atónito y se frotó los ojos. En efecto, la difunta ya no estaba acostada, sino que se había sentado en su ataúd. Jomá apartó la mirada, pero al instante volvió a dirigirla al féretro con horror. La muerta se puso entonces de pie, abandonó el ataúd y comenzó a caminar por la nave con los ojos cerrados, mas extendiendo los brazos como para atrapar a alguien.

Dirigió sus pasos directo hacia él. Aterrado, Jomá se precipitó a tomar una tiza, trazó un círculo a su alrededor en el suelo y, con un gran esfuerzo, empezó a recitar plegarias y exorcismos que había aprendido en otros tiempos de un monje que toda su vida había lidiado con brujas y espíritus malignos.

La muerta llegó hasta la línea del círculo y allí se detuvo: estaba claro que le resultaba imposible franquearla. Su piel adquirió una tonalidad lívida, como la de un cuerpo que lleva varios días muerto. Jomá no se atrevió a mirarla. La difunta, cuyo aspecto era aterrador, hizo rechinar sus dientes y abrió sus muertos ojos. Pero, al no ver nada, se volvió en otra dirección y, con un rostro desencajado que delataba toda su furia, comenzó a tantear con brazos extendidos todos los rincones y pilares a fin de atrapar a Jomá. Finalmente, se detuvo, hizo un gesto amenazante con el dedo y volvió a tenderse en su ataúd.

El filósofo seguía sin poder recobrarse y miraba con horror la estrecha morada de la bruja. De pronto, el féretro se elevó bruscamente de su sitio y comenzó a volar por toda la iglesia, cruzando el aire en todas direcciones. Jomá lo vio casi sobre su cabeza, pero notó que tampoco así podía penetrar en el círculo que había dibujado, de modo que intensificó sus oraciones. El ataúd se desplomó entonces de nuevo en su lugar, donde quedó inmóvil, y la difunta volvió a levantarse, con su lividez tornándose verde. Pero justo en ese momento se escuchó a lo lejos el canto de un gallo, el cadáver volvió a hundirse en el féretro, y la tapa del ataúd se cerró con un estrepitoso golpe.

El corazón del filósofo latía con violencia y el sudor le corría a borbotones, pero, animado por el canto del gallo, se apresuró a terminar de leer las páginas que le habían faltado. Con la primera luz del alba, llegaron para reemplazarlo el diácono y el canoso Yavtuj, a quien le habían encomendado las tareas de guardián de la iglesia.

Una vez acostado en un albergue alejado, el filósofo estuvo largo rato sin poder conciliar el sueño, pero finalmente la fatiga lo venció y durmió hasta el mediodía. Al despertar, todos los sucesos de la noche le parecieron un sueño. Le sirvieron una jarra de vodka para que recobrase las fuerzas. Durante el almuerzo no tardó en animarse, participó en la conversación y engulló por sí solo casi un lechón entero. Sin embargo, no se atrevió, por un sentimiento que no le era posible explicar, a hablar de sus experiencias en la iglesia, y a las preguntas de los curiosos sólo se limitó a responder:

—Sí, sucedieron toda clase de portentos.

El filósofo era una de esas personas en las que una buena comida despierta una extraordinaria disposición filantrópica. Reclinado con la pipa entre los dientes, miraba a todos con una indescriptible dulzura mientras escupía continuamente a un lado.

El almuerzo lo dejó de inmejorable humor. Se puso a recorrer toda la aldea y trabó relación con casi todo el mundo; incluso fue echado de dos cabañas, y una bonita muchacha le propinó un certero golpe en la espalda con una pala cuando decidió tantear su blusa para averiguar de qué material estaba hecha. Pero, a medida que la noche se iba acercando, el filósofo se iba poniendo más taciturno. Una hora antes de la cena, casi toda la servidumbre se congregó para jugar al *kragli*[9], una variante del juego de bolos en la que en lugar de bolas se emplean palos largos. Como el ganador tenía derecho a montar a horcajadas sobre el perdedor, el juego se volvía muy interesante para los espectadores. No era nada raro que el vaquero, ancho como un panqueque, cabalgara sobre el porquero, un montón de arrugas bajito y esmirriado, o que ofreciese su espalda a Dorosh, que al subirse siempre exclamaba:

—¡Qué toro tan robusto!

Los más respetables observaban sentados junto al umbral de la cocina. Fumaban sus pipas con aire adusto, sin siquiera inmutarse cuando los jóvenes reían con ganas de alguna ocurrencia de Spirid o el vaquero. Jomá intentó en vano disfrutar del juego: un pensamiento oscuro horadaba su mente como un clavo. Por mucho que intentara distraerse, el miedo se iba encendiendo en él conforme la oscuridad del anochecer se iba extendiendo por el cielo.

—¡Bueno, amigo filósofo, ha llegado la hora de ir a trabajar! —le dijo tras la cena su conocido cosaco canoso, que se había levantado junto a Dorosh de su asiento.

Jomá fue acompañado a la iglesia como la noche anterior; nuevamente lo dejaron solo y cerraron la puerta detrás de él. Apenas se encontró abandonado a su soledad, la timidez volvió a invadir su pecho. Observó una vez más los iconos oscuros, los marcos resplandecientes y el ya familiar ataúd negro que reposaba inmóvil, sumido en un amenazante silencio, en el medio de la iglesia.

—Bueno —dijo—, esta vez los portentos no me tomarán por sorpresa. Sólo dan miedo la primera vez. ¡Sí! Sólo infunden miedo la primera vez, después ya uno se acostumbra a ellos y no asustan más.

Se apresuró al facistol, trazó un círculo a su alrededor, recitó diversos exorcismos y comenzó a leer en voz alta, resuelto a no apartar ni por un instante sus ojos del libro o prestar atención a nada de lo que sucediese en el resto de la iglesia. Leyó las escrituras de esa manera por alrededor de una hora, tras lo cual comenzó a sentirse cansado y a toser un poco. Extrajo entonces su tabaquera del bolsillo y, antes de que alcanzase a llevarse el tabaco a la nariz, dirigió involuntariamente sus ojos al ataúd. El corazón le dio un vuelco en el pecho.

El cadáver estaba ya de pie a pocos pasos de él, justo en el borde del círculo, y lo miraba fijamente con unos ojos muertos y verdosos. El filósofo se estremeció de horror y sintió que un escalofrío recorría sus venas. Se precipitó a bajar su mirada al libro y comenzó a leer las ple-

[9] Uno de los antiguos nombres del *gorodki*, deporte popular ruso.

garias y exorcismos a voz en cuello. La difunta, como la noche anterior, hizo rechinar sus dientes y empezó a agitar sus brazos con la intención de atraparlo. Pero Jomá pudo ver con el rabillo del ojo que la muerta lo estaba buscando en el lugar equivocado: era evidente que no podía verlo. La bruja comenzó a gruñir roncamente y a pronunciar aterradoras palabras con sus muertos labios; las letanías brotaban de su boca con un crepitante sonido, similar al borbotear de alquitrán hirviendo. El filósofo no era capaz de entender lo que decía, pero intuía que aquellas palabras encerraban significados espantosos. Comprendía con horror que la bruja estaba lanzando hechizos y conjuros.

Tan pronto como las palabras cesaron, un viento sopló a través de la iglesia y se escuchó un rumor similar al batir de una multitud de alas. Jomá oyó un ruido de alas que golpeaban contra los vidrios de las ventanas de la iglesia y los marcos de hierro, garras que arañaban el metal con un chirrido e incontables embates contra la puerta de fuerzas desconocidas que intentaban entrar. Su corazón latía con violencia. Cerró los ojos y siguió recitando sus exorcismos y oraciones. Finalmente, algo silbó de manera repentina en la distancia: era el lejano canto del gallo. El extenuado filósofo se detuvo y suspiró aliviado.

Quienes entraron a la iglesia para relevarlo lo encontraron apenas con vida. Estaba apoyado de espaldas contra la pared, con los ojos desorbitados, y dirigía una mirada perdida a los cosacos que lo sacudían para reanimarlo. Prácticamente tuvieron que cargarlo para sacarlo de la iglesia y luego sostenerlo todo el camino. Al llegar al patio del amo, se recobró y solicitó que le diesen una jarra de vodka. Tras apurarla, se pasó una mano por los cabellos y dijo:

—¡Cuánta inmundicia hay en este mundo! Y existen tales horrores que... oh, bueno...

Terminó la frase haciendo un gesto displicente con la mano.

Todos en el círculo que se había agolpado a su alrededor agacharon la cabeza al oír esas palabras. Hasta el pobre chiquillo al que toda la servidumbre se consideraba con derecho a encomendar sus propias tareas, como limpiar los establos o acarrear agua, quedó boquiabierto.

Justo en ese momento pasaba por allí, con una blusa fuertemente ceñida que destacaba su talle firme y redondo, una mujer no muy entrada en años, ayudante de la vieja cocinera e inveterada coqueta que siempre encontraba algo para prender en su cabeza: un trozo de cinta, un clavel o incluso un papelito, si no había nada mejor.

—¡Buen día, Jomá! —dijo al ver al filósofo, y de inmediato, juntando las manos, exclamó—: ¡Ay, Dios mío! ¿Qué te ha sucedido?

—¿De qué hablas, tonta mujer?

—¡Dios me guarde! ¡Has quedado completamente canoso!

—¡Vaya, está diciendo la verdad! —dijo Spirid examinándolo detenidamente—. Has quedado canoso como nuestro viejo Yavtuj.

Al oír aquello, el filósofo corrió precipitadamente a la cocina, donde recordaba haber visto, pegado en la pared, un espejo triangular, todo manchado por las moscas, delante del cual había prendidas a modo de adorno unas violetas, nomeolvides e incluso una guirnalda de claveles, señal inequívoca de que la coqueta lo utilizaba para su arreglo personal. Con horror constató la veracidad de sus palabras: la mitad de sus cabellos se habían puesto blancos.

Jomá Brut bajó la cabeza y quedó sumido en hondas reflexiones.

—Iré a ver al amo —dijo finalmente—, le contaré todo y le explicaré que ya no quiero seguir leyendo. Le solicitaré que me envíe de vuelta a Kiev ahora mismo.

Con esa determinación en su cabeza, se encaminó sin perder un instante a la puerta de la casa del amo.

El jefe estaba sentado en su sala, casi inmóvil. Su rostro seguía reflejando la misma desesperada tristeza que el filósofo había percibido en su encuentro previo, sólo que sus mejillas se veían aún más hundidas que antes. Se notaba que había comido muy poco o que, tal vez, no había probado ningún alimento en absoluto. Su extraordinaria palidez le confería una suerte de aspecto pétreo.

—Buen día, joven —dijo al ver a Jomá en el umbral con el gorro en la mano—. ¿Cómo va todo? ¿Bien?

—Bien, bien, por cierto, pero suceden cosas tan diabólicas que a uno le dan ganas de tomar el gorro y huir a donde lo lleven las piernas.

—¿De qué hablas?

—De su hija, señor... Si bien se mira, por supuesto, es de raza noble, eso nadie podrá ponerlo en duda, pero... con su perdón sea dicho... ¡que Dios dé reposo a su alma!

—¿Qué sucede con mi hija?

—Parece que tiene algún trato con el Diablo, y me da tales sustos que ya no me resulta posible leer las escrituras.

—¡Lee, lee! No por nada te hizo llamar. Mi palomita estaba preocupada por su alma y deseaba expulsar todos sus malos pensamientos por medio de las plegarias.

—Como usted guste, noble señor, pero... ¡por Dios que me es imposible continuar!

—¡Lee, lee! —repitió el jefe cosaco con el mismo tono amenazante—. Sólo te queda una noche. Harás una piadosa obra cristiana y serás generosamente recompensado.

—Sea cual fuere la recompensa, noble señor, haga lo que usted guste, pero no seguiré leyendo —respondió Jomá de manera categórica.

—¡Escúchame, filósofo! —dijo el jefe, y su voz se volvió más severa e intimidatoria—. No me gustan tales planteos. Quizás puedas hacerlos en tu seminario, pero no en mis dominios: te haré dar el azote que tu rector nunca te dio. ¿Sabes lo que es un buen rebenque de cuero?

—¿Cómo podría no saberlo? —dijo el filósofo con un hilo de voz—. Todo el mundo sabe lo que es un rebenque de cuero: algo insoportable si se administra en grandes cantidades.

—Sí. ¡Pero tú no sabes aún cómo zurran mis muchachos! —dijo el jefe con un aire atemorizante, mientras se ponía de pie y su rostro asumía una expresión autoritaria y feroz que revelaba toda la crueldad de su carácter, sólo circunstancialmente aplacado por el dolor—. Primero te darán un buen azote, luego te empaparán con vodka, y a continuación volverán a empezar. ¡Así que ve, ve, termina tu trabajo! Si no lo haces, te costará volver a levantarte; si lo haces, recibirás mil rublos de oro.

«¡Vaya sujeto simpático! —pensó el filósofo al salir—. No parece ser cosa de broma. Pero aguarda y verás, hermanito: me escaparé y correré tan rápido que ni tus malditos perros podrán atraparme».

Había resuelto huir a toda costa. Decidió esperar hasta después del almuerzo, hora en que toda la servidumbre tenía por costumbre echarse en los cobertizos, sobre el heno, y, abriendo la boca, dejar escapar tales ronquidos y silbidos que la granja entera parecía una fábrica.

Finalmente, llegó la ansiada hora. Hasta Yavtuj cerró los ojos y se echó a descansar bajo el sol. Temblando de miedo, el filósofo se dirigió a hurtadillas al jardín, desde donde estimaba que podría ganar los campos de manera más sencilla y levantando menos sospechas.

Aquel jardín, como suele suceder, se hallaba completamente abandonado a su suerte y, por consiguiente, resultaba muy propicio para llevar a cabo cualquier empresa secreta. Exceptuando un pequeño sendero que la servidumbre transitaba a menudo para realizar menesteres domésticos, todo lo demás se encontraba oculto por altos arbustos, cerezos de tupido ramaje, saúcos y crecidas bardanas que erguían sus espigados tallos rematados por rosadas bolas de pinches. Plantas trepadoras cubrían, como con una red, las copas de todo aquel abigarrado conjunto de árboles y arbustos y formaban sobre ellos un techo que se extendía hasta la valla, donde caían como retorcidas serpientes junto a los jacintos silvestres. Tras la valla, que servía de límite al jardín, había un bosque de malezas al que aparentemente nunca nadie se aventuraba: una guadaña podría haberse hecho añicos si alguien hubiera osado golpear con su hoja aquellos tallos gruesos y leñosos.

Cuando el filósofo se dispuso a trasponer la valla, los dientes le castañeteaban y el corazón le latía con tanta violencia que se asustó. Los faldones de sus largos indumentos parecían anclarlo al suelo, como si alguien los hubiese clavado a la tierra. Cuando empezó a cruzar la cerca, le pareció que una voz le gritaba en los oídos con un estrépito ensordecedor: «¿A dónde vas? ¿A dónde vas?». El filósofo se deslizó por entre las malezas y rompió a correr, tropezándose constantemente con viejas raíces y pisando un topo tras otro. Advirtió que, una vez que hubiese atravesado el matorral, sólo tendría que cruzar un campo tras el cual se divisaba un bosque de negros endrinos, donde suponía que ya podría considerarse a salvo. Asumía que del otro lado de aquel bosque no le sería muy difícil encontrar un camino directo a Kiev. Se lanzó entonces a correr por el campo y lo atravesó en un abrir y cerrar de ojos, tras lo cual se encontró en medio de un denso bosque de espinas. Se abrió paso por entre los oscuros endrinos, dejando a modo de peaje jirones de su abrigo en los espinosos ramajes, y alcanzó por fin un pequeño barranco. Un sauce inclinaba allí sus dispersas ramas casi hasta el suelo, y las aguas de un arroyuelo brillaban con argéntea pureza. La primera medida del filósofo fue echarse y saciarse bebiendo, pues lo acosaba una sed insoportable.

—¡Qué agua tan buena! —dijo, secándose los labios—. No sería mala idea descansar un rato aquí.

—No, te conviene seguir corriendo: ¡alguien podría alcanzarte!

Escuchó esas palabras por encima de su cabeza. Se volvió en el acto: ante él se erguía Yavtuj.

«¡Yavtuj, maldito perro! —pensó el filósofo—. Con gusto te tomaría por las piernas para tumbarte... y luego golpearía con una rama de roble tu apestosa cara y todo lo demás».

—No debiste dar todo ese rodeo —continuó Yavtuj—. Más te habría valido elegir el camino que tomé yo: derecho por detrás de las caballerizas. Es una lástima por tu abrigo, era una buena tela. ¿Cuánto pagaste el *arshín*[10]? En fin, ha sido un lindo paseo, pero es hora de regresar.

El filósofo, rascándose la cabeza, siguió a Yavtuj.

«¡Ahora esa maldita bruja me la hará pasar buena! —pensó—. Pero... a ver... ¿qué me importa eso? ¿De qué tengo miedo? ¿Acaso no soy un cosaco? He leído ya dos noches; Dios me ayudará a sortear la tercera. ¡Esa funesta bruja! No pocos pecados debe de haber cometido para que los espíritus malignos la asistan así».

Aún estaba sumido en esas reflexiones cuando entró al patio del amo. Tras haberse dado ánimo con tales observaciones, persuadió a Dorosh, que gracias a su amistad con el degano solía tener acceso a la bodega del señor, para que sustrajese una barrica de aguardiente, y, sentados bajo un cobertizo, ambos amigos se bajaron no menos de media cuba, a tal punto que el filósofo, poniéndose repentinamente de pie, gritó:

—¡Músicos! ¡Traigan músicos!

Y, sin quedarse a esperarlos, se puso a bailar un *trepak* en un lugar despejado en el medio del patio. Bailó hasta que llegó la hora de la merienda, momento en que la servidumbre, que había formado un círculo a su alrededor como es costumbre en esos casos, comenzó a escupir a un lado y a alejarse diciendo:

—¡Cuánto baila este hombre!

---

[10] Antigua unidad de medida usada en el Imperio ruso, equivalente a unos 70 cm.

Finalmente, el filósofo se echó allí mismo a dormir, y a la hora de cenar fue necesario un buen cántaro de agua helada para despertarlo.

Durante la cena disertó sobre lo que un verdadero cosaco debía ser y cómo no debía tenerle miedo a nada en el mundo.

—Ya es hora —dijo de pronto Yavtuj—. Vamos.

«¡La lengua se te seque, maldito cerdo!», pensó el filósofo, y, poniéndose de pie, exclamó:

—¡Vamos!

Por el camino, el filósofo miraba constantemente a derecha e izquierda y trataba de entablar conversación con sus guías. Pero Yavtuj guardaba silencio y Dorosh se mostraba taciturno. Era una noche infernal. Los lobos aullaban a lo lejos en manada, y hasta el ladrido de los perros tenía algo inexplicablemente aterrador.

—Pareciera que hay algo más aullando: eso definitivamente no es un lobo —dijo Dorosh.

Yavtuj guardó silencio. Al filósofo no se le ocurrió qué decir.

Llegaron a la iglesia y penetraron bajo sus decrépitas bóvedas de madera, que testimoniaban cuán poco le importaban Dios y su propia alma al señor de aquellas tierras. Yavtuj y Dorosh se retiraron como las noches anteriores, y el filósofo se quedó solo.

Todo estaba igual, sumido en aquella amenazante atmósfera que ya le era familiar. Permaneció unos momentos inmóvil. En el centro, inmóvil también, reposaba el ataúd de la siniestra bruja.

—¡No voy a tener miedo, por Dios que no lo tendré! —dijo el filósofo, y, tras haber trazado una vez más un círculo a su alrededor, comenzó a recordar todos sus exorcismos.

Reinaba un ominoso silencio; las llamas de los cirios parpadeaban e inundaban toda la iglesia de luz. El filósofo pasó una página, luego otra, pero notó que estaba leyendo algo completamente distinto de aquello que estaba escrito en el libro. Temblando de miedo, se hizo la señal de la cruz y empezó a cantar. Aquello lo animó un poco y pudo retomar la lectura. Las páginas se sucedían una tras otra.

De pronto, en medio del silencio, la tapa de hierro del ataúd saltó con un estampido y la muerta se levantó. Su aspecto era aún más aterrador que la primera vez. Sus dientes rechinaban de manera horrible, fila contra fila; sus labios se abrían en rictus convulsivos; y entre alaridos salvajes comenzaron a brotar los hechizos. En el medio de la iglesia se levantó un torbellino que derribó todos los iconos e hizo estallar los cristales de las ventanas. Las puertas saltaron de sus goznes y una innumerable hueste de monstruos infernales entró volando en el templo de Dios. La iglesia se vio invadida por un terrible ruido de alas y garras. Todo volaba y giraba vertiginosamente en busca del filósofo.

Los últimos restos de la borrachera se disiparon de la cabeza de Jomá, que no paraba de hacerse la señal de la cruz y leía desesperadamente cuanta plegaria caía bajo sus ojos mientras oía a los poderes impuros girar en remolino a su alrededor, casi rozándolo con sus puntiagudas alas y sus repulsivas colas. No se atrevía a mirarlos; sólo alcanzó a ver que toda una pared estaba ocupada por un enorme monstruo envuelto por enmarañados cabellos que parecían un bosque: dos ojos lo observaban horriblemente por entre esos pelos bajo unas cejas diabólicamente arqueadas. Por encima de él flotaba una especie de vejiga inmensa de la que se proyectaban miles de pinzas de escorpión y tentáculos cubiertos por grumos de tierra negra. Todos los seres estaban buscándolo pero eran incapaces de verlo, rodeado por su misterioso círculo.

—¡Traed al viy! ¡Id a buscar al viy! —vociferó entonces la muerta.

Y, repentinamente, toda la iglesia quedó sumida en un tenso silencio; se oían aullidos de lobos a lo lejos, y no mucho después el templo se vio invadido por un sonido de pesados pasos. El filósofo miró de reojo y advirtió que estaban haciendo entrar a un ser achaparrado, rechoncho y de enormes pies. Estaba completamente cubierto de tierra negra. Sus piernas y brazos sobresalían como raíces retorcidas y nudosas. Avanzaba pesadamente, tropezando a cada paso. Sus largos párpados llegaban casi hasta el suelo. Jomá notó, con espanto, que su rostro estaba hecho de hierro. Lo condujeron, tomándolo de los terrosos brazos, hasta colocarlo no muy lejos del lugar donde se hallaba el filósofo.

—¡Levantadme los párpados, no puedo ver! —exclamó el viy con una horrísona voz subterránea.

Toda la hueste se abalanzó a levantarle los párpados.

«¡No lo mires, no lo mires!», le susurró al filósofo una voz interior. Pero, tras oír el lejano canto de un gallo, no pudo resistir más y lo miró.

—¡Ahí está! —rugió el viy, señalándolo con un dedo de hierro.

Y, en el acto, todos los seres que infestaban la iglesia se lanzaron sobre el filósofo. Jomá cayó al suelo sin aliento, e inmediatamente su espíritu, transido de pánico, voló de allí.

Un segundo gallo cantó, y esta vez fue oído por todos los demonios y trasgos, que no habían escuchado el primero. Los aterrados espíritus se lanzaron en desbandada hacia las ventanas y puertas para tratar de huir lo antes posible, pero ya era tarde y quedaron atrapados allí para siempre, atascados en puertas y ventanas.

Cuando el diácono llegó, quedó horrorizado al ver así profanada la morada del Señor y no se atrevió a celebrar la *panihida*[11] en aquel sitio maldito. De modo que la iglesia quedó por siempre así, con monstruos petrificados en sus ventanas y puertas, y cubierta por bosques, raíces, malezas y endrinos, de tal manera que hoy nadie podría encontrarla.

***

[11] Misa fúnebre de la Iglesia ortodoxa rusa para el descanso y la salvación de los difuntos.

Cuando los rumores de lo ocurrido llegaron a Kiev y el teólogo Jaliava se enteró finalmente de la suerte que había corrido el filósofo Jomá, se entregó a las cavilaciones por espacio de una hora. Durante todo aquel tiempo se habían producido grandes cambios en su vida. La fortuna le había sonreído: al terminar sus estudios lo habían nombrado campanero en el más alto de los campanarios de Kiev, y casi siempre se lo veía con la nariz rota porque la escalera de madera que conducía hasta la campana había sido construida con el mayor de los descuidos.

—¿Te has enterado de lo que le ocurrió a Jomá? —le preguntó en cierta ocasión Tiberi Gorobets, que a esa altura era ya filósofo y lucía unos incipientes bigotes.

—Ha sido la voluntad de Dios —le respondió el campanero Jaliava—. ¡Vamos a la taberna a brindar en memoria de su alma!

El bisoño filósofo, que había alcanzado sus plenos derechos con el fervor de un entusiasta, razón por la cual sus pantalones, su levita y hasta su gorro apestaban a alcohol y tabaco, expresó su aquiescencia sin perder un instante.

—¡Jomá era un buen hombre! —dijo el campanero cuando el tabernero cojo le puso delante la tercera jarra—. ¡Un hombre excelente! ¡Y murió sin ninguna razón!

—No, yo sé por qué murió: fue porque tuvo miedo. Si no hubiese tenido miedo, la bruja no habría podido hacerle nada. Sólo tienes que hacerte la señal de la cruz y escupirle en el rabo y nada te pasará. Sé perfectamente de lo que hablo. Aquí en Kiev todas las mujeres del mercado son brujas.

El campanero asintió en señal de aprobación. Pero, al advertir que su lengua no era ya capaz de articular una sola palabra, se levantó cuidadosamente de la mesa y, tambaleándose hacia ambos lados, salió a esconderse en el lugar más recóndito de los matorrales. No sin olvidar antes, por mera costumbre, robar una suela de bota que alguien había dejado sobre un banco.

Aleksei K. Tolstoi

La familia del vurdalak

n 1759 yo estaba perdidamente enamorado de la hermosa duquesa de Gramont. Esta pasión, que entonces creía tan profunda y duradera, no me dejaba descansar ni de día ni de noche, y la duquesa, como suelen hacer las mujeres bonitas, se complacía en coquetear para acrecentar mis tormentos. Fue así que, en un acto desesperado, solicité y obtuve una misión diplomática junto al hospodar[1] de Moldavia. La víspera de mi partida, me presenté en casa de la duquesa. Ella me recibió menos sarcástica que de costumbre y me dijo, con una voz que delataba cierta emoción:

—D'Urfé, comete usted una locura. Pero lo conozco y sé que es imposible hacerlo cambiar de parecer, por lo que sólo le pediré una cosa: acepte esta pequeña cruz como muestra de mi amistad y llévela puesta hasta su regreso. Es una reliquia de gran valor para mi familia.

Con una galantería quizás inapropiada para el momento, no besé la reliquia sino la encantadora mano que me la tendía. Me la puse luego alrededor del cuello y desde ese día nunca me la he quitado.

No os aburriré con los detalles de mi viaje, o con mis observaciones sobre los húngaros y los serbios, ese pueblo pobre e ignorante pero valiente y honesto que, aun bajo dominio turco, no había olvidado su dignidad y su antigua independencia. Alcanzará con decir que, dado que había aprendido un poco de polaco en una visita a Varsovia, no me costó entender algo de serbio, pues ambos idiomas, así como el ruso y el bohemio, no son más que ramas de una misma lengua, la eslava.

De modo que, sabiendo suficiente del lenguaje como para hacerme entender, llegué un día a una aldea cuyo nombre no es de importancia. Llegué un domingo, día en que los serbios acostumbran entregarse a diferentes placeres, tales como la danza, la lucha, el tiro con arcabuz y demás, por lo que grande fue mi estupor al encontrar a los habitantes de la casa en la que iba a hospedarme en un estado de extrema ansiedad y agitación. Atribuyendo aquella circunstancia a alguna desgracia repentina y reciente, me iba a retirar ya de allí cuando un hombre de unos treinta años, de elevada estatura y figura imponente, se me acercó y, tomándome de la mano, me dijo:

[1] Título eslavo, equivalente a lord o señor, propio de las regiones de Moldavia y Valaquia.

—Entre, entre, extranjero, por favor; no se alarme por nuestra tristeza. La entenderá mejor cuando conozca la causa.

Me explicó entonces que su anciano padre, llamado Gorcha, hombre de carácter inquieto e intratable, un día se había levantado de la cama y, descolgando de la pared su gran arcabuz turco, había dicho a sus dos hijos, llamados uno Djordje y el otro Petar:

—Hijos, me voy a las montañas para unirme a los valientes que están dando caza a ese perro de Alibek —se refería a un bandolero turco que llevaba largo tiempo asolando la región—. Esperadme durante diez días y, si no regreso para el décimo, mandad a decir por mí una misa de difuntos, pues estaré muerto. Pero —agregó el viejo Gorcha, con un aire aún más sombrío— si pasados los diez días regreso (Dios os guarde de ello), no me permitáis, por vuestras vidas, entrar a casa. Os ordeno que, si esto sucede, olvidéis que fui vuestro padre y atraveséis mi corazón con una estaca de álamo, sin importar lo que diga o haga, pues no seré más que un maldito vurdalak que vendrá a chupar vuestra sangre.

Acaso deba explicar que los vurdalaks, o vampiros de los pueblos eslavos, no son otra cosa que cadáveres que salen de sus tumbas para beber la sangre de los vivos. Hasta ahí son iguales a todos los demás vampiros, pero los vurdalaks tienen una característica que los hace aún más temibles: su preferencia por la sangre de sus familiares más cercanos y sus amigos más íntimos, quienes, una vez muertos, se vuelven vampiros a su vez, de suerte que, en Bosnia y Hungría, abundan las crónicas de poblaciones enteras transformadas en vurdalaks. El abad Agustín Calmet[2], en su curioso libro sobre apariciones, cita ejemplos escalofriantes. Los emperadores de Alemania nombraron incontables comisiones para esclarecer casos de vampirismo. Se levantaron actas, se exhumaron cadáveres ahítos de sangre y se los quemó en las plazas públicas tras habérseles perforado el corazón. Los magistrados presentes en tales ejecuciones afirmaron, en escritos formales rubricados con su firma, haber oído a los cadáveres lanzar espeluznantes alaridos en el momento en que el verdugo les clavaba una estaca en el pecho.

Tras estas referencias, fácil será comprender la fuerte impresión que las palabras de Gorcha produjeron en sus hijos. Ambos se hincaron a sus pies y le imploraron que los dejara partir en su lugar, pero, por toda respuesta, él les dio la espalda y se marchó canturreando una vieja balada del país. El día en que yo llegué a la aldea expiraba el plazo fijado por el anciano, lo cual explicaba la gran agitación familiar.

Se trataba de una familia buena y honesta. Djordje, el hijo mayor, era de marcados rasgos masculinos y parecía ser un hombre serio y decidido. Estaba casado y tenía dos hijos pequeños. Su hermano Petar, un

---

[2] Antoine Agustín Calmet (1672-1757), autor de un célebre tratado sobre fantasmas, demonios y vampiros que fue criticado por Voltaire en su *Diccionario filosófico*.

apuesto joven de dieciocho años, traslucía en su fisonomía más dulzura que audacia, y era a todas luces el favorito de su hermana menor, Sdenka, una clásica belleza eslava de la que, más allá de su innegable hermosura, lo que más me impresionó fue un vago parecido con la duquesa de Gramont. Ambas tenían un particular tipo de frente que nunca en mi vida vi más que en ellas dos. Ese rasgo podía no resultar agradable a la primera impresión, pero se volvía irresistiblemente atractivo en cuanto uno se acostumbraba a verlo.

Ya fuese por mi juventud o por ese parecido, unido al singular e ingenuo carácter de la muchacha, Sdenka provocó en mí una fuerte atracción. Apenas hablar dos minutos con ella, ya había generado en mí una viva simpatía que amenazaba con transformarse en un sentimiento más tierno si prolongaba mi estadía en aquel lugar.

Estábamos reunidos delante de la casa, en torno a una mesa provista con quesos y jarras de leche. Sdenka hilaba; su cuñada preparaba la cena de los niños, que jugaban en la arena; Petar, con afectada despreocupación, silbaba mientras afilaba un yatagán, o largo cuchillo turco; y Djordje, acodado sobre la mesa, con la cabeza entre las manos y el ceño fruncido, devoraba el camino con los ojos sin pronunciar palabra.

En cuanto a mí, miraba con melancolía, abatido por la tristeza general, las nubes del atardecer, que enmarcaban un cielo dorado, y la silueta de un viejo monasterio oculto entre un negro bosque de pinos.

Ese monasterio, como supe más tarde, tiempo atrás había gozado de fama por una imagen milagrosa de la Virgen que, según la leyenda, los ángeles habían colocado en un roble. Pero, a comienzos del siglo pasado, el monasterio había sido saqueado y los monjes habían sido degollados por los turcos invasores. Todo lo que quedaba eran unos muros derruidos y una capilla habitada por una especie de eremita que mostraba las ruinas a los curiosos y ofrecía hospitalidad a los peregrinos que, viajando a pie de un lugar santo a otro, gustaban acercarse al convento de la Virgen del Roble. Pero, como dije, todo esto lo supe después, ya que esa noche había escaso lugar en mi cabeza para la arqueología serbia. Como sucede a menudo cuando uno deja volar su imaginación, mi mente evocaba los tiempos pasados, los días de mi infancia y la bella Francia que había abandonado por ese país remoto y salvaje.

Pensaba también en la duquesa de Gramont y (¿para qué negarlo?) en otras damas de la época cuyas imágenes, sin que yo lo advirtiese, se habían deslizado en mi corazón tras aquella de la encantadora duquesa. No tardé así en olvidar a mis anfitriones y su desasosiego, hasta que, repentinamente, Djordje rompió el silencio:

—Mujer —preguntó a su esposa—, ¿a qué hora partió el viejo?

—A las ocho en punto —respondió ella—. Recuerdo haber oído con claridad las campanas del monasterio.

—Bien —dijo Djordje—, apenas deben ser las siete y media aún.

Y, sumiéndose nuevamente en el silencio, volvió a clavar sus ojos en el camino que desaparecía en el bosque.

Olvidé decir que, cuando los serbios sospechan que alguien ha sido víctima de vampirismo, evitan llamarlo por su nombre o referirse a él de manera directa, pues temen que hacerlo equivalga a invocarlo de la tumba. Por tal razón, desde hacía ya un tiempo Djordje, para hablar de su padre, no se refería a él sino como «el viejo».

Siguieron unos momentos de silencio hasta que, de improviso, uno de los niños, tirando del delantal de Sdenka, preguntó:

—Tía, ¿cuándo volverá a casa el abuelo?

Una bofetada fue la respuesta de Djordje a esa pregunta inoportuna. El niño rompió a llorar, y su hermano menor, con una expresión de sorpresa y temor, inquirió:

—Papá, ¿por qué no nos dejas hablar del abuelo?

Otra célere bofetada le cerró la boca. Los dos niños se pusieron a chillar y toda la familia se hizo la señal de la cruz.

En eso estábamos cuando las campanas del monasterio empezaron a dar lentamente las ocho. Mientras aún resonaba el primer toque en nuestros oídos, una figura humana emergió de pronto de la espesura del bosque y comenzó a avanzar hacia nosotros.

—¡Es él, es él! ¡Alabado sea Dios! —gritaron al unísono Sdenka, Petar y su cuñada.

—Que Dios nos guarde —dijo Djordje, en cambio, con solemnidad—. ¿Cómo saber si los diez días se han cumplido o no?

Todos lo miraron con horror. Mientras tanto, la figura seguía avanzando. Era un anciano de gran estatura con bigotes plateados, rostro macilento y mirada severa que caminaba dificultosamente con la ayuda de un bastón. A medida que se aproximaba, el semblante de Djordje se iba tornando cada vez más sombrío. Una vez que el recién llegado estuvo cerca de nosotros, se detuvo y paseó sobre su familia unos ojos que, de tan apagados y hundidos en sus órbitas, parecían no ver.

—¿Y bien? —dijo con una voz cavernosa—, ¿nadie me va a recibir? ¿Qué significa este silencio? ¿Acaso no veis que estoy herido?

Advertí entonces que el anciano sangraba por el costado izquierdo.

—¡Sostenga a su padre! —le dije a Djordje—. ¡Y usted, Sdenka, vaya a prepararle algún cordial! ¡Ese hombre está a punto de desfallecer!

—Padre —dijo Djordje acercándose a Gorcha—, muéstreme su herida. Veré de curársela...

Intentó abrirle el abrigo, pero el anciano lo apartó bruscamente y se cubrió el costado con ambas manos.

—¡Apártate, torpe! —le gritó—. ¡Me haces daño!

—¡Pero está herido cerca del corazón! —le respondió Djordje, palideciendo—. ¡Vamos, vamos, quítese el abrigo, es urgente!

El anciano se irguió y se puso firme.

—¡Cuidado! —le susurró—. ¡Si me tocas, te maldeciré!

Petar se interpuso entre Djordje y su padre.

—¡Déjalo! —le dijo a su hermano—. ¿No ves que lo lastimas?

—No lo contraríes —añadió su mujer—. Ya sabes que no lo tolera.

En ese momento vimos que, en medio de una nube de polvo, un rebaño regresaba a la casa tras haber pacido. En cuanto el perro pastor que lo acompañaba percibió la presencia de Gorcha, se detuvo y, ya fuese porque no reconoció a su viejo amo o por algún otro motivo, comenzó a aullar con el pelaje erizado como si viese algo sobrenatural.

—¿Qué diablos le pasa a ese perro? —dijo el anciano, con un aspecto cada vez más enojado—. ¿Qué significa todo esto? ¿Me he convertido en un extraño en mi propia casa? ¿Apenas diez días en las montañas me han cambiado tanto que ya ni mis perros me reconocen?

—¿Has escuchado? —le preguntó Djordje a su mujer.

—¿Qué cosa?

—¡Reconoce que han pasado los diez días!

—¡Pero no, si regresó dentro del plazo estipulado!

—Sí, bueno, yo sé lo que hay que hacer.

Como el perro seguía aullando, Gorcha vociferó:

—¡Maten a ese perro de una vez! ¿Acaso no me escuchan?

Djordje no se movió, pero Petar se levantó, tomó el arcabuz de su padre y, con lágrimas en los ojos, disparó. El perro rodó por el suelo.

—Era mi perro favorito —dijo en voz baja—. No entiendo por qué has querido que lo matara.

—¡Porque el maldito se lo merecía! —rugió Gorcha—. Vamos, está haciendo frío, quiero entrar.

Mientras afuera sucedía esto, Sdenka había preparado una tisana de aguardiente hervido con peras, pasas y miel, pero su padre la rechazó con una mueca de disgusto. Idéntica aversión mostró al plato de cordero con arroz que le ofreció Djordje, tras lo cual fue a sentarse solo a un rincón, mascullando palabras ininteligibles.

Un fuego de pinos crepitaba en la chimenea y arrojaba una luz temblorosa sobre el pálido y derrotado rostro del anciano, que sin esa claridad podría haber parecido el semblante de un muerto. Sdenka se sentó junto a él.

—Padre mío —le dijo—, ya que no desea comer nada ni descansar, ¿por qué no nos cuenta sus aventuras en las montañas?

Al decir esto, la joven sabía que tocaba una fibra sensible, pues el anciano amaba narrar historias de guerras y combates. Una especie de sonrisa asomó entonces a sus labios descoloridos, mientras sus ojos permanecían inexpresivos, y, acariciando con una mano los hermosos cabellos rubios de su hija, le respondió:

—Sí, hija mía, sí, mi Sdenka, me gustará mucho contarte todo lo que me sucedió en las montañas, pero será en otra ocasión, pues ahora estoy muy cansado. Pero te adelantaré que Alibek ya no existe, y que murió por mi propia mano. Si alguien lo duda —añadió el anciano, paseando la mirada sobre toda su familia—, ¡he aquí la prueba!

Desató una especie de alforja que le colgaba de la espalda y extrajo de ella una cabeza pálida y ensangretada, pero cuya palidez no superaba a la de aquel que la sostenía. Nos volvimos horrorizados, y Gorcha se la entregó a Petar.

—Toma —le dijo—, coloca esto arriba de la puerta para que todos los que pasen sepan que Alibek está muerto y que, exceptuando a los jenízaros del sultán, los caminos han sido purgados de bandoleros.

Petar acató la orden con repugnancia.

—¡Ahora entiendo! —exclamó el anciano—. Ese pobre perro que ordené matar aullaba porque había olido la carne muerta.

—Sí, sin duda olfateó carne muerta —respondió con un aire sombrío Djordje, que había salido sin que nos diésemos cuenta y en ese momento volvía a entrar con un objeto en la mano que dejó en un rincón y que me pareció una estaca.

—Djordje —le susurró su mujer—, no estarás pensando, espero...

—Hermano —añadió su hermana—, ¿qué piensas hacer? Pero no, no, no harás nada, ¿verdad?

—¡Dejadme en paz! —les respondió Djordje—. Sé lo que hay que hacer, y no haré nada que no sea necesario.

Entre tanto, se había hecho de noche. La familia se retiró para descansar a una parte de la casa que apenas estaba separada de mi alcoba por un delgado tabique. Confieso que los eventos de esa noche habían turbado mi imaginación. La luz estaba apagada y la luna derramaba, a través de una pequeña ventana cercana a mi lecho, sus blanquecinos resplandores sobre los muros y el piso. Me estaba costando conciliar el sueño. Atribuyendo mi insomnio a la claridad lunar, comencé a buscar algo que me sirviese de cortina, pero no pude dar con nada. Entonces percibí voces confusas detrás del tabique y me puse a escuchar:

—Acuéstate, mujer —decía Djordje—. Petar, Sdenka, vosotros también. No os preocupéis, yo velaré por todos.

—No, Djordje —respondió su mujer—, me toca a mí permanecer en vela. Tú lo has hecho ayer y debes estar cansado. Además, debo cuidar al niño mayor, que se encuentra enfermo desde ayer.

—Acuéstate tranquila —dijo Djordje—, yo velaré por los dos.

—Pero, hermano —terció Sdenka, con su voz más dulce—, me parece que no tiene sentido velar. Nuestro padre ya se durmió: mira cuán calmo y apacible se lo ve.

—¡Ninguna de las dos entiende nada! —las cortó Djordje con un tono que no admitía réplica—. ¡Les digo que se acuesten y me dejen velar!

La casa se sumió entonces en el silencio, y muy pronto los párpados comenzaron a pesarme y el sueño se apoderó de mis sentidos.

De pronto, creí ver que mi puerta se abría lentamente y que el viejo Gorcha aparecía en el umbral. Intuía su forma más que verla, pues la oscuridad tras él era total. Me pareció que sus ojos apagados intentaban adivinar mis pensamientos y seguían el movimiento de mi respiración. Adelantó un pie y luego el otro. Entonces, con extrema cautela, empezó a avanzar hacia mí con paso de lobo hasta que estuvo junto a mi lecho. Me invadió un terror inefable, pero una fuerza invisible me mantuvo inmóvil. El anciano se inclinó sobre mí y acercó tanto su pálido rostro al mío que creí sentir su aliento cadavérico. Entonces, haciendo un esfuerzo sobrehumano, desperté bañado en sudor.

El cuarto se encontraba vacío, pero, al volverme hacia la ventana, descubrí que el viejo Gorcha estaba fuera, con el rostro pegado al vidrio y mirándome con ojos espeluznantes. Tuve la presencia de ánimo suficiente para no gritar y permanecer acostado como si no lo hubiera visto. Sin embargo, el anciano no parecía buscar otra cosa que asegurarse de que estuviese durmiendo, pues no hizo intento alguno por entrar y, tras haberme escudriñado bien, se alejó de la ventana y se dirigió a la habitación vecina. Djordje se había quedado dormido y sus ronquidos parecían capaces de hacer temblar los muros. En ese momento, uno de los niños tosió y pude distinguir la voz de Gorcha:

—¿No puedes dormir, pequeño?

—No, abuelo —respondió el niño—. ¡Quiero hablar contigo!

—Ah, quieres hablar conmigo. ¿Y de qué hablaremos?

—Quiero que me cuentes cómo luchaste contra los turcos, porque yo también quiero ir a luchar contra ellos.

—Ya lo sabía, pequeño, y por eso te he traído un pequeño yatagán que te daré mañana.

—¡Ah, abuelo, dámelo ahora, ya que no puedes dormir!

—¿Y por qué, pequeño, no viniste a hablarme antes de acostarnos?

—¡Porque papá no nos dejaba!

—Tu papá es muy precavido. ¿Así que quieres tu pequeño yatagán?

—¡Sí, sí, lo quiero ahora! Pero no aquí, porque papá podría despertar.

—Entonces, ¿dónde?

—Si salimos, prometo portarme bien y no hacer nada de ruido.

Me pareció oír una risa sardónica de Gorcha y que el niño se levantaba. No creía en los vampiros, pero la pesadilla que acababa de tener había afectado mis nervios y, no queriendo cargar con culpas futuras, me incorporé y golpeé el tabique con tantas fuerzas como para despertar a los siete durmientes.[3] No hubo señal de que nadie me oyera. Me

---

[3] Alusión a la leyenda medieval de los siete nobles de Éfeso que, negándose a abandonar su fe cristiana, se ocultaron en una cueva para evitar ser ejecutados por el emperador romano Decio. Al ser hallados dormidos, se taponó la boca de la cueva con piedras para que murieran allí, pero su sueño se prolongó hasta que por azar fueron liberados dos siglos después.

precipité a la puerta, resuelto a salvar al niño, pero estaba cerrada por fuera y no cedía a mis embates. Mientras intentaba derribarla, vi pasar por la ventana al anciano llevando al niño en sus brazos.

—¡Despertad, despertad! —grité con todas mis fuerzas, estremeciendo el tabique con mis golpes.

Entonces Djordje, despertando, preguntó:

—¿Dónde está el viejo?

—¡Salid ya! —le grité—. ¡Se ha llevado a vuestro hijo!

Djordje abrió la puerta de una patada, pues la suya también había sido cerrada por fuera, y se lanzó corriendo hacia el bosque. Yo logré por fin despertar a Petar, Sdenka y su cuñada. Nos reunimos frente a la casa y, tras unos minutos de espera, vimos regresar a Djordje con su hijo en brazos. Lo había encontrado exánime en el camino, pero pronto volvió en sí y no parecía más enfermo que antes. Acosado a preguntas, respondió que su abuelo no le había hecho ningún daño, que habían salido para conversar tranquilos pero que, una vez afuera, había perdido el conocimiento y no recordaba más nada. Por su parte, Gorcha había desaparecido. Nadie volvió a dormir por el resto de la noche.

Al día siguiente me enteré de que el Danubio, cuyo curso interceptaba el camino a un kilómetro de la aldea, comenzaba a arrastrar témpanos de hielo, lo que en esas regiones siempre tiene lugar entre fines de otoño e inicios de la primavera. El paso estaría obstruido por unos cuantos días, por lo que no podría ni soñar con partir. Mas, aun si hubiese podido, la curiosidad y una atracción cada vez más poderosa me habrían retenido. Cuanto más veía a Sdenka, más inclinado me sentía a amarla. No soy de esas personas que creen en las pasiones súbitas e irresistibles de las que nos ofrecen tantos ejemplos las novelas, pero creo que existen casos en los que el amor se desata más rápidamente de lo habitual. La singular belleza de Sdenka, ese extraño parecido con la duquesa por la que había huido de París y que ahora reencontraba allí, en ropajes pintorescos y hablando un idioma extraño y melódico, ese rasgo peculiar de su frente, que en Francia había sido para mí fuente de tantas agonías, todo eso, sumado a la singular situación y los misterios que me rodeaban, contribuyeron sin duda a hacer madurar en mí un sentimiento que, en otras circunstancias, quizás no se habría manifestado más que de una manera muy vaga y pasajera.

En el transcurso del día escuché a Sdenka conversando con Petar.

—¿Qué piensas de todo esto? —le preguntó—. ¿Tú también sospechas de nuestro padre?

—No me atrevo ni a pensarlo —le respondió Petar—, menos cuando el niño dice que no le hizo ningún daño. En cuanto a su desaparición, ya sabes que nunca dio razones para sus ausencias.

—Lo sé —dijo Sdenka—, pero entonces me temo que tendremos que protegerlo, pues ya conoces a Djordje...

—Sí, sí, ya lo conozco. Hablarle sería inútil, pero si le escondemos la estaca no podrá encontrar otra, pues de este lado de las montañas no queda un solo álamo.

—Sí, escondamos la estaca, pero que no se enteren de nada los niños, ya que ante Djordje podrían delatarse.

—Nos cuidaremos bien de ello —dijo Petar, tras lo cual se separaron.

La noche llegó sin que tuviéramos noticias del viejo Gorcha. Al igual que en la víspera, me hallaba tendido en mi lecho y la luna iluminaba toda la alcoba. Cuando el sueño comenzaba a embotar mis ideas, percibí, como instintivamente, la proximidad del anciano. Abrí entonces los ojos y vi su fantasmagórico rostro pegado contra la ventana.

Esta vez quise levantarme, pero me fue imposible. Todos mis miembros parecían estar paralizados. Tras haberme observado bien, el viejo se alejó. Lo oí dar la vuelta a la casa y golpear suavemente la ventana de la habitación donde dormían Djordje y su mujer. El niño se revolvió en el lecho y gimió entre sueños. Siguieron unos minutos de silencio y volví a oír golpes en la ventana. El niño gimió de nuevo y despertó.

—¿Eres tú, abuelo? —preguntó.

—Soy yo —susurró una voz apagada—. Te he traído tu yatagán.

—Pero no me atrevo a salir, papá me lo ha prohibido.

—No necesitas salir. Sólo abre la ventana y ven a darme un abrazo.

Oí que el niño se levantaba y abría la ventana. Entonces, recurriendo a todas mis energías, logré vencer mi parálisis y, saliendo de la cama, corrí a golpear el tabique. Djordje despertó al instante. Lo oí maldecir, su mujer lanzó un alarido y pronto todos estábamos reunidos en torno al cuerpo inanimado del niño. Gorcha había vuelto a desaparecer.

A fuerza de cuidados logramos que el pequeño recuperase el conocimiento, pero se hallaba muy débil y apenas respiraba. El pobre niño ignoraba la causa de su desmayo. Su madre y Sdenka lo atribuyeron al susto de haber sido sorprendido hablando con su abuelo. Yo preferí no decir nada. Cuando el niño se calmó un poco, todos nos volvimos a acostar, excepto Djordje.

Hacia el amanecer, lo escuché despertar a su mujer y hablar con ella en voz baja. Sdenka se les unió y la oí sollozar junto a su cuñada.

El niño había muerto.

No necesito narrar la angustia de esa familia. A ninguno se le ocurrió culpar al viejo Gorcha. Al menos, nadie se atrevió a decir algo abiertamente. Djordje guardaba silencio, pero su expresión, siempre sombría, tenía ahora algo de terrible.

Durante dos días, el viejo no volvió a aparecer. En la noche del tercero, jornada en la que había tenido lugar el entierro del niño, me pareció oír pasos merodeando en torno a la casa y una voz de anciano que llamaba al hermanito del difunto. Por un instante también creí ver el rostro de Gorcha pegado a mi ventana, pero no puedo asegurar si aquello fue real o producto de mi imaginación, pues esa noche la luna permaneció velada tras las nubes. De cualquier manera, sentí que mi deber era informar a Djordje. Interrogó al niño, quien admitió que había oído a su abuelo llamándolo y que lo había visto a través de la ventana. Djordje le ordenó a su hijo que lo despertase si el viejo volvía a aparecer.

Ninguna de estas circunstancias evitaba que mi afecto por Sdenka siguiera acrecentándose día a día. No había podido hablarle a solas en toda la jornada, y, al llegar la noche, la idea de mi ya próxima partida afligió mi corazón. La alcoba de Sdenka sólo estaba separada de la mía por una especie de pasillo que daba a la calle por un lado y a un patio interior por el otro.

Mis anfitriones ya estaban acostados cuando decidí salir a dar un paseo para distraerme. Al entrar al pasillo, vi que la puerta de Sdenka estaba entreabierta. Me detuve involuntariamente. El familiar sonido del roce de su vestido me hizo latir con fuerza el corazón. Escuché entonces unas palabras cantadas en voz baja. Se trataba del adiós que un rey serbio dirigía a su amada antes de marchar a la guerra:

> «“¡Oh, mi joven álamo —dijo el viejo rey—,
> parto camino a la guerra y tú me olvidarás!
> Los árboles que crecen al pie de la montaña
> son esbeltos y flexibles, pero tu tallo lo es aún más.
> Rojos son los frutos del serbal que el viento mece,
> pero tus labios son más rojos que los frutos del serbal.
> Yo soy como el viejo roble desprovisto de hojas,
> y mi barba es más blanca que la espuma del mar.
> El enemigo no osará matar al viejo rey, alma mía,
> pero yo moriré de dolor porque tú me olvidarás”.
> Y ella respondió: “Juro serte fiel y no olvidarte jamás.
> Si faltare a mi promesa, puedes volver de la muerte
> a sorber toda la sangre de mi corazón desleal”.
> Dijo el rey: “¡Así sea!”, y a la guerra se marchó.
> Y cuando pronto lo olvidó la bella...».

Aquí Sdenka se detuvo, como temiendo terminar la balada. Yo ya no podía contenerme. Esa voz tan dulce, tan expresiva, era la voz de la duquesa de Gramont. Sin pensarlo más, empujé la puerta y entré. Sdenka acababa de quitarse una especie de casaquín que usan las mujeres de su país, y todo su atuendo se reducía a una camisa bordada de oro y seda roja ceñida a su cintura por una falda a cuadros. Sus hermosas trenzas rubias se encontraban deshechas, y ese desaliño realzaba aún más sus atractivos. No dio muestras de enojo por mi brusca entrada, pero pareció turbada y se ruborizó ligeramente. Me dijo:

—¡Oh!, ¿a qué ha venido? ¿Qué pensarán si nos sorprenden?

—Sdenka, alma mía —le respondí—, tranquilícese, todo duerme a nuestro alrededor. Sólo el grillo en la hierba y el abejorro en el aire podrían escucharnos.

—¡Oh, amigo mío, salga! ¡Estoy perdida si mi hermano nos sorprende!

—Sdenka, no me iré hasta que no me haya prometido que me amará siempre, como la bella joven al rey de la balada. Pronto partiré, Sdenka, y quién sabe cuándo nos volveremos a ver. Sdenka, yo la amo más que a mi alma, más que a nada en este mundo... mi vida y mi sangre le pertenecen. ¿No me daría una hora a cambio?

—En una hora pueden pasar muchas cosas —dijo con un aire pensativo, pero sin retirar su mano de la mía—. Usted no conoce a mi hermano —agregó, temblando—. Tengo el presentimiento de que vendrá.

—¡Cálmese, mi Sdenka! Su hermano se encuentra agotado por sus vigilias y ha sido arrullado por el viento que juega entre los árboles; su sueño es profundo, larga es la noche, y yo no le pido más que una hora. Y, después, adiós... quizás para siempre.

—¡Oh, no, no para siempre! —dijo con vehemencia, y luego retrocedió, como asustada de su propia voz.

—¡Oh, Sdenka! —exclamé—. No tengo ojos ni oídos para más que para usted, ya no soy dueño de mí, obedezco a una fuerza superior. ¡Oh, perdóneme, Sdenka! —y como un loco la estreché contra mi pecho.

—¡Oh, usted no es mi amigo! —dijo ella liberándose de mis brazos y corriendo a refugiarse al fondo de su alcoba.

No recuerdo qué le respondí, pues me encontraba confundido por mi propia audacia. No porque en esa ocasión me hubiese fallado, sino porque, a pesar de mi pasión, no podía evitar sentir un sincero respeto por la inocencia de Sdenka. Cierto es que en un comienzo había arriesgado algunas de las frases galantes que no desagradaban a las damas de la época, pero pronto, avergonzado, había renunciado a ello al advertir que la simpleza de la muchacha le impedía comprender lo que usualmente las demás mujeres captaban de inmediato.

Estaba ahí, de pie ante ella, sin saber qué decirle, cuando de pronto la vi estremecerse y clavar en la ventana una mirada de terror. Seguí la dirección de sus ojos y vi con claridad la inmóvil figura de Gorcha, que nos observaba desde afuera. En ese mismo instante, sentí que una pesada mano se posaba sobre mi hombro. Me volví. Era Djordje.

—¿Qué hace aquí? —inquirió.

Desconcertado por ese brusco reproche, le señalé a su padre, que aún nos miraba desde la ventana. En cuanto Djordje lo vio, desapareció.

—Escuché al viejo y vine a prevenir a su hermana —le dije.

Djordje me miró como queriendo leer el fondo de mi alma. Me tomó luego por el brazo, me condujo a mi alcoba y se fue sin decir palabra.

A la mañana siguiente, la familia estaba reunida ante la puerta de la casa, en torno a una mesa bien provista de todo tipo de lácteos.

—¿Dónde está el niño? —preguntó Djordje.

—En el patio —le dijo su mujer—. Está jugando solo a su juego favorito: imaginar que combate a los turcos.

Apenas había terminado de pronunciar esas palabras cuando, para sorpresa de todos, vimos surgir del bosque la figura de Gorcha. Caminó lentamente hasta nosotros y se sentó a la mesa como lo había hecho el día de mi llegada.

—Sea bienvenido, padre —murmuró su nuera con una voz inaudible.

—Bienvenido, padre —repitieron Petar y Sdenka en voz baja.

—Padre —dijo Djordje con voz firme, pero mientras su rostro mudaba de color—, lo esperábamos para rezar.

El viejo se dio vuelta frunciendo el ceño.

—¡Recemos ahora mismo! —insistió Djordje—. Padre, haga la señal de la cruz.

Sdenka y su cuñada se inclinaron ante el anciano y le suplicaron que pronunciara la plegaria.

—¡No, no y no! —gritó el viejo—. ¡No tiene ningún derecho de exigirme nada, y, si insiste, lo maldeciré!

Djordje se levantó y entró corriendo a la casa. Al rato, regresó con los ojos llenos de furia.

—¡¿Dónde está la estaca?! —rugió—. ¡¿Dónde escondieron la estaca?!

Sdenka y Petar intercambiaron miradas.

—¡Maldito cadáver! —dijo entonces Djordje, dirigiéndose al viejo—. ¿Qué le hiciste a mi primogénito? ¿Por qué lo mataste? ¡Devuélveme a mi hijo, carroña!

Mientras decía esto, se iban acentuando cada vez más la palidez de su semblante y el fuego de sus ojos.

El viejo permanecía inmóvil y lo miraba con odio.

—¡Oh, la estaca, la estaca! —gritaba Djordje—. ¡Haré responsable de todas las desgracias que nos aguarden a quien la haya escondido!

En ese momento se escucharon los alegres estallidos de risa del hijo menor y lo vimos llegar montando a caballo sobre una estaca, a la que hacía cabalgar en pequeños círculos, mientras profería con su vocecita el grito de guerra de los serbios cuando atacan al enemigo.

Al verlo, la mirada de Djordje resplandeció. Le arrancó de inmediato la estaca y se arrojó sobre su padre. Este emitió un horrible aullido y se precipitó al bosque con una agilidad tan poco acorde a su edad que parecía sobrenatural. Djordje se lanzó a perseguirlo a través de las espesuras y pronto ambos se perdieron de vista.

El sol se había puesto cuando Djordje regresó a la casa, pálido como la muerte y con los cabellos erizados. Se sentó junto al fuego y creí percibir que sus dientes castañeteaban. Nadie osó interrogarlo. A la hora en que la familia solía acostarse, pareció recobrar su energía y, llevándome aparte, me dijo con toda naturalidad:

—Mi estimado huésped, he podido ver el río. Ya no quedan témpanos, el camino está libre, nada impide su partida. No hace falta —añadió, lanzando una mirada a Sdenka— que se despida de mi familia. Le deseo, en nombre de ella, toda la felicidad del mundo, y espero que guarde un buen recuerdo de nosotros. Mañana al rayar el alba encontrará su caballo ensillado y un guía listo para conducirlo. Adiós. Acuérdese cada tanto de su anfitrión, y sepa perdonarlo si su estadía aquí no estuvo tan exenta de tribulaciones como él hubiese querido.

Los severos rasgos de Djordje tenían en ese momento una expresión casi cordial. Me acompañó a mi alcoba y me estrechó la mano. Luego, se estremeció y sus dientes castañetearon como si tiritase de frío.

Una vez solo en mi alcoba, no pensé ni por un instante en acostarme. Me acuciaban otras preocupaciones. En el pasado me había enamorado muchas veces, había sufrido numerosos arrebatos de ternura, de despecho y de celos, pero jamás, ni siquiera al abandonar a la duquesa de Gramont, me había embargado una tristeza similar a la que me atravesaba el corazón en ese momento. Antes de que el sol saliese, me puse las ropas de viaje e intenté hacer una última visita furtiva a Sdenka, pero Djordje me aguardaba en el vestíbulo. Toda posibilidad de verla y despedirme me había sido arrebatada.

Salté sobre mi caballo y partí al galope. Me prometí que, a mi regreso de Iasi, volvería a pasar por aquella aldea, y esa esperanza, por lejana que fuese, disipó gradualmente mi pesadumbre. Pensaba con placer en ese regreso, y anticipaba en mi imaginación todos los detalles, cuando un brusco movimiento del caballo estuvo a poco de hacerme caer. El animal se detuvo repentinamente, se sostuvo en dos patas y resopló ruidosamente, como suelen hacer los caballos ante la proximidad de un peligro. Miré entonces con atención y vi que, unos cien pasos delante, había un lobo cavando la tierra. Al oírnos, huyó. Acto seguido, clavé las espuelas en los flancos de mi montura y logré hacerla galopar de nuevo. Al pasar por el lugar que el lobo había abandonado, noté que se trataba de una tumba reciente, y, si bien no puedo asegurarlo porque nos alejamos del lugar a toda prisa, me pareció ver que de la tierra removida por el lobo sobresalía el extremo de una estaca.

Lo que resta de esta historia es para mí un recuerdo muy doloroso, un recuerdo del que daría cualquier cosa por librarme.

Los asuntos que me condujeron a Iasi me retuvieron más tiempo del que esperaba, casi seis meses. Es triste confesarlo, pero no es menos cierto que en este mundo son pocos los sentimientos duraderos. El éxito de mis negociaciones, el aliento que recibí del gabinete de Versalles, en una palabra, la política, la vil política, esa fuente de tantos afanes e inquietudes, no tardó en debilitar en mi espíritu el recuerdo de Sdenka. Además, la esposa del hospodar, una hermosa mujer que hablaba perfectamente el francés, desde mi misma llegada me había hecho el honor de distinguirme de entre todos los otros jóvenes extranjeros que se habían instalado en Iasi. Educado como estaba en los principios de la galantería francesa, mi sangre gala se habría sublevado ante la sola idea de pagar con ingratitud la benevolencia que me testimoniaba aquella bella dama. Por lo tanto, correspondí con cortesía a sus avances, y, a fin de hacer valer los intereses y derechos de Francia, comencé por hacer míos los intereses y derechos del hospodar.

Al ser llamado de vuelta a mi país, emprendí el regreso por el mismo camino que me había llevado hasta Iasi.

Poco me acordaba de Sdenka y su familia cuando una noche, mientras cabalgaba por una región agreste, escuché una campana que daba las ocho. El sonido me resultó familiar, y mi guía me dijo que provenía de un convento cercano. Le pregunté el nombre y me respondió que no era sino el convento de la Virgen del Roble. Apreté el paso de mi caballo y pronto estuvimos golpeando la puerta del monasterio. El eremita nos abrió y nos condujo al alojamiento para los visitantes. Lo encontré tan atestado de peregrinos que perdí las ganas de pasar allí la noche y le pregunté si podría hallar alguna casa de huéspedes en la aldea.

—Podrá encontrar de sobra —me dijo el eremita con un profundo suspiro—. Gracias a ese infiel de Gorcha, las casas vacías no escasean.

—¿A qué se refiere? —le pregunté—. ¿Sigue vivo el viejo Gorcha?

—¡Oh, no, está bien muerto y enterrado con una estaca en el corazón! Pero antes de eso alcanzó a beber la sangre de su nieto. El niño regresó a su casa una noche y, llorando tras la puerta y diciendo que tenía frío, imploró que le abrieran. La necia de su madre, a pesar de que había presenciado su entierro, no tuvo el valor para enviarlo de vuelta al cementerio y le abrió. Entonces el niño se arrojó sobre ella y le chupó la sangre hasta matarla. Enterrada a su turno, ella regresó para beber la sangre de su otro hijo, luego la de su marido y por último la de su cuñado. A todos les tocó.

—¿Y Sdenka? —le pregunté.

—¡Oh, el dolor la enloqueció, pobre niña, no hablemos de ella!

La respuesta del anciano no me pareció muy alentadora, y no tuve el valor para hacerle más preguntas.

—El vampirismo es contagioso —continuó el eremita, persignándose—. Numerosas son las familias de la aldea que han sido diezmadas, numerosas las que han sido aniquiladas hasta el último de sus miembros, y, si quiere escuchar mi consejo, pasará la noche aquí en el convento con nosotros. Pues, aun si en la aldea no fuese devorado por los vurdalaks, los horrores a los que se expondrá allí bastarán para encanecer sus cabellos antes de que yo termine de llamar a maitines. Yo no soy más que un pobre religioso —siguió—, pero la generosidad de los mismos peregrinos me permite ofrecer hospitalidad a sus necesidades. Tengo quesos exquisitos, pasas que le harán agua la boca con sólo verlas y algunas botellas de un vino de Tokaji que nada tiene que envidiar al que le sirven a su santidad el patriarca.

En ese momento me pareció que el eremita se había convertido en un posadero. Abrigué la sospecha de que sólo me había narrado cuentos de terror para inducirme a permanecer allí e imitar a los viajeros que, a fin de volverse agradables a los ojos de Dios con sus donaciones, permitían al santo varón saciar sus necesidades.

Por otra parte, la palabra «horror» siempre tuvo sobre mí el mismo efecto que un clarín sobre un caballo de guerra. Habría sentido vergüenza de no partir de inmediato. Mi guía, temblando, me pidió permiso para quedarse, lo cual le concedí con gusto.

Tardé alrededor de media hora en llegar a la aldea. La encontré desierta. No se veía luz en ninguna ventana; no se oía ni una sola canción. Pasé en silencio por entre todas aquellas casas, la mayoría de las cuales me eran conocidas, hasta que por fin arribé a la de Djordje. Ya fuese por un sentimentalismo nostálgico, ya fuese por mera temeridad juvenil, había resuelto pasar allí la noche.

Bajé de mi montura y golpeé con fuerza en la puerta de la cochera. Nadie respondió. Empujé la puerta, que se abrió chirriando sobre sus goznes, y entré al patio.

Amarré mi caballo, ensillado y todo como estaba, bajo el cobertizo, donde encontré que había una provisión de avena suficiente para aquella noche, y caminé sin titubeos hacia la casa.

No había ninguna puerta cerrada, por lo que todas las habitaciones parecían desiertas. La de Sdenka daba la impresión de haber sido abandonada la víspera. Algunos vestidos yacían aún sobre la cama. Unas joyas que yo le había regalado, entre las que reconocí una pequeña cruz esmaltada que había adquirido al pasar por Pest, brillaban sobre una mesa al resplandor de la luna. No pude evitar sentir una opresión en el pecho, aunque mi amor por ella hubiese ya pasado. A pesar de todo, me envolví en mi abrigo y me tendí sobre el lecho, donde pronto el sueño se apoderó de mí.

No recuerdo los detalles de lo que soñé, pero vagamente recuerdo haber visto a Sdenka tan hermosa, ingenua y cariñosa como en el pasado. Viéndola, me arrepentía de mi egoísmo y mi inconstancia. Me preguntaba cómo había podido abandonar a esa pobre niña que me amaba, cómo la había podido olvidar. De pronto, su imagen se fundía en mi sueño con la de la duquesa de Gramont y las veía a las dos en una misma persona. Me arrojaba entonces a los pies de Sdenka e imploraba su perdón. Todo mi ser se veía embargado por un inefable sentimiento de felicidad y melancolía.

Mientras así soñaba, me despertó a medias una música armoniosa, similar al roce de una brisa ligera sobre un campo de trigo. Creía oír a las espigas entrechocarse melodiosamente mientras el canto de las aves se mezclaba con el fluir de un manantial y el murmullo de los árboles. Entonces, me pareció que todos esos sonidos confusos se resolvían por último en el roce de un vestido de mujer. Tan pronto como me asaltó esa idea, abrí los ojos y vi a Sdenka junto a la cama.

La luna brillaba con tanta claridad que pude distinguir, hasta en sus más mínimos detalles, los adorables rasgos que poco antes me habían sido tan queridos, y que en mi sueño había valorado aún más. Sdenka parecía más hermosa y madura que nunca. Estaba tan desaliñada como la última vez que la había visto, con una simple camisa bordada de oro y seda que se ceñía a su cintura por una falda a cuadros.

—¡Sdenka! —le dije, incorporándome—. ¿Es usted, Sdenka?

—Sí, soy yo —me respondió con una voz llena de dulzura y tristeza—, la misma Sdenka a la que dio al olvido. ¡Ah!, ¿por qué no regresó antes? Ahora todo ha acabado, será mejor que se vaya: un momento de más y estará perdido. ¡Adiós, amigo, adiós para siempre!

—Sdenka, supe que ha padecido grandes desgracias. Siéntese y hablemos de ello, quizás pueda consolarla.

—¡Oh, amigo, no debe creer todo lo que dicen de nosotros! Pero parta, aléjese cuanto antes: si se queda aquí su ruina será segura.

—Pero, Sdenka, ¿qué peligro es el que me amenaza? ¿No puede concederme una hora, aunque sea una hora para dialogar?

Sdenka se estremeció y un cambio se operó en toda su persona.

—Sí —dijo—, una hora, una hora, como cuando yo cantaba la balada del viejo rey en esta alcoba y usted entró. ¿Es eso lo que quiere decir? Pues bien, como guste: le concedo una hora. ¡Pero no, no! —dijo entonces, retractándose—. ¡Parta ya! ¡Váyase rápido de aquí, le digo! ¡Huya, huya mientras pueda!

Una energía salvaje animaba sus rasgos. No entendía la razón por la que me hablaba así, pero se veía tan hermosa que decidí quedarme a pesar de todo lo que decía. Cediendo finalmente a mis solicitudes, se sentó a mi lado, me habló de los tiempos pasados y me confesó, ruborizándose, que desde el mismo día de mi llegada se había enamorado de mí. Empecé a notar, poco a poco, que Sdenka había experimentado en ese tiempo un enorme cambio. El recato de antaño había dado paso a una extraña desenvoltura. Su mirada, otrora tan tímida, tenía ahora una cualidad atrevida. En suma, observé con sorpresa que su nueva forma de ser se encontraba muy lejos de su antigua modestia.

¿Sería posible que Sdenka no fuera la joven pura e inocente que había parecido ser seis meses antes? ¿Habría sólo guardado las apariencias por miedo a su hermano? ¿Me habría engañado groseramente con una virtud fingida? Pero, entonces, ¿por qué me había suplicado que partiera? ¿Acaso habría sido aquello un refinamiento más de su coquetería? ¡Y yo que creía conocerla! Pero ¿qué importaba? Si Sdenka no era una Diana, como yo la había creído, bien podría compararla con alguna otra divinidad no menos encantadora. ¡Y por Dios que prefería mil veces el papel de Adonis al de Acteón![4]

Puede que estas referencias clásicas que me dirigía a mí mismo parezcan anticuadas, pero no debe perderse de vista que los hechos a los que me refiero tuvieron lugar en el año 1758 de nuestro Señor. La mitología estaba entonces en boga, y yo nunca me he ufanado de ir a la vanguardia de mi siglo. Las cosas cambiaron mucho desde entonces, y no fue hace tanto que la Revolución, tras derribar por igual las reliquias del paganismo y de la religión cristiana, entronizó en su lugar a la diosa de la Razón. Esta diosa no fue nunca mi patrona en presencia femenina, y, en la época de la que hablo, estaba aún menos dispuesto que ahora a ofrecerle sacrificios. Por lo tanto, me abandoné sin reservas a mis deseos por Sdenka y me lancé alegremente a sus brazos.

Tras pasar un rato juntos en dulce intimidad, me entretenía adornando a Sdenka con todas sus joyas. Quise entonces colgarle del cuello la pequeña cruz esmaltada que había visto sobre la mesa, pero, al advertir mi intención, retrocedió sobresaltada.

—¡Basta ya de juegos pueriles, amigo! —me dijo—. Deje en paz esas fruslerías y cuénteme de usted y sus proyectos.

La reacción de Sdenka me dejó pensando. Mirándola con atención, advertí que ya no llevaba en el cuello, como antaño, las numerosas reliquias, imágenes y saquitos con incienso que los serbios acostumbran llevar colgados desde que son pequeños y hasta su muerte.

—Sdenka —le dije—, ¿dónde están las imágenes que siempre llevaba en el cuello?

—Las he perdido —respondió con un aire impaciente, y de inmediato cambió el tema de conversación.

El vago presentimiento de una amenaza desconocida se apoderó de mí. Quise irme, pero Sdenka me retuvo.

—¿Cómo? —me dijo—. ¿Me pide con insistencia una hora y, cuando al fin se la concedo, me abandona a los pocos minutos?

—Sdenka —le respondí—, tenía razón usted al incitarme a partir. He escuchado ruidos y temo que nos sorprendan.

—Amigo, tranquilícese, todo duerme a nuestro alrededor. Sólo el grillo en la hierba y el abejorro en el aire podrían escucharnos.

—¡No, no, Sdenka, será mejor que me vaya...!

—¡Espere, espere! —me dijo Sdenka—. ¡Yo lo amo más que a mi alma, más que a nada en este mundo! ¡Y usted me dijo que su vida y su sangre me pertenecían!

---

[4] Ártemis, o Diana entre los romanos, era la diosa helénica de la caza, los animales salvajes y la virginidad. Acteón fue un cazador a quien, como castigo por haberla visto desnuda mientras se bañaba, Ártemis transformó en venado, lo que ocasionó que fuese devorado por sus propios perros. Por su parte, Adonis fue un bello joven del que se enamoró Afrodita, la diosa del amor.

—¡Pero su hermano, su hermano, Sdenka! ¡Tengo el presentimiento de que vendrá!

—¡Cálmese, amigo! Mi hermano se encuentra agotado por sus vigilias y ha sido arrullado por el viento que juega entre los árboles; su sueño es profundo, larga es la noche... ¡y yo no le pido más que una hora!

Al decir esto, Sdenka se veía tan hermosa que el vago terror que me agitaba comenzó a ceder ante el deseo de permanecer junto a ella. Una mezcla imposible de describir de temor y voluptuosidad colmó todo mi ser. A medida que yo me entregaba, Sdenka se volvía más tierna, y, si bien ya estaba decidido a ceder, me prometía a mí mismo que me mantendría en guardia. Sin embargo, como dije hace un momento, nunca fui muy sabio, y cuando Sdenka, advirtiendo mis reservas, me propuso disipar el frío de la noche con unas copas de un vino generoso que, según dijo, había obtenido del buen eremita, acepté su proposición con una presteza que la hizo sonreír. El vino hizo su efecto. A partir de la segunda copa, la mala impresión que me había causado la ausencia de la cruz y las imágenes se esfumó por completo. Sdenka, con sus prendas desarregladas, sus hermosos cabellos trenzados a medias y sus joyas iluminadas por la luna, me resultó irresistible. No pude contenerme más y la tomé entre mis brazos.

Entonces tuvo lugar una de esas misteriosas revelaciones que nunca sabré cómo explicar, pero cuya existencia, por mucho que me cueste admitirlo, la experiencia me ha obligado a dar por ciertas.

La fuerza con la que abracé a Sdenka hizo que se me clavara en el pecho una de las puntas de la cruz que la duquesa de Gramont me había regalado al partir. El punzante dolor me atravesó como un relámpago. Miré entonces a Sdenka y vi que sus facciones, aunque aún bellas, estaban contraídas por la muerte, sus ojos no parecían ver nada y su sonrisa semejaba la convulsión impresa por la agonía en el rostro de un cadáver. Al mismo tiempo, sentí en la alcoba ese hedor nauseabundo que por lo general despiden los sepulcros mal cerrados. La espantosa verdad se me reveló en toda su atroz fealdad, y demasiado tarde me acordé de las advertencias del eremita.

En seguida comprendí lo precario de mi situación y advertí que dependía por entero de mi valor y mi sangre fría. Me volví hacia la ventana para ocultar a Sdenka el horror que mi semblante debía traslucir. Mi mirada cayó entonces sobre Gorcha, que, apoyado sobre una estaca ensangrentada, me observaba del otro lado del vidrio con unos ojos de hiena. La otra ventana estaba ocupada por el pálido rostro de Djordje, que ahora tenía una aterradora semejanza con su padre. Los dos parecían estar atentos a mis más mínimos movimientos, y no dudé de que se lanzarían sobre mí a la menor tentativa de fuga. Fingí no haberlos visto y, ejerciendo un violento control sobre mí mismo, volví a prodigar a Sdenka las mismas caricias que antes del terrible descubrimiento. En ese tiempo me dediqué a pergeñar con angustia una estrategia para escapar de allí. Noté que Gorcha y Djordje intercambiaban con Sdenka miradas de cada vez más impaciente inteligencia. También escuché afuera una voz de mujer y unos chillidos de niños más espeluznantes que los aullidos de los gatos monteses.

«Hora de largarme —pensé—. Y, cuanto antes, mejor».

Le dije entonces a Sdenka, en una voz bien alta para que su aterradora parentela pudiera oírme:

—Estoy muy cansado, mi niña. Deseo acostarme y dormir unas horas, pero antes debo ir a ver si el caballo ha comido su pienso. Le ruego que espere mi pronto regreso y no se vaya de aquí.

Besé sus labios fríos y descoloridos y salí de la casa. Encontré a mi caballo con el hocico cubierto de espuma y debatiéndose inquieto. No había tocado la avena, y el furioso relincho que emitió al verme me erizó la piel, pues temí que delatara mis intenciones. Pero los vampiros, que probablemente habían escuchado mi conversación con Sdenka, no dieron muestras de alarmarse. Comprobé que la puerta de la cochera estuviese abierta y, lanzándome sobre la silla de montar, espoleé los flancos del caballo.

Al pasar por la puerta, llegué a divisar el numeroso grupo reunido alrededor de la casa, la mayoría con el rostro pegado a alguna ventana. Supongo que mi súbita salida los debió de tomar por sorpresa, pues por un tiempo no pude distinguir, en el silencio de la noche, otro sonido más que el del uniforme galope de mi caballo. Creí que ya podía empezar a congratularme por la eficacia de mi ardid, pero de golpe escuché detrás un ruido semejante al de una tormenta en las montañas. Miles de voces confusas gritaban, aullaban y parecían discutir entre sí. Entonces, como de común acuerdo, se sumieron todas en el silencio y pude oír un pisoteo precipitado, como si una tropa de infantería se estuviese acercando a la carrera.

Espoleé a mi montura hasta desgarrarle los flancos. Un ardiente acceso febril me hacía latir las arterias y, mientras me debatía en esfuerzos para conservar mi presencia de ánimo, escuché detrás de mí una voz que me gritaba:

— ¡Espere, espere, amigo! ¡Yo lo amo más que a mi alma, más que a nada en este mundo! ¡Espere, aguárdeme, su sangre me pertenece!

En ese instante, un aliento glacial acarició mi oreja y sentí que Sdenka se había subido a la grupa.

—¡Oh, corazón mío, alma mía! —me dijo—. No tengo ojos ni oídos para más que para usted, ya no soy dueña de mí, obedezco a una fuerza superior. ¡Oh, perdóneme, amigo, perdóneme!

Y, tomándome entre sus brazos, trató de tirarme hacia ella para morderme el cuello. Una lucha feroz se estableció entre nosotros. Por un tiempo a duras penas si pude defenderme, pero, finalmente, logré sujetar a Sdenka por las trenzas con una mano y por la cintura con mi otro brazo, y, apoyándome en los estribos, la arrojé al suelo.

Acto seguido, las fuerzas me abandonaron y fui preso del delirio. Mil rostros alucinantes y terribles me perseguían haciendo muecas horrorosas. Primero Djordje y su hermano Petar bordearon el camino y trataron de cerrarme el paso. No lo lograron, y empezaba a sentirme aliviado hasta que distinguí al viejo Gorcha, que se servía de su estaca para avanzar a saltos como los alpinistas tiroleses que usan varas para salvar los abismos. Por fortuna, también pude dejarlo atrás. Entonces su nuera, que llevaba a sus hijos a la rastra, le arrojó uno. Gorcha lo recibió con la punta de su estaca y, utilizándola a modo de catapulta, lanzó con todas sus fuerzas al niño contra mí. Logré esquivarlo, pero la alimaña, con un verdadero instinto de sabueso, se adhirió al cuello de mi caballo y me costó un buen trabajo desprenderla. Me arrojaron el otro niño de la misma manera, pero este cayó delante del caballo y fue aplastado por sus cascos.

No sé qué otros horrores presencié esa noche, pero, cuando volví en mí, era ya de día y me encontraba tendido al costado del camino, junto a mi caballo moribundo. Todavía tiemblo al pensar que, si hubiera sucumbido ante mis enemigos, hoy sería un vampiro; pero el Cielo no quiso permitir que tal cosa sucediera.

Gustavo Adolfo Bécquer

El rayo de luna

I

anrique era noble. Había nacido entre el estruendo de las armas, y el insólito clamor de una trompa de guerra no le hubiera hecho levantar la cabeza un instante ni apartar sus ojos un punto del oscuro pergamino en que leía la última cantiga de un trovador.

Los que quisieran encontrarle no lo debían buscar en el anchuroso patio de su castillo, donde los palafreneros domaban los potros, los pajes enseñaban a volar a los halcones y los soldados se entretenían los días de reposo en afilar el hierro de su lanza contra una piedra.

—¿Dónde está Manrique, dónde está vuestro señor? —preguntaba algunas veces su madre.

—No sabemos —respondían sus servidores—. Acaso estará en el claustro del monasterio de la Peña, sentado al borde de una tumba, prestando oído a ver si sorprende alguna palabra de la conversación de los muertos; o en el puente, mirando correr una tras otra las olas del río por debajo de sus arcos; o acurrucado en la quiebra de una roca y entretenido en contar las estrellas del cielo, en seguir una nube con la vista o contemplar los fuegos fatuos que cruzan como exhalaciones sobre el haz de las lagunas. En cualquier parte estará menos en donde esté todo el mundo.

En efecto, Manrique amaba la soledad, y la amaba de tal modo que algunas veces hubiera deseado no tener sombra por que su sombra no lo siguiese a todas partes.

Amaba la soledad porque en su seno, dando rienda suelta a la imaginación, forjaba un mundo fantástico, habitado por extrañas creaciones, hijas de sus delirios y sus ensueños de poeta; porque Manrique era poeta, tanto, que nunca le habían satisfecho las formas en que pudiera encerrar sus pensamientos, y nunca los había encerrado al escribirlos.

Creía que entre las rojas ascuas del hogar habitaban espíritus de fuego de mil colores, que corrían como insectos de oro a lo largo de los troncos encendidos o danzaban en una luminosa ronda de chispas en la cúspide de las llamas, y se pasaba las horas muertas sentado en un escabel, junto a la alta chimenea gótica, inmóvil y con los ojos fijos en la lumbre.

Creía que en el fondo de las ondas del río, entre los musgos de la fuente y sobre los vapores del lago vivían unas mujeres misteriosas, hadas, sílfides u ondinas,[1] que exhalaban lamentos y suspiros o cantaban y se reían en el monótono rumor del agua, rumor que oía en silencio, intentando traducirlo.

En las nubes, en el aire, en el fondo de los bosques, en las grietas de las peñas imaginaba percibir formas o escuchar sonidos misteriosos, formas de seres sobrenaturales, palabras ininteligibles que no podía comprender.

¡Amar! Había nacido para soñar el amor, no para sentirlo. Amaba a todas las mujeres un instante: a esta porque era rubia, a aquella porque tenía los labios rojos, a la otra porque se cimbreaba, al andar, como un junco.

Algunas veces llegaba su delirio hasta el punto de quedarse una noche entera mirando la luna, que flotaba en el cielo entre un vapor de plata, o las estrellas, que temblaban a lo lejos como los cambiantes de las piedras preciosas. En aquellas largas noches de poético insomnio exclamaba:

—Si es verdad, como el prior de la Peña me ha dicho, que es posible que esos puntos de luz sean mundos; si es verdad que en ese globo de nácar que rueda sobre las nubes habitan gentes, ¡qué mujeres tan hermosas serán las mujeres de esas regiones luminosas! ¡Y yo no podré verlas, y yo no podré amarlas!... ¿Cómo será su hermosura?... ¿Cómo será su amor?...

Manrique no estaba aún lo bastante loco para que le siguiesen los muchachos, pero sí lo suficiente para hablar y gesticular a solas, que es por donde se empieza.

II

Sobre el Duero, que pasa lamiendo las carcomidas y oscuras piedras de las murallas de Soria, hay un puente que conduce de la ciudad al antiguo convento de los Templarios, cuyas posesiones se extendían a lo largo de la opuesta margen del río.

En la época a la que nos referimos, los caballeros de la Orden[2] habían ya abandonado sus históricas fortalezas, pero aún quedaban en pie restos de los anchos torreones de sus muros; aún se veían, como en parte se ven hoy, cubiertos de hiedra y campanillas blancas, los macizos arcos de su claustro, las prolongadas galerías ojivales de sus patios de armas, en las que suspiraba el viento con un gemido, agitando las altas hierbas.

En los huertos y en los jardines, cuyos senderos no hollaban hacía muchos años las plantas de los religiosos, la vegetación, abandonada

---

[1] Las sílfides eran ninfas elementales del aire y las ondinas lo eran del agua.

[2] La Orden del Temple o del Templo, a la que pertenecían los caballeros templarios, permaneció activa hasta el año 1312.

a sí misma, desplegaba todas sus galas, sin temor de que la mano del hombre la mutilase creyendo embellecerla.

Las plantas trepadoras subían encaramándose por los añosos troncos de los árboles; las sombrías calles de álamos, cuyas copas se tocaban y se confundían entre sí, se habían cubierto de césped; los cardos silvestres y las ortigas brotaban en medio de los enarenados caminos; y en los trozos de fábrica, próxima a desplomarse, el jaramago, flotando al viento como el penacho de una cimera, y las campanillas blancas y azules, balanceándose como en un columpio sobre sus largos y flexibles tallos, pregonaban la victoria de la destrucción y la ruina.

Era de noche; una noche de verano, templada, llena de perfumes y de rumores apacibles, y con una luna blanca y serena en mitad de un cielo azul, luminoso y transparente.

Manrique, presa su imaginación de un vértigo de poesía, después de atravesar el puente, desde donde contempló un momento la negra silueta de la ciudad que se destacaba sobre el fondo de algunas nubes blanquecinas y ligeras arrolladas en el horizonte, se internó en las desiertas ruinas de los Templarios.

La medianoche tocaba a su punto. La luna, que se había ido remontando lentamente, estaba ya en lo más alto del cielo, cuando, al entrar en una oscura alameda que conducía desde el derruido claustro a la margen del Duero, Manrique exhaló un grito leve, ahogado, mezcla extraña de sorpresa, de temor y de júbilo.

En el fondo de la sombría alameda había visto agitarse una cosa blanca que flotó un momento y desapareció en la oscuridad. La orla del traje de una mujer que había cruzado el sendero y se ocultaba entre el follaje en el mismo instante en que el loco soñador de quimeras e imposibles penetraba en los jardines.

—¡Una mujer desconocida!... ¡En este sitio!... ¡A estas horas!... ¡Esa, esa es la mujer que yo busco! —exclamó Manrique, y se lanzó en su seguimiento, rápido como una saeta.

III

Llegó al punto en que había visto perderse, entre la espesura de las ramas, a la mujer misteriosa. Había desaparecido. ¿Por dónde? Allá lejos, muy lejos, creyó divisar por entre los cruzados troncos de los árboles como una claridad o una forma blanca que se movía.

—¡Es ella, es ella, que lleva alas en los pies y huye como una sombra! —dijo, y se precipitó en su busca, separando con las manos las redes de hiedra que se extendían como un tapiz de unos en otros álamos. Llegó, rompiendo por entre la maleza y las plantas parásitas, hasta una especie de rellano que iluminaba la claridad del cielo—. ¡Nadie!... ¡Ah! ¡Por aquí, por aquí va! —exclamó entonces—. Oigo sus pisadas sobre las hojas secas, y el crujido de su traje, que arrastra por el suelo y roza en los arbustos —y corría y corría como un loco, de aquí para allá, y no la veía—. Pero siguen sonando sus pisadas —murmuró otra vez—; creo que ha hablado; no hay duda, ha hablado... El viento, que suspira entre las ramas, y las hojas, que parece que rezan en voz baja, me han impedido oír lo que ha dicho; pero no hay duda: va por ahí, ha hablado, ha hablado... ¿En qué idioma? No sé, pero es una lengua extranjera.

Y tornó a correr en su seguimiento, unas veces creyendo verla, otras pensando oírla; ya notando que las ramas por entre las cuales había desaparecido se movían, ya imaginando distinguir en la arena la huella de sus breves pies; luego, firmemente persuadido de que un perfume especial, que aspiraba a intervalos, era un aroma perteneciente a aquella mujer que se burlaba de él complaciéndose en huirle por entre aquellas intrincadas malezas. ¡Afán inútil!

Vagó algunas horas de un lado a otro, fuera de sí, parándose para escuchar, ya deslizándose con las mayores precauciones sobre la hierba, ya en una carrera frenética y desesperada.

Avanzando, avanzando por entre los inmensos jardines que bordeaban la margen del río, llegó al fin al pie de las rocas sobre las que se eleva la ermita de San Saturio.

—Tal vez desde esta altura podré orientarme para seguir mis pesquisas a través de ese confuso laberinto —exclamó trepando de peña en peña con la ayuda de su daga.

Llegó a la cima, desde la que se descubren la ciudad en lontananza y una gran parte del Duero, que se retuerce a sus pies arrastrando una corriente impetuosa y oscura por entre las corvas márgenes que lo encarcelan. Manrique, una vez en lo alto de las rocas, tendió la vista a su alrededor; pero al fijarla al cabo en un punto no pudo contener una blasfemia. La luz de la luna rielaba chispeando en la estela que dejaba en pos de sí una barca que se dirigía a todo remo a la orilla opuesta.

En aquella barca había creído distinguir una forma blanca y esbelta, una mujer sin duda, la mujer que había visto en los Templarios, la mujer de sus sueños, la realización de sus más locas esperanzas. Se descolgó de las peñas con la agilidad de un gamo, arrojó al suelo la gorra, cuya redonda y larga pluma podía embarazarle para correr, y, desnudándose del ancho capotillo de terciopelo, partió como una exhalación hacia el puente.

Pensaba atravesarlo y llegar a la ciudad antes que la barca tocase en la otra orilla. ¡Locura! Cuando Manrique llegó, jadeante y cubierto de sudor, a la entrada, ya los que habían atravesado el Duero por la parte de San Saturio entraban en Soria por una de las puertas del muro, que en aquel tiempo llegaba hasta la margen del río, en cuyas aguas se retrataban sus pardas almenas.

IV

Aunque desvanecida su esperanza de alcanzar a los que habían entrado por el postigo de San Saturio, no por eso nuestro héroe perdió la de saber la casa que en la ciudad podía albergarlos. Fija en su mente esta idea, penetró en la población y, dirigiéndose hacia el barrio de San Juan, comenzó a vagar por sus calles a la ventura.

Las calles de Soria eran entonces, y lo son todavía, estrechas, oscuras y tortuosas. Un silencio profundo reinaba en ellas, silencio que sólo interrumpían ora el lejano ladrido de un perro, ora el rumor de una puerta al cerrarse, ora el relincho de un corcel que piafando hacía sonar la cadena que lo sujetaba al pesebre en las subterráneas caballerizas.

Manrique, con el oído atento a estos rumores de la noche, que unas veces le parecían los pasos de alguna persona que había doblado ya la última esquina de un callejón desierto; otras, voces confusas de gentes que hablaban a sus espaldas y que a cada momento esperaba ver a su lado, anduvo algunas horas corriendo al azar de un sitio a otro.

Por último, se detuvo al pie de un caserón de piedra, oscuro y antiquísimo, y al detenerse brillaron sus ojos con una indescriptible expresión de alegría. En una de las altas ventanas ojivales de aquel que pudiéramos llamar palacio se veía un rayo de luz templada y suave que, pasando a través de unas ligeras colgaduras de seda color de rosa, se reflejaba en el negruzco y agrietado paredón de la casa de enfrente.

—No cabe duda: aquí vive mi desconocida —murmuró el joven en voz baja y sin apartar un punto sus ojos de la ventana gótica—; aquí vive... Ella entró por el postigo de San Saturio... por el postigo de San Saturio se viene a este barrio... en este barrio hay una casa donde, pasada la medianoche, aún hay gente en vela... ¿En vela? ¿Quién sino ella, que vuelve de sus nocturnas excursiones, puede estarlo a estas horas?... No hay más; esta es su casa.

En esta firme persuasión, y revolviendo en su cabeza las más locas y fantásticas imaginaciones, esperó el alba frente a aquella ventana gótica, de la que en toda la noche no faltó la luz ni él separó la vista un solo momento.

Cuando llegó el día, las macizas puertas del arco que daban entrada al caserón, y sobre cuya clave se veían esculpidos los blasones de su dueño, giraron pesadamente sobre los goznes, con un chirrido prolongado y agudo. Un escudero apareció en el dintel con un manojo de llaves en la mano, restregándose los ojos y enseñando al bostezar una caja de dientes capaces de dar envidia a un cocodrilo.

Verlo Manrique y lanzarse a la puerta, todo fue obra de un instante.

—¿Quién habita en esta casa? ¿Cómo se llama ella? ¿De dónde es? ¿A qué ha venido a Soria? ¿Tiene esposo? ¡Responde, responde, animal!

Esta fue la salutación que, sacudiéndole el brazo violentamente, dirigió al pobre escudero, el cual, después de mirarlo un buen espacio de tiempo con ojos espantados y estúpidos, le contestó con voz entrecortada por la sorpresa:

—En esta casa vive el muy honrado señor don Alonso de Valdecuellos, montero mayor de nuestro señor el rey, que, herido en la guerra contra moros, se encuentra en esta ciudad reponiéndose de sus fatigas.

—Pero ¿y su hija? —interrumpió el joven, impaciente—. ¿Y su hija, o su hermana, o su esposa, o lo que sea?

—No tiene ninguna mujer consigo.

—¡No tiene ninguna!... Pues, ¿quién duerme allí, en aquel aposento, donde toda la noche he visto arder una luz?

—¿Allí? Allí duerme mi señor don Alonso, que, como se halla enfermo, mantiene encendida su lámpara hasta que amanece.

Un rayo cayendo de improviso a sus pies no le hubiera causado más asombro que el que le causaron estas palabras.

V

—Yo la he de encontrar, la he de encontrar; y, si la encuentro, estoy casi seguro de que he de conocerla. ¿En qué? Eso es lo que no podré decir... pero he de conocerla. El eco de sus pisadas o una sola palabra suya que vuelva a oír, un extremo de su traje, un solo extremo que vuelva a ver, me bastarán para conseguirlo.

»Noche y día estoy mirando flotar delante de mis ojos aquellos pliegues de una tela diáfana y blanquísima; noche y día me están sonando aquí dentro, dentro de la cabeza, el crujido de su traje, el confuso rumor de sus ininteligibles palabras. ¿Qué dijo?... ¿qué dijo?... ¡Ah!, si yo pudiera saber lo que dijo, acaso... pero aun sin saberlo, la encontraré... la encontraré; me lo dice el corazón, y mi corazón no me engaña nunca. Verdad es que ya he recorrido inútilmente todas las calles de Soria; que he pasado noches y noches al sereno, hecho poste de una esquina; que he gastado más de veinte doblas de oro en hacer charlar a dueñas y escuderos; que he dado agua bendita en San Nicolás a una vieja, arrebujada con tal arte en su manto de anascote que se me figuró una deidad; y al salir de la colegiata una noche de maitines he seguido como un tonto la litera del arcediano, creyendo que el extremo de sus hopalandas era el del traje de mi desconocida. Pero no importa... yo la he de encontrar, y la gloria de poseerla excederá seguramente al trabajo de buscarla.

»¿Cómo serán sus ojos?... Deben ser azules, azules y húmedos como el cielo de la noche. ¡Me gustan tanto los ojos de ese color!, son tan expresivos, tan melancólicos, tan... Sí, no hay duda: azules deben ser, azules son, seguramente. Y sus cabellos, negros, muy negros y largos para que floten... me parece que los vi flotar aquella noche, al par que su traje, y eran negros... no me engaño, no: eran negros.

»¡Y qué bien sientan unos ojos azules, muy rasgados y adormidos, y una cabellera suelta, flotante y oscura, a una mujer alta!... porque ella es alta, alta y esbelta, como esos ángeles de las portadas de nuestras basílicas cuyos ovalados rostros envuelven en un misterioso crepúsculo las sombras de sus doseles de granito.

»¡Su voz!... Su voz la he oído... su voz es suave como el rumor del viento en las hojas de los álamos; y su andar, acompasado y majestuoso como las cadencias de una música.

»Y esa mujer, que es hermosa como el más hermoso de mis sueños de adolescente, que piensa como yo pienso, que gusta de lo que yo gusto, que odia lo que yo odio, que es un espíritu hermano de mi espíritu, que es el complemento de mi ser, ¿no se ha de sentir conmovida al encontrarme? ¿No me ha de amar como yo la amaré, como la amo ya, con todas las fuerzas de mi vida, con todas las facultades de mi alma?

»Vamos, vamos al sitio donde la vi la primera y única vez que la he visto... ¿Quién sabe si, caprichosa como yo, amiga de la soledad y el misterio, como todas las almas soñadoras, se complace en vagar por entre las ruinas en el silencio de la noche?

Dos meses habían transcurrido desde que el escudero de don Alonso de Valdecuellos desengañara al iluso Manrique; dos meses durante los cuales en cada hora había formado un castillo en el aire, que la realidad desvanecía con un soplo; dos meses durante los cuales había buscado en vano a aquella mujer desconocida, cuyo absurdo amor iba creciendo en su alma, merced a sus aún más absurdas imaginaciones, cuando, después de atravesar, absorto en estas ideas, el puente que conduce a los Templarios, el enamorado joven se perdió entre las intrincadas sendas de sus jardines.

VI

La noche estaba serena y hermosa, la luna brillaba en toda su plenitud en lo más alto del cielo, y el viento suspiraba con un rumor dulcísimo entre las hojas de los árboles.

Manrique llegó al claustro, tendió la vista por su recinto y miró a través de las macizas columnas de sus arcadas... Estaba desierto.

Salió de él, encaminó sus pasos hacia la oscura alameda que conduce al Duero, y aún no había penetrado en ella cuando de sus labios se escapó un grito de júbilo.

Había visto flotar un instante y desaparecer el extremo del traje blanco, del traje blanco de la mujer de sus sueños, de la mujer que ya amaba como un loco.

Corre, corre en su busca; llega al sitio en que la ha visto desaparecer; pero al llegar se detiene, fija los espantados ojos en el suelo, permanece un rato inmóvil; un ligero temblor nervioso agita sus miembros, un temblor que va creciendo, que va creciendo y ofrece los síntomas de una verdadera convulsión, y prorrumpe al fin en una carcajada, en una carcajada sonora, estridente, horrible.

Aquella cosa blanca, ligera, flotante, había vuelto a brillar ante sus ojos, pero había brillado a sus pies un instante, no más que un instante. Era un rayo de luna, un rayo de luna que penetraba a intervalos por entre la verde bóveda de los árboles cuando el viento movía sus ramas.

***

Habían pasado algunos años. Manrique, sentado en un sitial junto a la alta chimenea gótica de su castillo, inmóvil casi y con una mirada vaga e inquieta como la de un idiota, apenas prestaba atención ni a las caricias de su madre ni a los consuelos de sus servidores.

—Tú eres joven, tú eres hermoso —le decía aquella—. ¿Por qué te consumes en la soledad? ¿Por qué no buscas una mujer a quien ames, y que amándote pueda hacerte feliz?

—¡El amor!... El amor es un rayo de luna —murmuraba el joven.

—¿Por qué no despertáis de ese letargo —le decía uno de sus escuderos—, os vestís de hierro de pies a cabeza, mandáis desplegar al aire vuestro pendón de rico hombre y marchamos a la guerra? En la guerra se encuentra la gloria.

—¡La gloria!... La gloria es un rayo de luna.

—¿Queréis que os diga una cantiga, la última que ha compuesto mosén Arnaldo, el trovador provenzal?

—¡No, no! —exclamó el joven, incorporándose colérico en su sitial—. ¡No quiero nada!... es decir, sí quiero: quiero que me dejéis solo... Cantigas... mujeres... glorias... felicidad...: mentiras todo, fantasmas vanos que formamos en nuestra imaginación y vestimos a nuestro antojo, y luego los amamos y corremos tras ellos, ¿para qué?, ¿para qué?... Para encontrar un rayo de luna.

Manrique estaba loco; por lo menos, todo el mundo lo creía así. A mí, por el contrario, se me figura que lo que había hecho era recuperar el juicio.

Charles Baudelaire

Las viudas

ice Vauvenargues[1] que en los jardines públicos hay caminos frecuentados principalmente por ambiciones frustradas, por inventores desafortunados, por glorias malogradas, por corazones rotos, por todas esas almas tumultuosas y calladas en las que aún retumban los últimos suspiros de una tempestad y que desean evitar la insolente mirada de los alegres y los ociosos. En esos refugios sombríos se dan cita los mutilados por la vida.

Es más que nada a esos lugares que el poeta y el filósofo gustan dirigir sus ávidas especulaciones. Allí hay abundante pasto para ello. Pues si algo desdeñan visitar es, sobre todo, como insinué anteriormente, la felicidad de los ricos. Esa agitación vacía nada tiene que les atraiga. En cambio, se sienten irresistiblemente arrastrados hacia todo lo débil, arruinado, contristado, huérfano.

Una mirada experta nunca se engaña. En esas facciones rígidas o abatidas, en esos ojos hundidos y apagados o brillantes con los últimos resplandores de una lucha, en esas arrugas profundas y numerosas, en ese andar tan pausado o tan violento, al instante descifra las múltiples leyendas del amor desengañado, de los sacrificios incomprendidos, de los esfuerzos sin recompensa, del hambre y del frío soportados humilde y silenciosamente.

¿Habéis visto alguna vez, en esos bancos solitarios, viudas pobres? Con luto o sin él, fácil es reconocerlas. Además, siempre hay en el luto del pobre algo que falta, una ausencia de armonía que lo torna aún más lastimoso. Se ve obligado a escatimar en su dolor. El rico lleva el suyo con gran boato.

¿Qué viuda es más triste y causa más tristeza: la que tira de la mano de un niño con el que no puede compartir sus pensamientos vagabundos o la que está completamente sola? No lo sé... En una ocasión llegué a seguir, durante varias horas, a una anciana desconsolada de esta última clase; firme, erguida, con un corto chal deslucido, ostentaba en todo su ser la dignidad de una estoica.

---

[1] El marqués de Vauvenargues (1715-1747) fue un moralista francés autor de numerosos ensayos y aforismos. El pasaje al que se refiere Baudelaire puede leerse en «Sur les Misères cachées» *(Sobre las miserias ocultas)*, parte de sus *Réflexions sur divers sujets*.

Estaba, a todas luces, condenada por una soledad absoluta a las costumbres propias de un viejo célibe, y el carácter masculino de sus hábitos añadía un condimento misterioso a su austeridad. No sé en qué lugar miserable ni de qué manera almorzó. Fui tras ella al gabinete de lectura y la espié un largo rato mientras buscaba en los periódicos, con ávidos ojos quemados tiempo atrás por las lágrimas, noticias de un enorme interés personal.

Finalmente, al atardecer, bajo un encantador cielo de otoño, uno de esos cielos de los que descienden en tropel recuerdos y pesares, se buscó un asiento aislado en un jardín para escuchar, lejos de la muchedumbre, un concierto de esos con que la música de los regimientos suele gratificar a los parisienses.

Aquel era, sin duda, el pequeño lujo y desahogo de esa anciana inocente (o de esa anciana purificada), el bien ganado alivio para otra de esas insoportables jornadas sin amigos, sin conversación, sin alegría, sin confidentes, que Dios dejaba caer sobre ella, quizás desde ya muchos lustros atrás, trescientas sesenta y cinco veces al año.

Otro caso. Jamás pude evitar dirigir una mirada, si no de general simpatía, al menos curiosa a la multitud de parias que se amontonan alrededor del recinto de un concierto público. La orquesta lanza a través de la noche sus cantos festivos, voluptuosos o triunfales. Los vestidos de las mujeres se mueven relucientes; las miradas se cruzan; los ociosos, cansados de no hacer nada, se balancean y fingen degustar, indolentemente, la música. Nada hay allí que no sea rico, feliz; nada que no respire e inspire la despreocupación y el gozo de permitirse vivir; nada, excepto el aspecto de esa turba que se apoya fuera, en la valla externa, atrapando gratuitamente, gracias al viento, algún jirón de música y observando la centelleante hoguera interior.

Siempre ha sido interesante el reflejo de la alegría del rico en la profundidad de la mirada del pobre. Pero esa noche, a través de ese pueblo vestido con blusas e indiana, detecté un ser cuya nobleza contrastaba llamativamente con toda la trivialidad del entorno.

Era una mujer alta, majestuosa, y de tal dignidad en todo su porte que no guardo recuerdo de haber visto nada similar a ella en las colecciones de las bellezas aristocráticas del pasado. Un perfume de orgullosa virtud emanaba de toda su persona. Su rostro, triste y enflaquecido, casaba perfectamente con el riguroso luto en que vestía. Ella también, como la plebe con la que se había mezclado de manera indiferente, miraba aquel mundo luminoso con ojos profundos y escuchaba meciendo suavemente la cabeza.

—¡Singular visión! —me dije—. Con toda seguridad, esa pobreza, si hay tal pobreza, no ha de admitir una economía sórdida; un rostro así de noble me lo garantiza. ¿Por qué, entonces, permanece voluntariamente en un medio en el que desentona de manera tan estridente?

Pero, al pasar con curiosidad a su lado, creí adivinar la razón. La viuda llevaba de la mano un niño, vestido, como ella, de negro. Por módico que fuese el valor de la entrada, ese precio acaso bastara para pagar un día las necesidades de la criatura, o, mejor aún, un capricho, un juguete.

Y habrá vuelto a su casa a pie, meditando y soñando sola, siempre sola; porque el niño es revoltoso, egoísta, no tiene dulzura ni paciencia, y ni siquiera puede, como el animal puro, como el gato o el perro, servir de confidente a los dolores solitarios.

Conde de Lautréamont

Los cantos de Maldoror

(EXTRACTOS)

e visto, durante toda mi vida, a los hombres de hombros estrechos, sin exceptuar uno solo, cometer innumerables actos de estupidez, embrutecer a sus semejantes y pervertir sus almas por todos los medios. Llaman a los motivos de sus acciones «la gloria». Viendo esos espectáculos, quise reír como los demás, pero esto, extraña imitación, me era imposible. Tomé una navaja cuya hoja tenía un filo acerado y me abrí las carnes en los sitios en los que se unen los labios. Por un instante creí alcanzado mi objetivo. Miré en un espejo esa boca lacerada por mi propia voluntad. ¡Era un error! La sangre que corría en abundancia de ambas heridas impedía, por otra parte, distinguir si aquella era, en efecto, la risa de los demás. Pero, tras unos instantes de comparación, vi bien que mi risa no se asemejaba a la de los humanos; es decir, que yo no reía. He visto a los hombres, de fea cabeza y de horribles ojos hundidos en sus oscuras órbitas, superar la dureza de la roca, la rigidez del acero fundido, la crueldad del tiburón, la insolencia de la juventud, la insensata furia de los criminales, las traiciones del hipócrita, la fortaleza de carácter de los sacerdotes, a los comediantes más extraordinarios y a los seres más ocultos para el exterior, los más fríos de los mundos y del cielo; fatigar a los moralistas hasta descubrir su corazón y hacer caer sobre ellos la implacable cólera de las alturas. Los he visto a todos, en ocasiones, dirigiendo hacia el cielo un robusto puño, muy similar al de un niño ya perverso contra su madre, probablemente excitados por algún espíritu infernal, con los ojos cargados de un remordimiento a un tiempo agudo y rencoroso, en un silencio glacial, sin osar emitir las vastas e ingratas meditaciones que ocultaban sus pechos, tan llenas de injusticia y horror estaban, y entristecer así de compasión al Dios de misericordia; en otras, a toda hora del día, desde el comienzo de la infancia hasta el fin de la vejez, esparcir increíbles anatemas, carentes de sentido alguno, contra todo lo que respira, contra sí mismos y contra la Providencia; prostituir a las mujeres y a los niños, y deshonrar así las partes del cuerpo consagradas al pudor. Entonces, los mares levantan sus aguas y engullen las naves en sus abismos; los huracanes, los temblores de tierra, derriban las casas; la peste,

las diversas enfermedades, diezman a las familias suplicantes. Pero los hombres no se dan cuenta de ello. Los he visto, también, ruborizándose, palideciendo de vergüenza por su conducta sobre esta tierra; raras veces. ¡Tempestades, hermanas de los huracanes; azulado firmamento, cuya belleza yo no admito; mar hipócrita, imagen de mi corazón; tierra, de misterioso seno; habitantes de las esferas; universo entero; Dios, que lo has creado con magnificencia, a vosotros invoco: mostradme un hombre que sea bueno!... Pero que vuestra gracia multiplique también mis fuerzas naturales, pues, ante el espectáculo de semejante monstruo, podría morir de asombro; por menos se ha muerto.

***

He hecho un pacto con la prostitución a fin de sembrar el desorden en las familias. Recuerdo la noche que precedió a esta peligrosa unión. Vi ante mí una tumba. Escuché que una luciérnaga, grande como una casa, me decía: «Yo voy a iluminarte. Lee la inscripción. No es de mí de quien proviene esta orden suprema». Una vasta luz del color de la sangre, ante el aspecto de la cual mis mandíbulas castañetearon y mis brazos cayeron inertes, se esparció por los aires hasta el horizonte. Me apoyé contra un muro en ruinas, pues me iba a caer, y leí: «Aquí yace un adolescente que murió tísico; ya sabéis por qué. No roguéis por él». Muchos hombres no habrían tenido, tal vez, tanto valor como yo. Mientras, una bella mujer desnuda se tendió a mis pies. Yo, a ella, con triste semblante: «Puedes levantarte». Le tendí la mano con la que el fratricida degüella a su hermana. La luciérnaga, a mí: «Toma una piedra y mátala». «¿Por qué?», le dije. Ella, a mí: «Ten cuidado, tú, el más débil, porque yo soy el más fuerte. Esta se llama Prostitución». Con lágrimas en los ojos, con rabia en el corazón, sentí nacer en mí una fuerza desconocida. Tomé una enorme piedra; después de muchos esfuerzos, la levanté con trabajo hasta la altura de mi pecho; me la cargué al hombro con los brazos. Subí hasta la cima de una montaña; desde allí, aplasté a la luciérnaga. Su cabeza se hundió tanto en la tierra como alto es un hombre; la piedra rebotó hasta la altura de seis iglesias. Fue a caer en un lago, cuyas aguas descendieron un instante, arremolinadas, abriéndose en un inmenso cono invertido. La calma volvió a la superficie; la luz color sangre ya no brillaba. «¡Ay, ay! —exclamó la hermosa mujer desnuda—, ¿qué has hecho?». Yo, a ella: «Te prefiero antes que a la otra, porque me apiado de los desdichados. No es culpa tuya si la justicia eterna te ha creado». Ella, a mí: «Algún día los hombres me harán justicia; no te digo más. Déjame partir para que vaya a ocultar, en el fondo del mar, mi tristeza infinita. Sólo tú y los horribles monstruos que hormiguean en esos negros abismos no me despreciáis. Eres bueno. ¡Adiós, tú, que me has amado!». Yo, a ella: «¡Adiós! Una vez más: ¡adiós! ¡Te amaré siempre!...

Desde hoy, abandono la virtud». Por eso, oh, pueblos, cuando escuchéis al viento del invierno gemir sobre el mar y en torno a sus orillas, o por encima de las grandes ciudades que, desde hace tiempo, llevan luto por mí, o a través de las frías regiones polares, decid: «No es el espíritu de Dios que pasa; es sólo el suspiro agudo de la Prostitución, unido a los graves gemidos del montevideano». Niños, soy yo quien os lo dice. Entonces, llenos de misericordia, arrodillaos; y que los hombres, más numerosos que los piojos, hagan largas plegarias.

***

Al claro de la luna, cerca del mar, en los sitios solitarios del campo, puede verse, estando uno sumido en amargas reflexiones, que todas las cosas asumen formas amarillas, indecisas, fantásticas. La sombra de los árboles, rápida unas veces, lenta otras, corre, va, viene, de distintas formas, aplastándose, pegándose a la tierra. En aquellos tiempos, cuando era yo llevado por las alas de la juventud, eso me hacía soñar, me parecía extraño; ahora, estoy acostumbrado a ello. El viento gime a través de las hojas sus lánguidas notas, y el búho entona su grave lamento, que hace erizar los cabellos de quienes lo escuchan. Entonces, los perros, enfurecidos, rompen sus cadenas, se escapan de las granjas lejanas; corren por la campiña, aquí y allí, presos de la locura. De pronto, se detienen, miran hacia todos lados con una inquietud feroz y los ojos encendidos, y, del mismo modo en que los elefantes, antes de morir, echan en el desierto una última mirada al cielo, elevando desesperadamente su trompa y dejando caer inertes sus orejas, los perros dejan caer inertes sus orejas, elevan la cabeza, hinchan el terrible cuello y se ponen a ladrar, por turnos, ya como un niño que grita de hambre, ya como un gato herido en el vientre sobre un tejado, ya como una mujer que va a dar a luz, ya como un moribundo apestado en el hospital, ya como una muchacha que entona una sublime melodía, contra las estrellas del norte, contra las estrellas del este, contra las estrellas del sur, contra las estrellas del oeste; contra la luna; contra las montañas, semejantes en la lejanía a rocas gigantescas, que yacen en la oscuridad; contra el aire frío que aspiran a pleno pulmón, y que pone el interior de sus narices rojo, ardiente; contra el silencio de la noche; contra las lechuzas, cuyo vuelo oblicuo roza sus hocicos mientras llevan una rata o una rana en el pico, alimento vivo, dulce para sus pequeñuelos; contra las liebres, que desaparecen en un abrir y cerrar de ojos; contra el ladrón, que se escapa al galope sobre su caballo tras haber cometido un crimen; contra las serpientes que, agitando los brezos, les hacen temblar la piel y rechinar los dientes; contra sus propios ladridos, que les dan miedo; contra los sapos, a los que destrozan de una sola dentellada (¿por qué se han alejado tanto de la ciénaga?); contra los árboles, cuyas hojas, suavemente mecidas, son otros tantos misterios que no comprenden, que quieren descubrir con sus ojos fijos, inteligentes; contra las arañas, suspendidas entre sus largas patas, que trepan a los árboles para salvarse; contra los cuervos que no han hallado nada para comer durante el día y que regresan al nido con alas fatigadas; contra las rocas de la costa; contra los fuegos que aparecen en los mástiles de navíos invisibles; contra el sordo ruido de las olas; contra los grandes peces que, nadando, muestran su negro lomo y se hunden, luego, en el abismo; y contra el hombre, que los hace esclavos. Tras ello, se ponen a correr nuevamente por la campiña, saltando, con sus patas ensangrentadas, por encima de los fosos, los caminos, los campos, las hierbas y las piedras escarpadas. Diríase que sufren de la rabia, que buscan un vasto estanque para apaciguar su sed. Sus prolongados aullidos aterrorizan a la naturaleza. ¡Ay del viajero rezagado! Los amigos de los cementerios se arrojarán sobre él, lo desgarrarán, lo devorarán con sus fauces empapadas de sangre, pues sus colmillos no están dañados. Los animales salvajes, no atreviéndose a acercarse para tomar parte en el banquete de carne, huyen hasta perderse de vista, temblorosos. Después de unas horas, los perros, agotados de tanto correr de aquí para allí, casi muertos, con la lengua fuera de la boca, se arrojan los unos contra los otros, sin saber lo que hacen, y se desgarran en mil pedazos con una rapidez increíble. No actúan así por crueldad. Cierto día, con los ojos vidriosos, mi madre me dijo: «Cuando estés en tu lecho y escuches los ladridos de los perros en la campiña, ocúltate bajo tus mantas, no te burles de lo que hacen: ellos tienen sed insaciable de infinito, como tú, como yo, como el resto de los humanos de rostro pálido y alargado. Te autorizo, incluso, a colocarte frente a la ventana para contemplar ese espectáculo, que es bastante sublime». Desde entonces, respeto el deseo de la muerta. Yo, como los perros, sufro la necesidad de infinito... ¡y no puedo, no puedo satisfacer esa necesidad! Soy hijo del hombre y de la mujer, según lo que me han dicho. Me sorprende... ¡creía ser más! Por lo demás, ¿qué importa de dónde vengo? Yo, si hubiese dependido de mi voluntad, habría preferido ser antes hijo de la hembra de tiburón, cuyo apetito es amigo de las tempestades, y del tigre, de reconocida crueldad: yo no sería tan malvado. Vosotros, que me miráis, alejaos de mí, pues mi aliento exhala un hálito envenenado. Aún nadie ha visto las verdes arrugas de mi frente, ni los salientes huesos de mi demacrado rostro, parecidos a las espinas de algún gran pez, o a las rocas que cubren las orillas del mar, o a las abruptas montañas alpinas, que a menudo he recorrido, cuando tenía sobre mi cabeza cabellos de otro color. Y cuando merodeo en torno a las viviendas de los hombres, durante las noches tormentosas, con los ojos ardientes, flagelados los cabellos por los vientos de las tempestades, solo como una piedra en medio del camino, cubro mi ajado semblante con un paño de terciopelo, negro como el hollín que ocupa el interior de las chimeneas: no es preciso que los ojos sean testigos de la fealdad que el Ser supremo, con una sonrisa de poderoso odio, puso en mí. Cada mañana, cuando para los demás se levanta el sol, derramando el gozo y el calor salutífero sobre la naturaleza, mientras ninguna de mis facciones se mueve, mirando fijamente un espacio lleno de tinieblas, acuclillado en el fondo de mi amada caverna, en una desesperación que me embriaga como el vino, lacero con mis poderosas manos mi pecho hecho jirones. ¡Y, sin embargo, siento que no tengo la rabia! ¡Y, sin embargo, siento que no soy el único que sufre! ¡Y, sin embargo, siento que respiro! Como un condenado que prueba sus músculos, pensando en la suerte que les espera y en que pronto subirá al cadalso, de pie en mi lecho de paja, con los ojos cerrados, giro lentamente mi cuello de derecha a izquierda, de izquierda a derecha, durante horas enteras; y no caigo muerto. De tanto en tanto, cuando mi cuello ya no puede continuar girando en un mismo sentido y se detiene para comenzar a girar en sentido opuesto, miro súbitamente hacia el horizonte, a través de los pocos intersticios dejados por las espesas malezas que cubren la entrada, ¡y no veo nada! Nada... salvo los campos que danzan, en torbellinos, con los árboles y con las largas hileras de aves que atraviesan los aires. Eso perturba mi sangre y mi cerebro... ¿quién me pega, pues, con una barra de hierro en la cabeza, como un martillo golpeando un yunque?

***

No me verán, cuando llegue mi última hora (y escribo esto en mi lecho de muerte), rodeado de curas. Quiero morir acunado por las olas del mar tempestuoso, o de pie sobre la montaña, mirando hacia lo alto; pero no: sé que mi aniquilamiento será completo. Además, no puedo esperar gracia alguna. ¿Quién abre la puerta de mi cámara funeraria? Había dicho que no entrara nadie. Quien quiera que seáis, alejaos; pero si creéis percibir algún signo de dolor o de temor en mi rostro de hiena (utilizo esta comparación aunque la hiena es más hermosa que yo, y más agradable a la vista), desengañaos: que se acerque. Estamos en una noche de invierno, cuando los elementos chocan entre sí por todas partes, el hombre tiene miedo y el adolescente medita cierto crimen contra uno de sus amigos, si es lo que yo fui en mi juventud. Que el viento, cuyos lastimeros silbidos entristecen a la humanidad desde que viento y humanidad existen, momentos antes de la última agonía me lleve, sobre los huesos de sus alas, a través del mundo, impaciente por mi muerte. Gozaré todavía, en secreto, de los numerosos ejemplos de la maldad humana (un hermano ama observar, sin ser visto, los actos de sus hermanos). El águila, el cuervo, el inmortal pelícano, el pato salvaje, la grulla viajera, despiertos, tiritando de frío, me verán pasar a la luz de los relámpagos, espectro horrible y satisfecho. No entenderán lo que aquello significa. En la tierra, la víbora, el grueso ojo del sapo, el tigre, el elefante; en el mar, la ballena, el tiburón, el pez martillo, la informe raya, el colmillo de la foca polar, se preguntarán qué es esa derogación de la ley de la naturaleza. El hombre, temblando, pegará su frente a la tierra, en medio de sus gemidos. «Sí, os supero a todos por mi crueldad innata, crueldad cuya desaparición no ha dependido de mí. ¿Es acaso por este motivo que os mostráis ante mí así prosternados?, ¿o es, ya bien, porque me veis recorrer, novedoso fenómeno, como un terrible cometa, el espacio ensangrentado? —cae una lluvia de sangre de mi vasto cuerpo, semejante a una nube negruzca empujada por un huracán—. No temáis, niños, no deseo maldeciros. El mal que me habéis hecho es demasiado grande, y demasiado grande el mal que os he hecho, para ser voluntario. Vosotros habéis caminado por vuestra senda, yo por la mía, similares ambas, ambas perversas. Necesariamente, dada esta similitud de carácter, nos tuvimos que encontrar; y el choque resultante nos ha sido recíprocamente fatal». Entonces los hombres, recuperando su valor, levantarán poco a poco la cabeza, estirando el cuello como el caracol, para contemplar a quien así les habla. De pronto, sus rostros ardientes, descompuestos, mostrarán las más terribles pasiones, harán tales muecas que los lobos tendrán miedo. Se levantarán todos a la vez como un resorte inmenso. ¡Qué imprecaciones!, ¡qué voces desgarradas! Me han reconocido. He aquí que los animales de la tierra se reúnen con los hombres, haciendo oír sus extraños clamores. Ya no hay odio recíproco; sus odios se han vuelto contra el enemigo común, yo; se unen gracias a un sentimiento universal. Vientos que me sostenéis, llevadme más alto: temo la perfidia. Sí, desaparezcamos poco a poco de su vista, testigo, una vez más, de las consecuencias de las pasiones...

Te doy las gracias, oh, murciélago rinólofo, por haberme despertado con el movimiento de tus alas, tú cuya nariz está coronada por una costra en forma de herradura; advierto, en efecto, que lo que tenía no era, por desgracia, más que una enfermedad pasajera, y, con asco, siento que vuelvo a la vida. Unos afirman que venías a mí para chupar la poca sangre que hay en mi cuerpo: ¡por qué tal hipótesis no es una realidad!

***

Una familia rodea una lámpara colocada sobre una mesa:

—Hijo mío, alcánzame las tijeras que se hallan sobre aquella silla.

—No están, madre.

—Ve a buscarlas, entonces, a la otra habitación. ¿Recuerdas aquella época, mi dulce dueño, en que hacíamos votos para tener un niño en el que pudiésemos nacer una segunda vez y que fuese el sostén de nuestra vejez?

—La recuerdo, y Dios nos ha escuchado. No podemos quejarnos de nuestra suerte sobre esta tierra. Cada día bendecimos a la Providencia por sus beneficios. Nuestro Edouard posee todas las gracias de su madre.

—Y las viriles cualidades de su padre.

—Aquí están las tijeras, madre; por fin las he encontrado.

Vuelve a su trabajo... Pero alguien se encuentra en la puerta de entrada y contempla, durante unos instantes, el cuadro que se ofrece a sus ojos:

—¿Qué significa este espectáculo? Hay mucha gente que es menos feliz que esta. ¿En qué razonamiento fundan su amor por la existencia? Aléjate, Maldoror, de este hogar apacible; tu lugar no es aquí.

¡Se ha retirado!

—No sé cómo ocurrió, pero siento que las facultades humanas libran combate dentro de mi corazón. Mi alma se halla inquieta, y no sé por qué; la atmósfera es pesada.

—Mujer, experimento las mismas sensaciones que tú; temo que nos sobrevenga alguna desgracia. Pero tengamos confianza en Dios: en Él está la suprema esperanza.

—Madre, apenas puedo respirar; me duele la cabeza.

—¡También tú, hijo mío! Te mojaré la frente y las sienes con vinagre.

—No, mi buena madre...

Vedle; apoya su cuerpo en el respaldo de la silla, fatigado.

—Algo se revuelve en mí, algo que no sabría explicar. Ahora la menor cosa me contraría.

—¡Qué pálido estás! No llegará el fin de esta velada sin que algún evento funesto nos hunda a los tres en el lago de la desesperación.

Se oyen en la lejanía prolongados gritos del más punzante dolor.

—¡Hijo mío!

—¡Ah, madre!... ¡tengo miedo!

—¡Dime pronto si sufres!

—Madre, no sufro... No digo la verdad.

El padre no sale de su asombro:

—He ahí los gritos que se escuchan, a veces, en el silencio de las noches sin estrellas. Aunque oigamos esos gritos, el que los lanza, sin embargo, no está cerca de aquí, pues esos gemidos se pueden oír a tres leguas de distancia, transportados, por el viento, de una ciudad a otra. Me habían hablado con frecuencia de este fenómeno, pero nunca había tenido ocasión de juzgar por mí mismo su veracidad. Mujer, me hablas de desgracia: si ha existido una verdadera desgracia en la larga espiral de los tiempos, es la desgracia de aquel que perturba ahora el sueño de sus semejantes...

Se oyen en la lejanía prolongados gritos del más punzante dolor.

—Quiera el Cielo que su nacimiento no sea una calamidad para su país, que lo ha expulsado de su seno. Va de región en región, aborrecido por todos. Unos dicen que lo abruma una especie de locura hereditaria, desde su infancia. Otros creen saber que es de una crueldad extrema e instintiva, de la que él mismo se avergüenza, y que por ello sus padres murieron de dolor. Los hay quienes pretenden que se lo ha afrentado al dársele un sobrenombre en su juventud, y que permanece ya inconsolable por el resto de su existencia, pues su dignidad herida ha visto en ello una prueba flagrante de la maldad de los hombres, que aparece en los primeros años para ir aumentando luego. Ese sobrenombre era "el Vampiro"...

Se oyen en la lejanía prolongados gritos del más punzante dolor.

—Añaden que, días y noches, sin tregua ni reposo, unas pesadillas horrendas lo hacen sangrar por la boca y las orejas, y que los espectros se sientan a la cabecera de su lecho y le arrojan a la cara, impulsados, a su pesar, por una fuerza desconocida, a veces con una voz dulce, otras con una voz semejante a los rugidos de los combates, con una persistencia implacable, ese sobrenombre siempre vivo, siempre horrendo, que no perecerá sino con el universo. Algunos han incluso afirmado que es el amor lo que lo ha reducido a ese estado, o que tales gritos son testimonio de su arrepentimiento por algún crimen sepultado en la noche de su misterioso pasado. Pero la mayoría piensa que un orgullo inconmensurable lo tortura, como antaño a Satán, y que querría igualar a Dios...

Se oyen en la lejanía prolongados gritos del más punzante dolor.

—Hijo mío, estas son confidencias excepcionales; lamento el que a tu edad las hayas escuchado, y espero que no imites jamás a ese hombre.

—¡Habla, mi Edouard; responde que no imitarás jamás a ese hombre!

—Oh, madre bienamada, a quien debo la vida, te prometo, si la santa promesa de un niño tiene algún valor, que no imitaré jamás a ese hombre.

—Perfecto, hijo mío; hay que obedecer a la madre de uno en todo.

No se oyen ya los gemidos.

—Mujer, ¿has terminado tu trabajo?

—Todavía debo darle unas puntadas más a esta camisa, aunque hayamos prolongado hasta tan tarde la velada.

—Tampoco yo he terminado un capítulo que comencé. Aprovechemos las últimas luces de la lámpara, pues ya casi no queda aceite, y acabemos nuestras respectivas tareas.

El hijo exclama:

—¡Si Dios quiere!

—Ángel radiante, ven a mí. Te pasearás por los prados de la mañana a la noche; no trabajarás nunca. Mi magnífico palacio está construido con muros de plata, columnas de oro y puertas de diamante. Te acostarás cuando quieras, al son de una música celeste, sin rezar tus plegarias. Cuando, al amanecer, el sol muestre sus rayos resplandecientes y la alegre alondra se lleve consigo su grito hasta perderse de vista por los aires, podrás aún permanecer en tu lecho hasta que te canses de ello. Caminarás por las alfombras más preciosas; te envolverá constantemente una atmósfera compuesta por las perfumadas esencias de las más aromáticas flores.

—Es hora de que descansen el cuerpo y el espíritu. Levántate, madre de familia, sobre tus tobillos musculosos. Es justo que tus rígidos dedos suelten ya la aguja de exagerado trabajo. Los extremos nada bueno tienen.

—¡Oh, cuán dulce será tu existencia! Te daré un anillo encantado; cuando hagas girar su rubí, te volverás invisible, como los príncipes en los cuentos de hadas.

—Devuelve tus armas cotidianas al armario protector mientras, por mi lado, arreglo mis cosas.

—Cuando lo restituyas a su posición original, reaparecerás tal como la naturaleza te ha formado, oh, joven mago. Y esto porque te amo y aspiro a darte la felicidad.

—Vete, quien quiera que seas; no me tomes por los hombros.

—Hijo mío, no te duermas aún, acunado por los sueños de la infancia: la oración común no ha comenzado, y tus ropas no han sido colocadas cuidadosamente sobre una silla... ¡De rodillas! Eterno Creador del universo, muestras tu inagotable bondad hasta en las cosas más pequeñas...

—¿No te gustan, pues, los límpidos arroyuelos por los que se deslizan miles de pececillos rojos, azules y plateados? Los atraparás con una red tan hermosa que los atraerá por sí misma hasta estar bien llena. Desde la superficie verás brillantes piedrecillas, más pulidas que el mármol.

—Madre, mira esas zarpas: desconfío de él; mas mi conciencia está tranquila, pues no tengo nada que reprocharme.

—Aquí nos ves, prosternados a tus pies, abrumados por el sentimiento de tu grandeza. Si algún pensamiento orgulloso se insinúa en nuestra imaginación, lo rechazamos de inmediato con la saliva del desdén y te lo sacrificamos irremisiblemente...

—Te bañarás en ellos, acompañado por chiquillas que te estrecharán entre sus brazos. Una vez terminado el baño, te trenzarán coronas de rosas y claveles. Tendrán transparentes alas de mariposa y largos cabellos ondulados que flotarán en torno a la gentileza de sus frentes.

—Aunque tu palacio fuera más hermoso que el cristal, no dejaría esta casa para seguirte. Creo que no eres más que un impostor, pues me hablas en voz baja por miedo a ser oído. Abandonar a los padres de uno es una mala acción. No soy yo quien se comportará como un hijo ingrato. En cuanto a tus chiquillas, ellas no son más bellas que los ojos de mi madre.

—Toda nuestra vida ha sido consagrada a las alabanzas de tu gloria. Y así como lo hemos hecho hasta hoy, así lo haremos hasta el momento en el que recibamos de ti la orden de abandonar esta tierra...

—Ellas te obedecerán al menor gesto y sólo pensarán en complacerte. Si deseas el ave que nunca reposa, te la traerán. Si deseas el carruaje de nieve que lleva hasta el sol en un abrir y cerrar de ojos, te lo traerán. ¿Qué cosa podrían ellas negarte? Te traerían, incluso, la cometa, grande como una torre, que se ha escondido en la luna y de cuya cola están suspendidos, por hilos de seda, pájaros de todas las especies. Ten cuidado... escucha mis consejos.

—Haz lo que desees, no quiero interrumpir mi plegaria para pedir socorro. Aunque tu cuerpo se evapora cuando quiero alejarlo, te aseguro que no te temo.

—Ante ti nada es grande, a no ser la llama que exhala un corazón puro...

—Piensa en lo que te he dicho, si no deseas arrepentirte.

—Padre celestial, conjura, conjura las desgracias que puedan caer sobre nuestra familia...

—¿No quieres, pues, retirarte, espíritu malvado?

—Protege a esta esposa querida, que me ha consolado en mis desalientos...

—Puesto que me rechazas, te haré llorar y rechinar los dientes como un ahorcado.

—Y a este hijo amoroso, cuyos castos labios apenas se entreabren a los besos de la aurora de la vida...

—¡Madre, me estrangula!... ¡Padre, socórreme!... ¡Ya no puedo respirar!... ¡Vuestra bendición!

Un grito de inmensa ironía se eleva por los aires. ¡Ved cómo las águilas, aturdidas, caen, de lo alto de las nubes, dando vueltas sobre sí mismas, literalmente fulminadas por la columna de aire!

—¡Su corazón ya no late!... ¡Y ella ha muerto al mismo tiempo que el fruto de sus entrañas, fruto que ya no reconozco, tanto se ha desfigurado!... ¡Esposa mía!... ¡Hijo mío!... Recuerdo un lejano tiempo en el que fui esposo y padre.

Se había dicho, ante el cuadro que se ofrecía a sus ojos, que no soportaría esa injusticia. Si era eficaz el poder que le han concedido los espíritus infernales, o, mejor, el que extrae de sí mismo, aquel niño, antes de que la noche terminara, no debía ya existir.

***

Aquel que no sabe llorar (pues siempre ocultó su sufrimiento en su interior) advirtió que se hallaba en Noruega. En las islas Feroe asistió a la búsqueda de nidos de aves marinas, en las grietas de los picos, y se asombró de que la cuerda de trescientos metros que sujeta al explorador por encima del precipicio fuese elegida de tal solidez. Veía en ello, se diga lo que se diga, un sorprendente ejemplo de la bondad humana, y no daba crédito a sus ojos. Si hubiese tenido él que preparar la cuerda, le habría hecho cortes en varios sitios a fin de que se rompiese y precipitase al cazador al mar. Una noche se dirigió a un cementerio, y los adolescentes que obtienen placer violando los cadáveres de las hermosas mujeres recién fallecidas pudieron, de desearlo, escuchar la siguiente conversación, perdida en el marco de una acción que se desarrollará al mismo tiempo.

—¿No es cierto, sepulturero, que quieres hablar conmigo? Un cachalote asciende, poco a poco, del fondo del mar y muestra su cabeza por encima de las aguas para contemplar el navío que pasa por esos parajes solitarios. La curiosidad nació con el universo.

—Amigo, me es imposible intercambiar ideas contigo. Hace ya tiempo que los dulces rayos de la luna hacen al mármol de las tumbas brillar. Es esta la hora silenciosa en la que más de un ser humano sueña con que ve aparecer mujeres encadenadas que arrastran sudarios cubiertos de manchas de sangre como de estrellas un cielo negro. El durmiente lanza gemidos, parecidos a los de un condenado a muerte, hasta que despierta y advierte que la realidad es tres veces peor que el sueño. Debo terminar de cavar esta fosa, con mi infatigable pala, a fin de que esté lista mañana por la mañana. Para hacer un trabajo serio no deben hacerse dos cosas a la vez.

—¡Cree que cavar una fosa es un trabajo serio! ¿Crees que cavar una fosa es un trabajo serio?

—Cuando el pelícano salvaje decide ofrecer su pecho para que lo devoren sus pequeñuelos, no habiendo otro testigo que aquel que supo crear semejante amor a fin de avergonzar a los hombres, aunque el sacrificio sea grande, ese acto se comprende. Cuando un joven ve en brazos de un amigo a una mujer a la que idolatraba, comienza entonces a fumar un cigarro; no sale de su casa y se une con indisoluble amistad al dolor; ese acto se comprende. Cuando un alumno interno en un instituto es gobernado, durante años que son siglos, de la mañana a la noche y de la noche a la mañana siguiente, por un paria de la civilización que tiene los ojos constantemente fijos en él, siente que tumultuosas oleadas de un vívido odio ascienden, como una espesa humareda, a su cerebro, que parece pronto a estallar. Desde el momento en que lo arrojan a esa prisión hasta aquel, ya próximo, en que saldrá de ella, una intensa fiebre pone amarillo su semblante y hace que sus cejas se acerquen y que sus ojos se hundan en sus órbitas. Por la noche reflexiona, pues no desea dormir. Durante el día su pensamiento se lanza por encima de los muros de esa mansión de embrutecimiento, hasta el momento en que escapa o en que lo expulsan, como a un apestado, de ese claustro eterno; ese acto se comprende. Cavar una fosa supera, a menudo, las fuerzas de la naturaleza. ¿Cómo quieres, forastero, que la pala remueva esta tierra, que primero nos nutre y luego nos proporciona un cómodo lecho, protegido del viento invernal que sopla con furia en estas frías comarcas, cuando aquel que sostiene la pala con temblorosas manos, después de haber palpado convulsivamente, durante toda la jornada, las mejillas de los antiguos vivos que regresan a su reino, ve por la noche, ante sí, escrito en letras de fuego sobre cada cruz de madera, el enunciado del pavoroso problema que la humanidad aún no ha podido resolver: la mortalidad o la inmortalidad del alma? Por el Creador del universo siempre he conservado mi amor, pero, si tras la muerte no debemos ya existir, ¿por qué veo, la mayoría de las noches, a cada tumba abrirse y a sus moradores levantar suavemente la plomiza cubierta para respirar el aire fresco?

—Detén tu trabajo. La emoción te quita las fuerzas y pareces débil como una caña: sería una locura proseguir. Yo soy fuerte; tomaré tu lugar. Hazte a un lado, me darás consejos si no lo hago bien.

—¡Qué musculosos son sus brazos, y cómo complace verlo cavar la tierra con tanta facilidad!

—No debes permitir que una inútil duda atormente tu pensamiento: todas estas tumbas, que están esparcidas en un cementerio como flores en un prado, comparación que no es veraz, son dignas de ser medidas con el sereno compás del filósofo. Las alucinaciones peligrosas pueden presentarse de día; pero, sobre todo, se presentan de noche. En consecuencia, que no te extrañen las fantásticas visiones que tus ojos parecen percibir. Durante el día, cuando el espíritu está en reposo, interroga tu conciencia: ella te dirá, con seguridad, que el Dios que ha creado al hombre con una parcela de su propia inteligencia posee una bondad sin límites y acogerá, después de la muerte terrenal, esa obra maestra en su seno. Sepulturero, ¿por qué lloras? ¿Por qué esas lágrimas, parecidas a las de una mujer? Recuérdalo bien: estamos en este desmantelado navío para sufrir. Es un mérito, para el hombre, que Dios lo haya juzgado capaz de vencer sus más graves sufrimientos. Habla, y, puesto que, según tus más caros deseos, no deberíamos sufrir, di, si es que tu lengua está hecha como la de los demás hombres, en qué consistiría entonces la virtud, ideal que todos se esfuerzan por alcanzar.

—¿Dónde estoy? ¿Habré cambiado de carácter? Siento un potente soplo de consuelo que roza mi frente serenada, así como la brisa de la primavera reaviva la esperanza de los ancianos. ¿Quién es ese hombre cuyo lenguaje sublime ha dicho cosas que jamás habría pronunciado un recién llegado? ¡Qué musical belleza hay en la incomparable melodía de su voz! Prefiero oírlo hablar a él que oír cantar a otros. Sin embargo, cuanto más lo observo menos franco me parece su semblante. Su expresión general contrasta singularmente con esas palabras que sólo el amor de Dios pudo haber inspirado. Su frente, surcada por algunas arrugas, está marcada por un estigma indeleble. Y ese estigma, que lo ha envejecido antes de tiempo, ¿es honroso o es infamante? ¿Deben sus arrugas ser miradas con veneración? Lo ignoro, y temo saberlo. Aunque diga lo contrario a lo que piensa, creo, sin embargo, que tiene motivos para actuar como lo ha hecho, excitado por los restos harapientos de una caridad en él destruida. Está absorto en meditaciones que me son desconocidas, y redobla su actividad en un arduo trabajo que no está habituado a realizar. El sudor humedece su piel; él no lo advierte. Su visión es más triste que los sentimientos que inspira la de un niño en su cuna. ¡Oh, qué sombrío es!... ¿De dónde vienes? Forastero, permite que te toque y que mis manos, que raramente estrechan las de los vivos, se impongan sobre la nobleza de tu cuerpo. Pase lo que pase, sabré a qué atenerme. Esos cabellos son los más hermosos que he tocado en mi vida. ¿Y quién sería lo bastante audaz para decir que no conozco yo la calidad de los cabellos?

—¿Qué quieres de mí mientras estoy cavando una tumba? El león no desea que lo molesten mientras se alimenta. Si no lo sabes, te lo digo. Vamos, apresúrate, lleva a cabo lo que deseas realizar.

—Eso que se estremece a mi contacto, y que me hace estremecer también a mí, es carne, no cabe duda. Es cierto... ¡no estoy soñando! ¿Quién eres, pues, tú, que te inclinas para cavar una tumba mientras yo, como un perezoso que come el pan de los otros, no hago nada? Es esta la hora de dormir, o de sacrificar el reposo a la ciencia. En cualquier caso, nadie se encuentra fuera de su casa, y todos cuidan de no dejar la puerta abierta, a fin de impedir la entrada de ladrones. Se encierran en su hogar, lo mejor que pueden, mientras las cenizas de la vieja chimenea saben aún caldear la sala con un resto de calor. Tú no haces como los demás; tus ropas indican que eres un habitante de algún país lejano.

—Aunque no estoy fatigado, es inútil hacer más profunda la fosa. Ahora, desnúdame; luego, me meterás dentro de ella.

—La conversación que ambos mantenemos es, desde hace unos instantes, tan extraña que no sé qué responder... Creo que intenta burlarse.

—Sí, sí, es cierto, sólo quería burlarme... no prestes más atención a lo que he dicho.

¡Se ha desplomado, y el sepulturero se apresura a sostenerle!

—¿Qué te pasa?

—Sí, sí, es cierto, he mentido... estaba exhausto cuando dejé la pala... Es la primera vez que realizo este trabajo... no prestes más atención a lo que he dicho.

—Mi opinión gana cada vez más consistencia: es alguien que sufre espantosas pesadumbres. Que el Cielo aparte de mí la idea de interrogarlo. Prefiero permanecer en la incertidumbre, tanta compasión me inspira. Además, él no querría responderme, eso es indudable: abrir su corazón en este anormal estado sería sufrir dos veces.

—Déjame salir de este cementerio; continuaré mi camino.

—Tus piernas no te sostienen ya; te extraviarías al caminar. Mi deber es el de ofrecerte un rústico lecho: no tengo otro. Ten confianza en mí, pues la hospitalidad no exigirá la violación de tus secretos.

—¡Oh, piojo venerable, tú cuyo cuerpo está desprovisto de elitros!, un día me reprochaste con acritud que no apreciaba lo suficiente tu sublime inteligencia, la cual no se deja leer; quizás tuvieras razón, pues ni siquiera a este le estoy agradecido. Fanal de Maldoror, ¿a dónde guías sus pasos?

—A mi casa. Ya seas un criminal que no ha tomado la precaución de lavar su mano derecha con jabón tras haber cometido una fechoría, y que es así fácil de reconocer por la inspección de dicha mano, o un hermano que ha perdido a su hermana, o algún monarca desposeído que huye de sus reinos, mi palacio, verdaderamente grandioso, es digno de recibirte. No ha sido construido con diamantes y piedras preciosas, pues no es sino una pobre choza mal acabada, pero esa choza célebre tiene un pasado histórico que el presente renueva y continúa sin cesar. Si ella pudiese hablar, te asombraría, a ti, que me parece que no te asombras por nada. ¡Cuántas veces, junto con ella, he visto desfilar, ante mí, ataúdes funerarios que contenían huesos pronto más carcomidos que los costados de la puerta contra la cual me apoyaba! Mis innumerables súbditos aumentan día a día. No necesito realizar, en períodos fijos, censo alguno para advertirlo. Aquí es como entre los vivos: cada uno paga un impuesto proporcional a la riqueza de la morada que ha elegido; y si algún avaro se negase a pagar la parte que le corresponde, tengo orden, advirtiéndole personalmente, de proceder como los ujieres: no faltan chacales y buitres deseosos de tener una buena comida. He visto alinearse, bajo las banderas de la muerte, a aquel que fue bello, a aquel que, tras su vida, no se ha afeado; al hombre, a la mujer; al mendigo, a los hijos de los reyes; a las ilusiones de la juventud, a los esqueletos de la vejez; al talento, a la locura; a la pereza, a su contrario; a aquel que fue falso, a aquel que fue veraz; a la máscara del orgulloso, a la modestia del humilde; al vicio coronado de flores y a la inocencia traicionada.

—No, ciertamente, no rechazo tu yacija, que es digna de mí, hasta que llegue la aurora, que ya no tardará. Te agradezco tu benevolencia... Sepulturero, es hermoso contemplar las ruinas de las ciudades; pero más hermoso aún es contemplar las ruinas de los hombres.

[...]

Lafcadio Hearn

La mujer de la nieve

n una aldea de la antigua provincia de Musashi vivían dos leñadores llamados Mosaku y Minokichi. En la época de la que hablo, Mosaku era ya un anciano y Minokichi, su aprendiz, era un muchacho de apenas dieciocho años de edad. Todos los días iban juntos a un bosque que distaba unas cinco millas de su aldea. Para llegar a él, tenían que cruzar un ancho río, para lo cual había una barca. Muchas veces se habían construido puentes en el mismo sitio en el que estaba el embarcadero, pero todos eran llevados por las aguas: ninguno podía resistir las crecidas de aquel caudaloso río.

Un atardecer muy frío, Mosaku y Minokichi estaban regresando a su casa cuando se vieron sorprendidos por una fuerte tormenta de nieve. Llegaron al embarcadero y descubrieron que el barquero se había marchado, dejando el bote en la orilla opuesta. No era un día para nadar, por lo que los leñadores se refugiaron en la choza del barquero, sintiéndose muy afortunados por haber podido encontrar al menos un techo bajo el cual guarecerse. En la choza no había brasero ni lugar para hacer fuego, pues se trataba de una cabaña pequeña, con una sola puerta y ninguna ventana. Mosaku y Minokichi atrancaron la puerta y se echaron en el suelo para descansar, cubriéndose con sus largos casacones de paja. No experimentaban un frío excesivo, y estimaban que la tormenta amainaría pronto.

El anciano se durmió casi de inmediato, pero el muchacho, Minokichi, permaneció largo rato despierto escuchando el horrísono aullido del viento y los ininterrumpidos azotes de la nieve contra la puerta. El río rugía, y la choza crujía y se sacudía como un junco[1] en el mar. Era una tormenta formidable. El aire se comenzó a poner más helado a cada momento, y Minokichi empezó a temblar bajo su casacón. Pero finalmente, a pesar del frío reinante, también logró dormirse.

La súbita caída de nieve sobre su rostro lo despertó. La puerta de la choza se había abierto, y, al *yukiakari*[2], pudo distinguir en la habitación la figura de una mujer, una mujer toda vestida de blanco. Estaba inclinada sobre Mosaku y soplaba su aliento sobre él; y su aliento era como

---

[1] Antigua embarcación a vela característica de China, Japón y parte del sudeste asiático.

[2] Literalmente, 'resplandor de la nieve'.

un brillante humo blanco. En ese preciso instante, se volvió hacia Minokichi y también se inclinó sobre él. Este quiso gritar, pero descubrió que no era capaz de articular sonido alguno. La mujer blanca se inclinó aún más sobre su cuerpo, cada vez más y más cerca, hasta que sus rostros casi se tocaron. Y él pudo ver que era muy hermosa, aunque sus ojos causaban espanto. Por un tiempo lo siguió contemplando en silencio, pero, por último, esbozó una sonrisa y le susurró:

—Pensaba hacer contigo lo mismo que con el otro, pero no puedo evitar sentir algo de piedad por ti: ¡eres tan joven! Un joven muy hermoso, Minokichi. Por esta vez, no te haré daño; pero si alguna vez le cuentas a alguien, así sea a tu propia madre, lo que has visto esta noche, yo me enteraré y volveré para matarte. ¡No olvides mis palabras!

Tras decir así, se apartó de él, atravesó la puerta y desapareció. El joven pudo al fin volver a moverse. Se puso de pie de un salto y, asomándose por la puerta, escudriñó el exterior. Pero no había rastro alguno de la mujer, y la nieve entraba con furia en la choza. Minokichi cerró la puerta y la atrancó con varios trozos de madera. Se preguntó si la habría abierto el viento y si todo lo demás no habría sido más que un sueño. Quizás había confundido el brillo del *yukiakari* que entraba por la puerta con la figura de una mujer blanca. No podía estar seguro. Decidió llamar al anciano, pero no obtuvo respuesta alguna. Un frío terror lo asaltó. Buscó a tientas en la oscuridad y dio con el rostro de Mosaku. ¡Estaba congelado como el hielo! El viejo leñador había muerto en el transcurso de la noche.

Con las primeras luces del alba cesó la tormenta. Cuando el barquero regresó a su puesto, poco después del amanecer, encontró a Minokichi tendido inconsciente junto al cadáver congelado de Mosaku. El joven recibió de inmediato solícitos cuidados y no tardó en volver en sí, pero permaneció enfermo mucho tiempo por los efectos del frío de esa terrible noche. La muerte del anciano lo había afectado también profundamente, pero no dijo nada a nadie sobre la visión de la mujer vestida de blanco. Tan pronto como recobró la salud, reanudó sus tareas de leñador. Todas las mañanas iba solo al bosque, y por las noches regresaba con los haces de leña, que su madre se ocupaba de vender.

Un anochecer, durante el invierno del año siguiente, al regresar a su casa se topó en el camino con una muchacha que caminaba en su misma dirección. Era una joven alta, delgada y muy bella. Minokichi la saludó, y ella respondió al saludo con una voz tan agradable al oído como el canto de un ave. Comenzaron a caminar juntos y a dialogar. La joven dijo llamarse O-Yuki[3]. Según contó, sus padres habían fallecido recientemente, por lo que viajaba a Yedo[4], donde tenía unos parientes pobres

---

[3] El significado de *yuki* es 'nieve'.

[4] Yedo o Edo fue, hasta la restauración Meiji de 1868, el nombre de la actual ciudad de Tokio.

que quizás podrían ayudarla a encontrar una posición como sirvienta. Minokichi pronto quedó encantado con la charla de aquella extraña, y, cuanto más la miraba, más hermosa le parecía. Le preguntó si estaba de novia, y ella, entre risas, respondió que no. A su turno, ella quiso saber si él estaba casado o prometido, y Minokichi dijo que sólo tenía una madre viuda a la que cuidar y que, a causa de su juventud, todavía no había considerado seriamente la idea de una «nuera honorable».

Tras estas confidencias, siguieron caminando un rato sin hablar, pero, como ya lo dice el viejo proverbio: «*Ki ga arébа, mé mo kuchi hodo ni mono wo iu*»[5]. Para cuando llegaron a la aldea, estaban prendados el uno del otro, y Minokichi invitó a O-Yuki a descansar un rato en su casa. La muchacha, tras vacilar con timidez unos instantes, aceptó la invitación y lo siguió. La madre del joven la recibió con gran hospitalidad y le preparó una comida caliente. O-Yuki se comportó de manera tan encantadora que la anciana le cobró afición y la persuadió para que retrasase un tiempo su viaje a Yedo. El natural desenlace de todo esto fue que O-Yuki nunca completó su travesía, sino que se quedó en la casa cumpliendo el rol de «nuera honorable».

Y, en efecto, la joven demostró ser una excelente nuera. Cuando, unos cinco años más tarde, la madre de Minokichi falleció, sus últimas palabras fueron palabras de afecto y elogio dirigidas a la esposa del joven. Y O-Yuki trajo diez hijos al mundo, niñas y niños, todos muy hermosos y de piel muy blanca.

La gente de la aldea pensaba que había algo sobrenatural en O-Yuki, dada la gran diferencia que había entre ella y las demás mujeres. La mayoría de las lugareñas envejecía a temprana edad, pero O-Yuki, incluso tras haber sido madre de diez hijos, se conservaba tan joven y lozana como el primer día en que había llegado a la aldea.

Una noche, tras haber acostado a los niños, O-Yuki se sentó a coser a la luz de una linterna de papel, y Minokichi, observándola, dijo:

—Verte coser ahí, con la luz de la lámpara cayendo sobre tu rostro, me recuerda un suceso muy extraño que me ocurrió cuando tenía dieciocho años de edad. Vi en aquel entonces a una mujer tan hermosa y blanca como tú ahora... A decir verdad, se parecía mucho a ti.

Sin levantar sus ojos de la costura, O-Yuki respondió:

—Cuéntame más sobre ella. ¿Dónde la viste?

Minokichi le refirió entonces los sucesos de aquella terrible noche en la choza del barquero, y le contó sobre la mujer blanca que, sonriendo inclinada sobre él, le había susurrado aterradoras palabras. Terminó su relato narrando la silenciosa muerte del anciano Mosaku, y añadió:

—Despierto o dormido, fue la única vez en mi vida en que vi a un ser tan hermoso como tú. Por supuesto, aquella mujer no era humana, y yo

[5] «Cuando nace el deseo, los ojos pueden ser más elocuentes que los labios».

experimenté un enorme terror en su presencia, un terror como ningún otro. ¡Era tan blanca! Pero nunca pude saber con certeza si aquello fue sólo un sueño o si vi en efecto a la mujer de la nieve...

O-Yuki dejó caer su labor y se puso de pie. Se acercó entonces al lugar en el que se sentaba Minokichi e, inclinándose sobre él, le gritó:

—¡Era yo! ¡Yo! ¡Yo! ¡O-Yuki! ¡Y te dije que te mataría si alguna vez te atrevías a contarle a alguien sobre lo que viste aquella noche! ¡Si no fuera por esos niños que duermen ahí, te mataría en este preciso instante! Ahora cuida bien de ellos y procura que nunca les falte nada, pues, si alguna vez les das motivo de queja, te trataré como mereces.

Mientras gritaba, su voz se fue apagando lentamente, como el gemido de un viento que muere en la distancia, y su cuerpo se fue disolviendo en una brillante niebla blanca que ascendió en espiral hasta el techo y, temblando, se escapó al exterior por la abertura de la chimenea. Desde entonces, jamás volvió a ser vista.

Guy de Maupassant

El horlá

PRIMERA VERSIÓN

l doctor Marrande, el más ilustre y eminente de los alienistas, había solicitado a tres de sus colegas y a cuatro sabios versados en las ciencias naturales que fueran a pasar una hora al manicomio que dirigía a fin de presentarles a uno de sus pacientes.

Tan pronto como estuvieron todos reunidos, les dijo:

—Les expondré ahora el caso más extraño e inquietante que jamás haya encontrado. Por lo demás, no tengo nada que decirles sobre el sujeto: él hablará por sí mismo.

El doctor entonces llamó. Un criado hizo entrar a un hombre. Era en exceso delgado, de una delgadez cadavérica, delgado como algunos locos a los que roe un pensamiento, pues el pensamiento enfermo devora más la carne del cuerpo que la fiebre o la tisis.

Tras saludar y tomar asiento, les dijo:

—Señores, no ignoro por qué os habéis reunido aquí, y estoy dispuesto a relataros mi historia como me lo ha pedido mi amigo, el doctor Marrande. Durante mucho tiempo él me ha creído loco. Hoy, lo duda. En cuestión de minutos, vosotros sabréis que mi mente está tan sana, tan lúcida y tan clarividente como las vuestras, desafortunadamente para mí, para vosotros y para la humanidad entera. Mas deseo comenzar por los hechos mismos, por los simples hechos.

»Tengo cuarenta y dos años. No estoy casado, y mi fortuna es suficiente para vivir con cierto lujo. Habitaba, hasta hace no mucho, en una propiedad a orillas del Sena, en Biessard, cerca de Ruan. Amo la caza y la pesca. Pues bien, detrás de mi casa, por encima de los grandes peñascos que la dominan, tengo uno de los más bellos bosques de Francia, el de Roumare, y delante, uno de los más bellos ríos del mundo.

»Mi vivienda es amplia, está pintada de blanco por fuera, es bonita, antigua, y se emplaza en medio de un gran jardín plantado de magníficos árboles que asciende hasta el bosque, subiendo los enormes peñascos que acabo de mencionar.

»Mi personal doméstico se compone, o más bien se componía, de un cochero, un jardinero, un ayuda de cámara, una cocinera y una costurera que hacía las veces de una especie de ama de llaves. Todos ellos vivían conmigo desde hacía ya dieciséis años, me conocían, conocían bien la casa, la región y todo cuanto rodeaba mi vida. Eran sirvientes buenos y tranquilos. Esto es importante para lo que voy a relatar.

»Añado que el Sena, que bordea mi jardín, es navegable hasta Ruan, como sin duda ya sabréis, de modo que todos los días veía yo pasar grandes navíos, tanto a vela como a vapor, provenientes de todos los rincones del mundo.

»Pues bien, el pasado otoño se cumplió un año de que, de manera súbita, comencé a ser víctima de extraños e inexplicables males. Al principio me vi afectado por una suerte de inquietud nerviosa que me mantenía en vela durante noches enteras, una sobreexcitación tal que el menor ruido me hacía estremecer. Mi humor se agrió. Tenía repentinos e injustificables ataques de furia. Acudí a un médico, que me recetó bromuro de potasio y duchas.

»Comencé, pues, a ducharme mañana y noche y a beber bromuro. Muy pronto, en efecto, pude volver a dormir, pero con un sueño más espantoso que el insomnio. Apenas me acostaba, cerraba los ojos y quedaba aniquilado. Sí: caía en la nada, en una nada absoluta, en una completa muerte del ser, de la que era sacado brusca y horriblemente por la aterradora sensación de un peso aplastante sobre mi pecho y de una boca que absorbía mi vida de mi boca. ¡Oh, aquellas sacudidas! No he conocido nada más espantoso.

»Imaginad un hombre que, mientras duerme, sueña que es asesinado y despierta con un cuchillo en la garganta; un hombre que agoniza cubierto de sangre, que no puede respirar, que siente que va a morir y no comprende nada: así era. Adelgazaba yo de una manera inquietante, continua, y no tardé en advertir que mi cochero, que era muy gordo, comenzaba a adelgazar como yo.

»Finalmente, le pregunté:

»—¿Qué tiene, Jean? ¿Está usted enfermo?

»A lo que él respondió:

»—Creo que tengo la misma enfermedad que el señor. Son mis noches las que pierden mis días.

»Supuse, entonces, que quizás habría en la casa alguna influencia febril a causa de la proximidad del río, y estaba a punto de irme por dos o tres meses, aunque estábamos en plena temporada de caza, cuando un hecho trivial si bien muy extraño, observado por casualidad, me llevó a una serie tal de descubrimientos inverosímiles, fantásticos y aterradores que decidí quedarme.

»Teniendo sed una noche, bebí medio vaso de agua y noté que la jarra, que se hallaba colocada en la cómoda frente a mi lecho, estaba llena hasta el tapón de cristal.

»Durante la noche, tuve uno de esos sueños horrorosos de los que os acabo de hablar. Encendí mi vela, preso de una angustia espantosa, y, al querer beber de nuevo, descubrí con estupor que la jarra se hallaba vacía. No podía creer lo que veían mis ojos. O bien alguien había entrado a mi cuarto, o bien yo era sonámbulo.

»A la noche siguiente quise realizar la misma prueba. Cerré la puerta con llave para tener la certeza de que nadie podría entrar en mi habitación. Me dormí y me desperté como todas las noches. Toda el agua que había visto dos horas antes había sido bebida.

»¿Quién había bebido el agua? Yo, sin duda; y, sin embargo, estaba seguro, absolutamente seguro, de no haber realizado un solo movimiento durante mi profundo y doloroso letargo.

»Entonces recurrí a ciertas artimañas para convencerme de que no llevaba a cabo esos actos inconscientemente. Una noche coloqué, al lado de la jarra, una botella de un viejo burdeos, una taza de leche, a la que tengo horror, y unos pasteles de chocolate, que me encantan. El vino y los pasteles permanecieron intactos; la leche y el agua desaparecieron. Así, cada noche cambiaba las bebidas y los alimentos. Nunca tocaron las cosas sólidas, compactas, y, en cuanto a los líquidos, nunca bebieron más que leche fresca y, sobre todo, agua.

»Pero aún me quedaba una duda punzante en el alma. ¿No sería yo el que me levantaba, sin ser consciente, y bebía incluso las cosas que detestaba, dado que mis sentidos, embotados por el sueño de sonámbulo, podían verse modificados, perdiendo sus repugnancias habituales y adquiriendo gustos diferentes?

»Me serví entonces de un nuevo ardid contra mí mismo. Envolví con tiras de muselina blanca todos los objetos que inevitablemente debía tocar y los recubrí con una servilleta de batista. Luego, al meterme en la cama, me embadurné las manos, los labios y los bigotes con mina de plomo.

»Cuando desperté, todos los objetos permanecían inmaculados, si bien habían sido tocados, pues la servilleta no estaba colocada tal como yo la había puesto y, además, habían bebido agua y leche. Pero la puerta, cerrada con una llave de seguridad y con los postigos encadenados por prudencia, no había podido dejar penetrar a nadie.

»Entonces, podía hacerme la temida pregunta: ¿quién estaba pasando todas las noches junto a mí?

»Siento, señores, que os estoy relatando esto demasiado aprisa. Os sonreís, y vuestra opinión ya ha sido formada: "Está loco". Habría tenido que describiros largamente la emoción de un hombre que, encerrado en su casa, y con la mente sana, observa, a través del vidrio de una jarra, un poco de agua que desapareció mientras dormía. Habría tenido que haceros comprender esa tortura renovada con cada noche y cada mañana, esos sueños invencibles y esos despertares aún más espantosos. Pero continúo.

»Repentinamente, el milagro pareció cesar. Ya nadie tocaba nada en mi cuarto. El fenómeno había terminado. Empezaba a sentirme mejor.

La alegría me estaba volviendo, cuando supe que uno de mis vecinos, el señor Legite, se encontraba exactamente en el mismo estado en el que yo me había encontrado hasta no mucho antes. Nuevamente pensé en una influencia febril en la región. Mi cochero se había ido un mes atrás, muy enfermo.

»El invierno había pasado y comenzaba la primavera. Sin embargo, una mañana, mientras me paseaba cerca de mi rosedal, vi, vi con toda claridad junto a mí, que el tallo de una de las más bellas rosas se partía como si una mano invisible lo hubiese cortado; entonces, la flor siguió la curva que habría descripto un brazo al llevársela a la boca y quedó suspendida en el aire transparente, sola, inmóvil, aterradora, a tres pasos de mis ojos.

»Embargado de un demencial espanto, me lancé hacia ella para agarrarla. No encontré nada. Había desaparecido. Entonces, fui preso de una furiosa cólera contra mí mismo. A un hombre razonable y sobrio no le está permitido sufrir semejantes alucinaciones. Mas ¿había sido aquello una alucinación? Busqué el tallo. Lo encontré inmediatamente en el arbusto, recién partido, entre otras dos rosas que permanecían en la rama, pues eran tres las que yo había visto perfectamente.

»Volví entonces a la casa, con el alma trastornada. Señores, escuchadme, me encuentro tranquilo; yo no creía en lo sobrenatural, ni creo en ello ahora, pero, a partir de aquel momento, estuve seguro, tan seguro como del día y de la noche, de que había allí un ser invisible que me había atormentado, que luego me había dejado, y que ahora volvía.

»Poco más tarde pude comprobarlo.

»Al principio, entre mis criados, estallaban todos los días furiosas discusiones por mil causas, triviales en apariencia, pero plenas de sentido para mí desde entonces. Un vaso, un bello vaso de Venecia, se rompió solo en el aparador del comedor en pleno día. El ayuda de cámara acusó a la cocinera, la cual acusó a la costurera, la cual acusó no sé a quién. Puertas que eran cerradas a la noche aparecían abiertas a la mañana siguiente. Todas las noches robaban leche de la despensa.

»¡Ay! ¿Quién era? ¿Y cuál sería su naturaleza? Una nerviosa curiosidad, no exenta de ira y de espanto, me mantenía día y noche en un estado de extrema agitación.

»Pero la casa quedó tranquila una vez más, y yo ya volvía a creer en los sueños, cuando aconteció lo que sigue.

»Era el 20 de julio, a las nueve de la noche. Hacía mucho calor; yo había dejado mi ventana abierta de par en par. Mi lámpara encendida sobre la mesa iluminaba un volumen de Musset que se encontraba abierto en "La noche de mayo",[1] y yo me había tendido en un sillón grande, en el que me había adormecido.

---

[1] Poema incluido en *Las noches*, obra del romántico francés Alfred de Musset (1810-1857).

»Pero, tras haber dormido alrededor de cuarenta minutos, abrí los ojos, sin hacer un solo movimiento, despertado por no sé qué emoción confusa y extraña. Al principio no vi nada, pero luego, repentinamente, me pareció que una página del libro acababa de volverse sola. Por la ventana no había entrado ningún soplo de viento. Esto me sorprendió mucho, de modo que esperé. Al cabo de unos cuatro minutos vi, vi, sí, señores, vi, con mis propios ojos, que una página se elevaba y caía sobre la precedente como si un dedo la hubiese volteado. Mi butaca parecía estar vacía, pero comprendí que él, que *él* estaba ahí. Atravesé la cámara de un salto para atraparlo, para tocarlo, para agarrarlo, si ello era posible... pero, antes de que lo hubiese alcanzado, la butaca se dio vuelta como si alguien hubiese escapado de mí, la lámpara cayó y se apagó, el vaso se rompió, y la ventana, empujada bruscamente como si un malhechor la hubiese agarrado al salir, fue a golpear contra el pestillo.

»Me abalancé sobre la campanilla y llamé. Cuando mi ayuda de cámara apareció, le dije:

»—He tirado y roto todo. Deme luz.

»Esa noche ya no pude dormir más. Y, sin embargo, aún podía haber sido el juguete de una ilusión. Al despertar, los sentidos permanecen turbados. ¿No habría sido acaso yo el que había tirado la butaca y la luz al precipitarme como un loco? ¡No, no había sido yo! Lo sabía sin dudar ni un segundo; no obstante, quería creerlo.

»Pero esperad. ¡El ser! ¿Cómo lo llamaría? El invisible. No, eso no alcanzaba. Lo bauticé el horlá. ¿Por qué? Lo ignoro. Pues bien, el horlá ya no me dejaba casi nunca. Día y noche tenía la sensación, la certeza, de la presencia de ese vecino imperceptible, y también la certeza de que hora a hora, minuto a minuto, él devoraba mi vida.

»La imposibilidad de verlo me exasperaba, y encendía todas las luces de la habitación como si en esa claridad fuese posible descubrirlo. Mas, finalmente, lo vi. Vosotros no me creeréis; sin embargo, lo vi.

»Me hallaba sentado frente a un libro cualquiera, sin leer, acechando con todos mis sentidos sobreexcitados, acechando a aquel cuya presencia intuía cerca de mí. Y era cierto, estaba ahí; pero ¿dónde?, ¿qué hacía?, ¿cómo alcanzarlo?

»Frente a mí estaba mi lecho, una vieja cama de roble con columnas; a la derecha, la chimenea; a la izquierda, la puerta, cerrada con sumo cuidado; detrás, un gran armario de luna, que todos los días me servía para afeitarme y vestirme, y en el que tenía la costumbre de mirarme de pies a cabeza cada vez que pasaba por delante.

»Pues bien, yo simulaba leer para engañarlo, pues él también me espiaba, y de pronto sentí, tuve la certeza de que él estaba leyendo por encima de mi hombro, de que él estaba ahí, rozando mi oreja.

»Me enderecé y me di vuelta tan rápido que casi caigo. Y bien... se podía ver como en pleno día, ¡y no me vi en el espejo! Estaba vacío, claro, pleno de luz. Mi imagen no aparecía reflejada en él... y yo estaba justo en frente, pero veía el gran cristal completamente límpido. Contemplaba eso con ojos alocados y no me atrevía a avanzar, sintiendo claramente que él estaba entre mí y el espejo, *él*, y que volvería a escapárseme, pese a que su cuerpo imperceptible hubiese absorbido mi reflejo.

»¡Qué pánico sentí! Y entonces, súbitamente, comencé a percibirme como en una bruma al fondo del espejo, en una bruma como a través de un manto de agua; y me pareció que el agua se deslizaba de izquierda a derecha, lentamente, haciendo más precisa mi imagen a cada segundo. Era como el fin de un eclipse. Aquello que me ocultaba no parecía tener contornos claramente definidos, sino una suerte de transparencia opaca que se aclaraba poco a poco. Finalmente, pude distinguirme por completo, como lo hacía cada día al mirarme.

»Lo había visto. Y el espanto que experimenté en ese momento aún me hace estremecer.

»Al día siguiente estaba aquí, donde solicité asistencia. Ahora, señores, he terminado. El doctor Marrande, tras haber dudado durante mucho tiempo, se decidió a hacer, solo, un viaje a la región. Tres de mis vecinos, hoy día, están atacados como lo estaba yo, ¿no es cierto?

El médico respondió:

—Es cierto.

—Y usted les aconsejó dejar agua y leche todas las noches en sus cuartos para ver si esos líquidos desaparecían. Lo han hecho. ¿Han desaparecido esos líquidos como en mi casa?

El médico contestó con una gravedad solemne:

—Han desaparecido.

—Así pues, señores, un ser nuevo, que sin duda se multiplicará pronto como nosotros nos hemos multiplicado, acaba de aparecer sobre la tierra. ¡Ah, os sonreís! ¿Por qué? Porque ese ser permanece invisible. Mas nuestro ojo, señores, es un órgano tan elemental que a duras penas puede distinguir lo que es indispensable para nuestra existencia. Lo que es muy pequeño se le escapa; lo que es muy grande se le escapa; lo que está muy lejos se le escapa. Ignora los millares de animálculos que viven en una gota de agua. Ignora a los habitantes, las plantas y el suelo de las estrellas vecinas. No ve tampoco lo transparente. Colocadle delante un cristal perfecto sin azogue: no lo distinguirá y se arrojará encima de él, así como el pájaro atrapado en una casa se golpea la cabeza contra los vidrios. De modo que no ve los cuerpos sólidos y transparentes que, sin embargo, existen; no ve el aire con el cual nos nutrimos; no ve el viento, que es la fuerza más grande de la Naturaleza, que derriba a los hombres, derrumba los edificios, arranca los árboles y levanta el mar en montañas de agua por cuya acción los acantilados de granito se desmoronan. ¿Qué tiene de sorprendente que no vea un cuerpo nuevo, al cual sin duda le falta la sola propiedad de detener los rayos luminosos? ¿Percibís vosotros la electricidad? Y, sin embargo, existe. Este ser, que yo he denominado horlá, existe también.

»¿Qué es? Señores, es aquel que la tierra espera después del hombre. Aquel que viene a destronarnos, a domarnos, a esclavizarnos, quizás a alimentarse de nosotros tal como nosotros nos alimentamos de las vacas y de los jabalíes. Desde hace siglos se lo presiente, se lo teme y se lo anuncia. El miedo al invisible siempre ha atormentado a nuestros pares.

»Ha llegado.

»Todas las leyendas de hadas, de gnomos y de merodeadores del aire inasibles y dañinos era de él de quien hablaban, de él, que era presentido por el hombre ya inquieto y tembloroso.

»Y con todo eso que vosotros mismos hacéis, señores, desde hace ya algunos años, con todo eso que denomináis hipnotismo, sugestión, magnetismo, es a él a quien anunciáis, a quien profetizáis.

»Os digo que ha llegado. Vaga ahora inquieto como los primeros hombres, ignorante aún de su fuerza y de su poder, que conocerá pronto, muy pronto.

»Y he aquí, señores, para terminar, un recorte de un periódico que ha llegado a mis manos procedente de Río de Janeiro. Leo: "Una especie de epidemia de locura parece castigar desde hace un tiempo a la provincia de San Pablo. Los habitantes de varios pueblos han abandonado sus tierras y sus casas, y aseguran ser perseguidos y devorados por vampiros invisibles que se alimentan de su respiración cuando duermen y que además beben agua y, en ocasiones, leche".

»Agrego que, unos días antes del primer ataque del mal a causa del cual estuve por morir, recuerdo perfectamente haber visto pasar un gran barco brasileño de tres palos con su bandera desplegada... Os he dicho que mi casa está a orillas del río, toda blanca... Sin duda, él estaba escondido en ese barco.

»Señores, no tengo nada más que agregar.

El doctor Marrande se levantó y murmuró:

—Yo tampoco. No sé si este hombre está loco, si lo estamos los dos, o si... *si nuestro sucesor realmente ha llegado.*

Joris-Karl Huysmans

Allá lejos

(*EXTRACTOS*)

uando los experimentos de alquimia y las invocaciones diabólicas fracasan, Prelati, Blanchet y todos los hechiceros y consejeros que rodean al mariscal[1] reconocen que, para atraer a Satán, es necesario que Gilles le ceda su alma y su vida o que cometa numerosos crímenes.

Gilles de Rais se niega a alienar su existencia y abandonar su alma, pero piensa sin horror en los asesinatos. Este hombre, tan valiente en los campos de batalla, tan bravo cuando acompañaba y defendía a Juana de Arco[2], tiembla ante el Demonio, se aterra cuando piensa en la vida eterna, cuando piensa en Cristo. Y lo mismo sucede con sus cómplices. Para estar seguro de que estos no revelarán las aterradoras infamias que el castillo oculta, les hace jurar sobre los Santos Evangelios que mantendrán el secreto, sabiendo bien que ninguno de ellos transgredirá ese juramento jamás, puesto que, en la Edad Media, ni el más osado de los criminales se habría atrevido a asumir el irremisible pecado de engañar a Dios.

Entonces, al tiempo en que sus alquimistas dejan de lado sus inútiles hornos, Gilles se entrega a una espantosa glotonería, y su carne, incendiada por las desmedidas esencias de las bebidas y los manjares, entra en erupción, arde en tumulto.

Ahora bien, en el castillo no había mujeres. Parece ser que Gilles, en Tiffauges, execró el sexo. Después de experimentar las obscenidades del campo, y de frecuentar, junto a los Xaintrailles y los La Hire[3], a las prostitutas de la corte de Carlos VII[4], comenzó, aparentemente, a des-

[1] Gilles de Rais (1404-1440), soldado aristocrático francés, héroe nacional al servicio de Juana de Arco, que fue condenado a muerte al descubrirse que secuestró, violó, mutiló y asesinó sádicamente en sus castillos, en ritos de satanismo y necrofilia, a cientos de niños.

[2] Heroína nacional francesa que, antes de morir en la hoguera acusada de herejía, luchó para el rey Carlos VII de Francia en la fase final de la guerra de los Cien Años.

[3] Jean Poton de Xaintrailles (1390-1461) y Étienne de Vignolles (1390-1443), más conocido como La Hire, fueron dos jefes militares franceses que lucharon junto a Juana de Arco.

[4] Carlos VII el Victorioso (1403-1461) fue el rey francés que ganó la guerra de los Cien Años.

preciar las formas femeninas. Y, al igual que sucede con aquellos cuyo ideal de concupiscencia se desvía y altera, llegó ciertamente, por último, a sentir asco por la delicadeza de la piel femenina y por ese olor de la mujer que todos los sodomitas aborrecen.

Depravó entonces a los niños del coro de la iglesia que estaba bajo su ministerio. Los había elegido, por otra parte, a estos pequeños monaguillos, porque los veía «bellos como ángeles». Ellos fueron los únicos a los que verdaderamente amó, los únicos a los que, en sus transportes de asesino, perdonó.

Pero pronto todo ese montón de corrupciones infantiles le pareció poco. La ley del satanismo, que ordena que el elegido del Mal descienda la espiral del pecado hasta su último peldaño, se había, una vez más, promulgado. Sólo era necesario, entonces, que su alma supurase a fin de que en ese rojo tabernáculo, constelado de abscesos, lo Más Bajo pudiese habitar con comodidad.

Y así, las letanías de lujuria bestial se elevaron en el viento salado de los mataderos. La primera víctima de Gilles fue un niño muy pequeño, cuyo nombre se desconoce. Lo asesinó, le cortó las manos, le sacó el corazón, le arrancó los ojos y llevó todo a la cámara de Prelati. Los dos hombres lo ofrecieron, con apasionados cánticos, al Diablo, que no se hizo presente. Gilles, exasperado, huyó. Prelati envolvió esos miserables restos en una tela de lino y, temblando, salió, en la noche, para inhumarlos en tierra santa, junto a una capilla consagrada a San Vicente.

La sangre de ese niño, que Gilles había conservado para escribir sus fórmulas de evocación y sus conjuros, se expandió en horribles siembras que pronto germinaron, y, no mucho tiempo después, De Rais pudo cosechar el más abundante cultivo de crímenes que jamás hubiese sido plantado.

De 1432 a 1440, es decir, durante los ocho años comprendidos entre el retiro del mariscal y su muerte, los habitantes de Anjou, de Poitou y de Bretaña vagan, sollozando, por los caminos. Todos los niños desaparecen; los pastores son raptados en los campos; las chiquillas que salen de la escuela, los muchachos que vienen de jugar en las callejas o de divertirse al borde de los bosques, ya no regresan.

En el curso de una investigación ordenada por el duque de Bretaña, los escribas de Jean Touscheronde, comisario del duque en estas cuestiones, redactan interminables listas de niños que son llorados.

En La Roche-Bernard había desaparecido el hijo de la señora Péronne, «un niño que iba a la escuela y aprendía muy bien», según la madre. En Saint-Étienne-de-Montluc buscaban al hijo de Guillaume Brice, «un pobre hombre que vivía de limosnas». En Machecoul se había esfumado el hijo de George el barbero, «al que se vio cierto día recogiendo manzanas detrás del castillo de Rondeau y que desde entonces no volvió a ser visto». En Thonaye faltaba el hijo de Mathelin Thouars, «que tenía unos doce años y fue oído llorando y gimiendo». Nuevamente en Machecoul, el día de Pentecostés, el señor y la señora Sergent habían dejado en su casa a su hijo de ocho años y, al regresar del campo, «no pudieron encontrar al niño, lo cual los llenó de estupor y de una enorme congoja». En Chanteloup, Pierre Badieu, mercero de la parroquia, relata que, durante más o menos un año, había visto en la comarca a dos pequeños hermanos de unos nueve años de edad, hijos de Robin Pavot, y que «pasado ese tiempo no los volvió a ver ni supo más nada de ellos». En Nantes, Jeanne Darel declara que «el Día de San Pedro extravió en la ciudad a su hijo Olivier, de unos siete años de edad, y desde esa fecha no volvió a tener noticias de él».

Las páginas de la encuesta prosiguen, se acumulan, revelan centenas de nombres, describen el dolor de las desesperadas madres que interrogan a los viajeros en los caminos, los lamentos de las familias de cuyas casas fueron arrebatados niños y niñas cuando se alejaron de ellas para trabajar en los campos o sembrar cáñamo. Estas frases se repiten, como estribillos desoladores, al final de cada declaración: «Se los ve quejarse amargamente», «Se los oye prorrumpir en hondas lamentaciones». Allí donde establecen sus ducados los carniceros de Gilles, las mujeres lloran.

La gente, transida de espanto, habla primero de hadas malvadas, de genios maléficos que dispersan a su descendencia, pero, poco a poco, cae en horrorosas sospechas. En cuanto el mariscal se desplaza, en cuanto va de su fortaleza de Tiffauges al palacio de Champtocé, y de allí al castillo de La Suze o a Nantes, deja tras sus pasos regueros de lágrimas. Atraviesa una campiña y, al día siguiente, faltan niños. Temblando, los campesinos se dan cuenta de que en todo sitio donde se vio a Prelati, a Roger de Bricqueville o a Gilles de Sillé, todos los íntimos del mariscal, los pequeños desaparecieron. Por último, se observa, con horror, que una anciana, Perrine Martin, vaga vestida de gris, con el rostro cubierto, como el de Gilles de Sillé, por una estameña negra; ella aborda a los niños, y su charla es tan seductora, su semblante, del que quita el velo, es tan hábil que todos la siguen hasta las lindes de los bosques, en donde hombres los agarran y se los llevan, amordazados en sacos. Y la gente, aterrada, comienza a llamar a esta proveedora de carne, a esta ogresa, La Meffraye, por el nombre de un ave de rapiña.[5]

Estos emisarios se habían extendido por todos los pueblos y aldeas y cazaban a los niños bajo las órdenes del Gran Montero, el señor De Bricqueville. No satisfecho con sus ojeadores, Gilles se instalaba en las ventanas del castillo y, cuando pequeños mendigos, atraídos por la

---

[5] Se suele asociar el nombre de esta bruja al verbo francés *effrayer*, 'aterrar', pero Huysmans lo relaciona con *orfraie*, palabra que designaba a diversas aves rapaces y que luego fue evolucionando hasta terminar denominando a la *effraie des clochers* ('lechuza de campanario').

fama de su generosidad, se acercaban a pedir limosna, escogía con una mirada a aquellos cuya fisionomía le incitaba al estupro, los hacía subir y los arrojaba al interior de una mazmorra hasta que, sintiendo apetito, reclamaba su cena carnal.

¿A cuántos niños habrá matado después de haber desflorado? Él mismo lo ignoraba, tantas eran las violaciones que había consumado y los asesinatos que había cometido. Textos de aquellos tiempos hablan de entre unas setecientas u ochocientas víctimas, pero ese número es insuficiente, inexacto. Regiones enteras fueron devastadas: la aldehuela de Tiffauges ya no tenía más jóvenes; La Suze, ninguna descendencia masculina; en Champtocé, todo el fondo de una torre fue hallado completamente atestado de cadáveres; un testigo citado en la investigación, Guillaume Hylairet, declara que «un tal Du Jardin ha oído decir que se encontró, en dicho castillo, una barrica repleta de niños muertos».

Aún hoy sobreviven huellas de sus asesinatos. Hace dos años, en Tiffauges, un médico descubrió una mazmorra y sacó de allí montones de cráneos y huesos.

Lo cierto es que Gilles confesó haber cometido espantosos holocaustos, y sus amigos confirmaron todos los horrendos detalles.

A la hora del crepúsculo, cuando sus sentidos se hallan fosforescentes, heridos por los poderosos jugos de la carne de venado y encendidos por inflamatorios brebajes llenos de especias, Gilles y sus camaradas se retiran a una remota cámara del castillo. Hasta allí son conducidos los niños desde sus respectivas celdas. Están desnudos y amordazados. El mariscal los acaricia y los agrede; luego, los corta con una daga, obteniendo un inmenso placer al desmembrarlos lentamente. En otras ocasiones, acuchilla sus pechos y bebe el aliento de sus pulmones; a veces también les abre el estómago, lo huele, agranda la incisión con sus manos y se sienta en ella. Entonces, mientras macera las tibias entrañas con sus heces, se vuelve y mira por sobre su hombro para contemplar las supremas convulsiones, los últimos espasmos. Él mismo diría, más tarde: «Fui más feliz disfrutando de las torturas, las lágrimas, el miedo y la sangre que con ningún otro placer».

Pero en seguida se cansa de estos deleites fecales. Un pasaje todavía inédito de su proceso dice que «dicho señor se excitaba con niños, y a veces también con niñas, con las cuales tenía coito por detrás, diciendo que obtenía más placer y menos dolor haciéndolo así que en su naturaleza», tras lo cual les cortaba lentamente la garganta, depositaba el cadáver, las prendas de vestir y la ropa interior en el fuego del hogar, que siempre ardía con madera y hojas secas, y arrojaba las cenizas parte a las letrinas, parte al viento desde lo alto de una torre, parte a los pozos y las zanjas.

Pronto sus furias se agravan. Hasta entonces había apagado la rabia de sus sentidos con seres vivos o moribundos, pero de pronto comienza a hastiarse de estuprar carne palpitante y se vuelve un amante de los muertos.

Artista apasionado, besa, entre gritos de entusiasmo, los hermosos miembros de sus víctimas. Realiza competencias de belleza sepulcral, y a aquella cabeza sin tronco que recibe el primer premio la eleva asiéndola por los cabellos para, con desesperada pasión, besar luego incansablemente sus fríos labios.

El vampirismo lo deja satisfecho por meses. Corrompe niños muertos, sosegando la fiebre de sus deseos en el frío ensangrentado de los sepulcros. Llega incluso, un día en que su provisión de niños se había agotado, a desgarrar el vientre de una mujer encinta a fin de recrearse con el feto. Después de estos excesos cae, agotado, en horribles sueños, en pesados comas, parecidos a esa suerte de letargos que abrumaban, tras sus violaciones de sepulturas, al sargento Bertrand[6]. Pero, si es posible admitir que esos sueños de plomo son una de las fases conocidas de esa enfermedad aún mal vista que es el vampirismo, si es posible creer que Gilles de Rais fue únicamente un pervertido sexual genético, aunque un virtuoso sin igual en torturas y asesinatos, es necesario reconocer que él se distinguió de los más fastuosos criminales, de los más delirantes sádicos, por un detalle que parece sobrehumano de tan espantoso que es.

Esos aterradores deleites, esos monstruosos crímenes ya no le eran suficiente, y él los corroyó con una esencia de pecado raro. Ya no fue más solamente la crueldad resuelta, sagaz, de la fiera que juega con el cadáver de su víctima. Su ferocidad ya no se quedó únicamente en lo carnal, sino que se agravó, se volvió espiritual. Él deseaba hacer sufrir al niño en su cuerpo y en su alma; y, por una superchería completamente satánica, comenzó a burlarse de la gratitud, a engañar el afecto, a traicionar el amor. Entonces sobrepasó, así, la infamia del hombre y penetró directamente en la última tiniebla del Mal.

Ideó esto: cuando uno de los desgraciados niños era conducido a su cámara, Bricqueville, Prelati y Sillé lo colgaban de un gancho clavado en el muro, y, en el momento en que el niño comenzaba a asfixiarse, Gilles ordenaba que lo bajaran y que lo libraran de la cuerda. Hacía sentar entonces, con gran precaución, al pequeño sobre sus rodillas, lo reanimaba, lo acariciaba, lo mimaba, le enjugaba las lágrimas y le decía, señalando a sus cómplices: «Esos hombres son malvados, pero ya ves que me obedecen; no tengas miedo, yo te salvé la vida y te voy a llevar de vuelta con tu madre». Y entonces, mientras el niño, loco de alegría, lo abrazaba, sintiendo un gran amor por él, Gilles le clavaba dulcemente un cuchillo en el dorso del cuello, lo dejaba, siguiendo su expresión,

---

[6] François Bertrand (1823-1878), el Vampiro de Montparnasse, fue un militar francés famoso por exhumar cadáveres para realizar prácticas de necrofilia y canibalismo.

«languideciendo», y cuando la cabeza, un poco separada del cuerpo, acogía, inclinada, los raudales de sangre, acomodaba el cuerpo, lo daba vuelta y lo violaba rugiendo.

Tras estos abominables pasatiempos llegó a creer que el arte de la carnicería humana había expresado bajo sus dedos su último líquido, que había rezumado con él su última gota de pus, y, con un grito de orgullo, decía a su tropa de parásitos: «No hay hombre sobre la tierra que se atreva a hacer lo que he hecho yo».

Pero si el más allá del bien, si el más allá del amor es accesible a ciertas almas, el allá lejos del mal no es fácil de alcanzar. Habiéndose excedido en estupros y asesinatos, el mariscal no podía llegar por esa vía mucho más lejos. Por más que soñaba con violaciones únicas, con torturas más lentas y estudiadas, ya estaba todo hecho; la imaginación humana tenía un límite, y él ya lo había, diabólicamente, dejado atrás. Jadeaba, insaciable, ante el vacío; podía verificar ahora ese axioma de los demonólogos según el cual el Maligno engaña finalmente a todos aquellos que se entregan o desean consagrarse a él.

No pudiendo descender más, intenta retornar por el mismo camino por el que hasta allí llegó; pero entonces los remordimientos lo asaltan, comienzan a abrumarlo, lo aplastan sin darle respiro. Sus noches se vuelven noches de expiación, y, acosado por fantasmas, le aúlla a la muerte como una bestia. Se lo ve correr por los solitarios corredores del castillo; llora, se deja caer sobre sus rodillas, le jura a Dios que hará penitencia, le promete que creará fundaciones piadosas. Instituye en Machecoul una iglesia escolar en honor a los Santos Inocentes; también habla de encerrarse en un convento, o de ir hasta Jerusalén mendigando su pan.

Pero en este espíritu extraviado e inconstante las ideas se superponen entre sí y luego se pierden, y aquellas que desaparecen proyectan aún su sombra sobre aquellas que les siguen. Abruptamente, incluso mientras está llorando lleno de angustia, se precipita hacia nuevos vicios, y, en garras del delirio, se arroja sobre el niño que le es llevado, le hace saltar las pupilas, remueve con sus dedos la leche ensangrentada de los ojos, toma una porra provista de clavos y le golpea la cabeza hasta que el cerebro le sale del cráneo. Y entonces, todo salpicado de sangre gorgoteante y de sesos, despliega una maliciosa sonrisa y ríe a carcajadas. Como una bestia perseguida en caza, huye luego hacia los bosques, mientras sus sirvientes limpian las manchas carmesí del suelo y se deshacen prudentemente del cadáver y de sus vestiduras manchadas de sangre.

Vaga por los bosques que circundan Tiffauges, bosques negros, impenetrables, profundos, tales como los que la Bretaña aún puede mostrar en Carnoët. Solloza, mientras camina solo, perdido, intentando alejar a los fantasmas que lo acosan, y súbitamente, al mirar a su alrededor, ve la obscenidad de las siluetas de los árboles más añosos. Es como si la naturaleza se pervirtiese ante él, como si su presencia misma la depravara. Por primera vez comprende la inmóvil lubricidad de los bosques, descubre príapos en todas las ramas.

Un árbol le llega a parecer un ser vivo, con la cabeza hacia abajo, enterrada en la cabellera de sus raíces, y con las piernas en el aire, separadas, subdivididas luego en nuevos muslos que también se abren, a su vez, volviéndose cada vez más pequeños a medida que se alejan del tronco; allí, entre esas piernas, otra rama se hunde, en una fornicación inmóvil que se repite y disminuye, de ramaje en ramaje, hasta la copa; y, allí arriba, el tronco le parece un falo que sube y desaparece bajo una falda de hojas, o bien, por el contrario, piensa en el vello verde de uno hundido en el vientre aterciopelado del suelo.

Escalofriantes visiones surgen ante él. Ve la piel de pequeños niños: la piel limpia y blanca, que semeja papel vitela, en la pálida y lisa corteza de las delgadas hayas, y la paquidermatosa epidermis de los jóvenes mendigos en la oscura y arrugada cubierta de los viejos robles. Junto a las bifurcaciones de las ramas amplios agujeros bostezan, orificios que la corteza talla en cortes ovales, hiatos fruncidos que parecen inmundos emuntorios o abiertos anos de bestias. Encuentra, en las junturas de las ramas, otras visiones, codos, axilas forradas con grises líquenes; descubre, incluso, en los mismos troncos de los árboles, incisiones que se abren en grandes labios bajo matas de terciopelo rojizo y coronas de musgo.

Por todas partes brotan de la tierra formas obscenas y saltan, en desorden, hacia un firmamento que se sataniza: las nubes se hinchan asumiendo formas de senos, se dividen hasta parecer nalgas, se abultan como fecundadas, se dispersan en esparcidos regueros de semen; concuerdan con la sombría lascivia del follaje, donde ya no hay más que imágenes de enormes o pequeñas caderas, de triángulos femeninos, de grandes ves, de bocas de Sodoma, de cicatrices que brillan, de húmedos orificios. Súbitamente, ese paisaje de abominaciones cambia. Gilles ve ahora, en los troncos, espantosos cánceres, horribles tumores. Observa exostosis y úlceras, llagas membranosas, chancros de tisis, caries atroces; todo a su alrededor se torna un lazareto arbóreo, una clínica venérea.

En medio de todos esos árboles, en el desvío de un sendero, descubre una moteada haya roja. Y, ante las hojas purpúreas que caen, siente que se está empapando bajo una lluvia de sangre. Se pone furioso, imagina que bajo la corteza de aquel árbol mora una ninfa del bosque, y pronto ansía tener entre sus manos la palpitante carne de la diosa, pronto ansía trucidar a la dríade[7], violarla en un sitio ignorado por la idiotez de los hombres.

---

[7] Ninfas de los árboles propias de la mitología griega.

Comienza a envidiar al leñador que puede asesinar, que puede masacrar a ese árbol, y se enloquece, blasfema, para enseguida escuchar, tenso, al bosque que responde a sus gritos de deseo con las estridentes vociferaciones del viento. Abrumado, llora, retoma su camino y, extenuado, llega a su castillo, donde de inmediato se arroja sobre su lecho como una masa inerte.

Y los fantasmas toman una forma más definida ahora, ahora mientras duerme. Las lúbricas uniones de las ramas, la copulación de los distintos seres del bosque, las grietas dilatadas, los forrajes entreabiertos, desaparecen; las lágrimas de las hojas azotadas por la brisa se secan; los blancos abscesos de las nubes son reabsorbidos por el gris de los cielos; y, en medio de un abismal silencio, los íncubos y los súcubos pasan.[8]

Los cadáveres de aquellos a quienes masacró, y cuyas cenizas hizo esparcir en las zanjas, retornan a un estado larvario y atacan sus partes inferiores. Se retuerce, chapoteando en charcos de sangre. Repentinamente, con un sobresalto, se despierta y, acuclillándose, se arrastra en cuatro patas, como un lobo, hasta el crucifijo, contra cuyos pies aprieta los labios aullando.

Un súbito cambio lo trastorna. Comienza a temblar ante la imagen de ese Cristo cuyo convulsionado rostro lo observa desde arriba. Le ruega que tenga misericordia, le suplica que lo perdone, y llora y solloza hasta que, ya sin fuerzas, gime tan bajo que reconoce, aterrado, en su propia voz, los lamentos y los llantos de los niños llamando a sus madres e implorándole piedad.

[...]

[8] Los íncubos y los súcubos eran, respectivamente, demonios masculinos y femeninos que, según se creía en la Edad Media, visitaban a los durmientes para mantener relaciones sexuales con ellos mientras dormían.

Oscar Wilde

Salomé

Tragedia en un acto

Dramatis Personæ.

Herodes Antipas, tetrarca de Judea.
Herodías, esposa del tetrarca.
Salomé, hija de Herodías.
Jokanaán, el profeta.
Naamán, el verdugo.
El Paje de Herodías.
Un Joven Sirio, capitán de la guardia.
Tigellinus, un joven romano.
Las Esclavas de Salomé.
Un Esclavo.
Un Capadocio.
Un Nubio.
Soldados.
Judíos, Nazarenos, etc.

Escena: Una gran terraza, en el palacio de Herodes, que da al salón donde se celebra el banquete. Varios Soldados *están acodados sobre la balaustrada. A la derecha hay una imponente escalera; a la izquierda, al fondo, una vieja cisterna rodeada por una verja de verde bronce. Luz de la luna.*

El Joven Sirio.— ¡Qué bella está la princesa Salomé esta noche!

El Paje de Herodías.— ¡Mira la luna! Tiene un aspecto muy extraño. Parece una mujer que sale de su sepulcro. Parece una mujer muerta. Diríase que está vagando en busca de muertos.

El Joven Sirio.— Tiene un aspecto muy extraño. Parece una princesa que luce un velo amarillo y tiene pies de plata. Parece una joven princesa con pequeñas palomas blancas en lugar de pies. Diríase que está bailando.

El Paje de Herodías.— Es como una mujer muerta. Se mueve muy lentamente. *(Se oye ruido en el salón del banquete.)*

PRIMER SOLDADO.— ¡Qué alboroto! ¿Quiénes son esas fieras salvajes que aúllan así?

SEGUNDO SOLDADO.— Los judíos. Siempre hacen lo mismo. Están discutiendo sobre su religión.

PRIMER SOLDADO.— ¿Por qué discuten sobre su religión?

SEGUNDO SOLDADO.— No lo sé. Siempre están haciéndolo. Por ejemplo, los fariseos afirman que hay ángeles, y los saduceos declaran que los ángeles no existen.

PRIMER SOLDADO.— Me parece ridículo discutir sobre semejantes cosas.

EL JOVEN SIRIO.— ¡Qué bella está la princesa Salomé esta noche!

EL PAJE DE HERODÍAS.— Siempre la estás mirando. La miras demasiado. No se debe mirar así a la gente. Puede suceder algo terrible.

EL JOVEN SIRIO.— Está bellísima esta noche.

PRIMER SOLDADO.— El tetrarca tiene un aspecto sombrío hoy.

SEGUNDO SOLDADO.— Sí, tiene un aspecto sombrío.

PRIMER SOLDADO.— Está mirando algo.

SEGUNDO SOLDADO.— Está mirando a alguien.

PRIMER SOLDADO.— ¿A quién mira?

SEGUNDO SOLDADO.— No lo sé.

EL JOVEN SIRIO.— ¡Qué pálida está la princesa! Nunca la había visto tan pálida. Parece el reflejo de una rosa blanca en un espejo de plata.

EL PAJE DE HERODÍAS.— No debes mirarla. La miras demasiado.

PRIMER SOLDADO.— Herodías ha llenado la copa del tetrarca.

EL CAPADOCIO.— ¿Es la reina Herodías aquella que lleva una mitra negra bordada con perlas y que tiene los cabellos empolvados de azul?

PRIMER SOLDADO.— Sí, esa es Herodías, la esposa del tetrarca.

SEGUNDO SOLDADO.— Al tetrarca le gusta mucho el vino. Tiene vino de tres clases. Uno que es traído de la isla de Samotracia y que es púrpura como el manto del césar.

EL CAPADOCIO.— Nunca he visto al césar.

SEGUNDO SOLDADO.— Otro que proviene de Chipre y que es amarillo como el oro.

EL CAPADOCIO.— Me gusta el oro.

SEGUNDO SOLDADO.— Y el tercero, que es un vino de Sicilia. Ese es rojo como la sangre.

EL NUBIO.— Los dioses de mi país aman la sangre. Dos veces al año les ofrecemos en sacrificio mancebos y doncellas; cincuenta mancebos y cien doncellas. Pero parece que nunca les damos suficientes, pues se muestran siempre crueles con nosotros.

EL CAPADOCIO.— En mi país ya no quedan dioses. Los romanos los expulsaron a todos. Algunos dicen que se han ocultado en las montañas, pero yo no lo creo. Pasé tres noches allí, en las montañas, buscándolos por todas partes. No los encontré. Y por último los llamé por sus nombres y no aparecieron. Pienso que han muerto.

Primer Soldado.— Los judíos adoran a un dios que no se puede ver.

El Capadocio.— No puedo entender tal cosa.

Primer Soldado.— De hecho, sólo creen en todo aquello que no se puede ver.

El Capadocio.— Me parece muy ridículo.

La voz de Jokanaán.— Después de mí vendrá otro más poderoso que yo. No soy digno ni siquiera de desatar la correa de sus sandalias. Cuando él venga, las tierras desiertas se alegrarán. Florecerán como el lirio. Los ojos de los ciegos verán el día, y los oídos de los sordos se abrirán. El recién nacido meterá su mano en el nido de los dragones y conducirá a los leones asiéndolos por sus melenas.

Segundo Soldado.— ¡Hacedlo callar! Siempre está diciendo estupideces.

Primer Soldado.— ¡No, no! Es un hombre santo. Y es muy bondadoso también. Todos los días le doy de comer, y siempre me da las gracias.

El Capadocio.— ¿Quién es?

Primer Soldado.— Un profeta.

El Capadocio.— ¿Cuál es su nombre?

Primer Soldado.— Jokanaán.

El Capadocio.— ¿De dónde viene?

Primer Soldado.— Del desierto, donde se alimentaba con langostas y miel silvestre. Se vestía con una piel de camello, y alrededor de su cintura llevaba una correa de cuero. Tenía un aspecto muy salvaje. Una gran multitud solía seguirlo. Incluso, contaba con discípulos.

El Capadocio.— ¿Y de qué habla?

Primer Soldado.— Nunca lo sabemos. A veces dice cosas espantosas, pero es imposible entender lo que quiere decir.

El Capadocio.— ¿Se lo puede ver?

Primer Soldado.— No. El tetrarca lo ha prohibido.

El Joven Sirio.— ¡La princesa ha ocultado su rostro detrás de su abanico! Sus pequeñas manos blancas se agitan como palomas volando hacia sus palomares. Son como blancas mariposas. Son precisamente como blancas mariposas.

El Paje de Herodías.— ¡Qué te importa! ¿Por qué la miras? No debes mirarla. Puede suceder algo terrible.

El Capadocio.— *(Señalando la cisterna.)* ¡Qué extraña prisión!

Segundo Soldado.— Es una vieja cisterna.

El Capadocio.— ¿Una vieja cisterna? Debe de ser muy malsana.

Segundo Soldado.— ¡Oh, no! Por ejemplo, el hermano mayor del tetrarca, el primer marido de la reina Herodías, estuvo preso allí por doce años. Y no murió. Al cabo de los doce años tuvieron que estrangularlo.

El Capadocio.— ¿Estrangularlo? ¿Y quién se atrevió a hacerlo?

Segundo Soldado.— *(Señalando al Verdugo, un negro corpulento.)* Aquel hombre: Naamán.

El Capadocio.— ¿Y no tuvo miedo?

Segundo Soldado.— ¡Oh, no! El tetrarca le envió el anillo.

El Capadocio.— ¿Qué anillo?

Segundo Soldado.— El anillo de la muerte. Por eso no tuvo miedo.

El Capadocio.— Aun así, es algo espantoso estrangular a un rey.

Primer Soldado.— ¿Por qué? Los reyes tienen un solo cuello, como todos los hombres.

El Capadocio.— Yo creo que es espantoso.

El Joven Sirio.— ¡La princesa se levanta! ¡Está abandonando la mesa! Se ve muy mal. Viene hacia aquí. Sí, viene hacia nosotros. ¡Qué pálida está! Nunca la había visto tan pálida.

El Paje de Herodías.— ¡No la mires! ¡Te ruego que no la mires!

El Joven Sirio.— Es como una paloma que se ha extraviado. Es como un narciso temblando bajo el viento. Parece una flor plateada. *(Entra Salomé.)*

Salomé.— No me quedaré. No puedo quedarme. ¿Por qué el tetrarca me mira todo el tiempo con esos ojos de topo, de inquietos párpados? Es extraño que el marido de mi madre me mire de ese modo. No sé qué querrá decir eso... En realidad, sí lo sé.

El Joven Sirio.— ¿Habéis abandonado el festín, princesa?

Salomé.— ¡Qué fresco está el aire aquí! En este sitio puedo respirar. Allí dentro hay judíos de Jerusalén que se despedazan entre sí discutiendo sobre sus estúpidas ceremonias; y bárbaros que beben y beben, derramando el vino sobre las losas; y griegos de Esmirna, con las mejillas y los ojos pintados, y con los cabellos encrespados formando rizos; y egipcios silenciosos, taciturnos, con largas uñas de jade y mantos color canela; y romanos, brutales y ordinarios, con su grosero lenguaje. ¡Ah, cómo odio a los romanos! Son burdos y vulgares, y se dan aires de nobles señores.

El Joven Sirio.— ¿Queréis sentaros, princesa?

El Paje de Herodías.— ¿Por qué le hablas? ¿Por qué la miras? ¡Oh, va a suceder algo terrible!

Salomé.— ¡Qué bueno ver la luna! Parece una pequeña moneda. Diríase que es como una pequeña flor plateada. La luna es fría y casta. Estoy segura de que es virgen; tiene la belleza de una virgen. Sí, es una virgen. Nunca se ha mancillado. Nunca se ha abandonado a los hombres como las otras diosas.

La voz de Jokanaán.— ¡El Señor ha llegado! ¡El Hijo del Hombre ha llegado! Los centauros se han escondido en los ríos, y las sirenas han abandonado los ríos y se cobijan bajo las ramas de los bosques.

Salomé.— ¿Quién fue el que gritó eso?

Segundo Soldado.— El profeta, princesa.

Salomé.— ¡Ah, el profeta! ¿Es ese a quien teme el tetrarca?

Segundo Soldado.— No sabemos nada de eso, princesa. Fue el profeta Jokanaán el que gritó.

El Joven Sirio.— ¿Queréis que pida que os traigan vuestra litera, princesa? La noche es bella en el jardín.

Salomé.— Dice cosas monstruosas acerca de mi madre, ¿verdad?

Segundo Soldado.— Nunca comprendemos lo que dice, princesa.

Salomé.— Sí, dice cosas monstruosas sobre ella. *(Entra un Esclavo.)*

El Esclavo.— Princesa, el tetrarca os ruega que regreséis al festín.

Salomé.— No quiero volver.

El Joven Sirio.— Perdonadme, princesa, pero si no regresáis puede ocurrir alguna desgracia.

Salomé.— ¿Es un hombre viejo, este profeta?

El Joven Sirio.— Princesa, sería mejor que retornaseis al festín. Permitidme acompañaros.

Salomé.— El profeta... ¿es un hombre viejo?

Primer Soldado.— No, princesa, es bastante joven.

Segundo Soldado.— No puede asegurarse. Hay quienes dicen que es el mismo Elías.

Salomé.— ¿Quién es Elías?

Segundo Soldado.— Un profeta muy antiguo de este país, princesa.

El Esclavo.— ¿Qué respuesta puedo llevar de la princesa al tetrarca?

La voz de Jokanaán.— No te alboroces, tierra de Palestina, por el que la vara del que te azotaba se haya roto. Pues de la estirpe de la serpiente surgirá un basilisco, y todo lo que de ella nazca devorará a las aves.

Salomé.— ¡Qué voz tan extraña! Me gustaría hablar con él.

Primer Soldado.— Me temo que eso será imposible, princesa. El tetrarca no quiere que nadie hable con él. Se lo ha prohibido hasta al sumo sacerdote.

Salomé.— Deseo hablar con él.

Primer Soldado.— Es imposible, princesa.

Salomé.— Pues hablaré con él.

El Joven Sirio.— ¿No sería mejor retornar al festín?

Salomé.— Dejad salir al profeta. *(Sale el Esclavo.)*

Primer Soldado.— No nos atrevemos a obedeceros en eso, princesa.

Salomé.— *(Acercándose a la cisterna y mirando hacia abajo.)* ¡Qué oscuro está allá abajo! ¡Debe ser terrible estar en un pozo tan negro! Es como una tumba... *(Dirigiéndose a los Soldados.)* ¿No me habéis oído? Dejad salir al profeta. Deseo verlo.

Segundo Soldado.— Princesa, os lo ruego, no nos pidáis tal cosa.

Salomé.— ¡Me estáis haciendo esperar!

Primer Soldado.— Princesa, nuestras vidas os pertenecen, pero no podemos realizar lo que nos habéis pedido. Y, además, no es a nosotros a quienes debéis pedir eso.

Salomé.— *(Mirando al Joven Sirio.)* ¡Ah!

El Paje de Herodías.— ¡Oh!, ¿qué va a suceder? Estoy seguro de que ocurrirá alguna desgracia.

SALOMÉ.— *(Acercándose al JOVEN SIRIO.)* Vos haréis esto por mí, ¿no es cierto, Narraboth? Vos haréis esto por mí. Siempre he sido buena para con vos. ¿No es cierto que haréis esto por mí? Sólo quiero ver a este profeta extraño. ¡Los hombres han hablado tanto de él! Muchas veces he oído hasta al tetrarca hablar de él. Creo que el tetrarca le teme. ¿Es que acaso vos, hasta vos, Narraboth, le teméis?

EL JOVEN SIRIO.— No le temo en absoluto, princesa; no hay hombre al que yo tema. Pero el tetrarca ha prohibido terminantemente que se levante la tapa de esa cisterna.

SALOMÉ.— Vos haréis esto por mí, Narraboth, y mañana, cuando pase en mi litera bajo la puerta de los vendedores de ídolos, dejaré caer para vos una pequeña flor, una pequeña flor verde.

EL JOVEN SIRIO.— Princesa... no puedo, no puedo.

SALOMÉ.— *(Sonriendo.)* Vos haréis esto por mí, Narraboth. Bien sabéis que haréis esto por mí. Y mañana, cuando pase en mi litera por el puente de los compradores de ídolos, os miraré a través de las cortinas de muselina; os miraré, Narraboth, y puede que hasta os sonría. Miradme, Narraboth, miradme. ¡Ah!, vos sabéis que haréis lo que os pido. Lo sabéis muy bien... yo sé que lo vais a hacer.

EL JOVEN SIRIO.— *(Haciendo una señal al TERCER SOLDADO.)* Dejad salir al profeta... La princesa Salomé desea verlo.

SALOMÉ.— ¡Ah!

EL PAJE DE HERODÍAS.— ¡Oh, qué extraña se ve la luna! Parece la mano de una mujer muerta que buscase cubrirse con un sudario.

EL JOVEN SIRIO.— Sí, tiene un aspecto extraño. Parece una joven princesa cuyos ojos son ojos de ámbar. Está sonriendo por entre las nubes de muselina como una joven princesa. *(El PROFETA sale de la cisterna. SALOMÉ lo mira y retrocede lentamente.)*

JOKANAÁN.— ¿Dónde está aquel cuya copa de abominaciones se halla rebosante? ¿Dónde está aquel que, vistiendo una túnica argéntea, morirá un día a la vista de todo su pueblo? Decidle que se acerque, para que oiga la voz de uno que ha gritado en los sitios desiertos y en los palacios de los reyes.

SALOMÉ.— ¿De quién está hablando?

EL JOVEN SIRIO.— Nunca se sabe, princesa.

JOKANAÁN.— ¿Dónde está aquella que, habiendo visto las imágenes de unos hombres pintadas en los muros, las imágenes de los caldeos trazadas con colores, se abandonó a la lujuria de sus ojos y envió embajadores a Caldea?

SALOMÉ.— Es de mi madre de quien habla.

EL JOVEN SIRIO.— ¡Oh, no, princesa!

SALOMÉ.— Sí, es de mi madre de quien habla.

JOKANAÁN.— ¿Dónde está aquella que se entregó a los capitanes de Asiria, que lucen tahalíes en sus cinturas y tiaras de diversos colores en sus cabezas? ¿Dónde está aquella que se ha entregado a los jóvenes de Egipto, que se visten con fino lino y púrpura, y cuyos escudos son de oro, cuyos cascos son de plata, cuyos cuerpos son poderosos? Decidle que abandone su lecho de abominaciones, su lecho de incesto, para que oiga las palabras de uno que prepara el camino del Señor y para que pueda arrepentirse de sus iniquidades. Aunque nunca se arrepentirá, sino que permanecerá adherida a sus abominaciones, decidle que venga, pues el azote del Señor está ya en Su mano.

SALOMÉ.— ¡Oh, él es terrible, terrible!

EL JOVEN SIRIO.— No os quedéis aquí, princesa, os lo suplico.

SALOMÉ.— Son por sobre todo sus ojos los que son terribles. Son como negros agujeros dejados por antorchas en un tapiz de Tiro. Son como negras cavernas donde moran dragones. Son como las negras cavernas de Egipto en las cuales los dragones tienen su guarida. Son como negros lagos perturbados por lunas fantásticas... ¿Creéis que volverá a hablar?

EL JOVEN SIRIO.— No os quedéis aquí, princesa. Os lo ruego, no os quedéis aquí.

SALOMÉ.— ¡Qué consumido está! Es como una delgada estatua de marfil. Es como una figura de plata. Estoy segura de que es casto como la luna. Es como un rayo de luna, como una flecha de plata. Su carne debe de ser fría como el marfil. Voy a mirarlo más de cerca.

EL JOVEN SIRIO.— ¡No, no, princesa!

SALOMÉ.— Debo mirarlo más de cerca.

EL JOVEN SIRIO.— ¡Princesa! ¡Princesa!

JOKANAÁN.— ¿Quién es esa mujer que me está mirando? No quiero que me mire. ¿Por qué me mira con sus ojos de oro, bajo sus párpados dorados? No sé quién es. No deseo saber quién es. Decidle que se vaya. No es a ella a quien quiero hablar.

SALOMÉ.— Soy Salomé, hija de Herodías, princesa de Judea.

JOKANAÁN.— ¡Atrás, hija de Babilonia! No te acerques al elegido del Señor. Tu madre ha manchado la tierra con el vino de sus iniquidades, y el clamor de sus pecados ha llegado hasta los oídos de Dios.

SALOMÉ.— Sigue hablando, Jokanaán. Tu voz es vino para mí.

EL JOVEN SIRIO.— ¡Princesa! ¡Princesa! ¡Princesa!

SALOMÉ.— ¡Sigue hablando! Sigue hablando, Jokanaán, y dime todo lo que debo hacer.

JOKANAÁN.— ¡Hija de Sodoma, no te me acerques! Cubre tu rostro con un velo, esparce cenizas sobre tu cabeza, y vete al desierto en busca del Hijo del Hombre.

SALOMÉ.— ¿Quién es él, el Hijo del Hombre? ¿Es acaso tan bello como tú, Jokanaán?

JOKANAÁN.— ¡Atrás, atrás! Oigo en el palacio el batir de las alas del ángel de la muerte.

EL JOVEN SIRIO.— ¡Princesa, os suplico que volváis a entrar!

JOKANAÁN.— Ángel del Señor, ¿qué haces aquí con tu espada? ¿A quién buscas en este palacio de inmundicias? El día de aquel que morirá con un manto argénteo aún no ha llegado.

SALOMÉ.— ¡Jokanaán!

JOKANAÁN.— ¿Quién ha hablado?

SALOMÉ.— ¡Jokanaán, estoy enamorada de tu cuerpo! Tu cuerpo es blanco como las azucenas de esos campos que el segador nunca ha segado. Tu cuerpo es blanco como las nieves que cubren las montañas, como las nieves que cubren las montañas de Judea y que descienden hasta sus valles. Las rosas del jardín de la reina de Arabia no son tan blancas como tu cuerpo. Ni las rosas del jardín de la reina de Arabia, ni los pies de la aurora cuando se deslizan sobre las hojas, ni el pecho de la luna cuando se tiende sobre el pecho del mar. No hay nada en el mundo tan blanco como tu cuerpo... Déjame tocar tu cuerpo.

JOKANAÁN.— ¡Atrás, hija de Babilonia! Por la mujer vino el mal al mundo. No me vuelvas a hablar. No te escucharé. Sólo escucho la palabra de Dios.

SALOMÉ.— Tu cuerpo es horrendo. Es como el cuerpo de un leproso. Es como un muro de yeso por donde las víboras se han arrastrado; es como un muro de yeso en el cual los escorpiones han hecho sus nidos. Es como un sepulcro blanquecino lleno de cosas abominables. Es horrible, tu cuerpo es horrible... Es de tus cabellos de lo que estoy enamorada, Jokanaán. Tus cabellos son como racimos de uvas, como los racimos de negras uvas que cuelgan de las parras de Edom, en el país de los edomitas. Tus cabellos son como los cedros del Líbano, como los grandes cedros del Líbano que dan sombra a los leones y a los malhechores que se esconden durante el día. Las largas noches negras, cuando la luna oculta su rostro, cuando las estrellas sienten temor, no son tan negras como tus cabellos. El silencio que mora en los bosques tampoco lo es. No hay nada en el mundo tan negro como tus cabellos... Déjame tocar tus cabellos.

JOKANAÁN.— ¡Atrás, hija de Sodoma! No me toques. No profanes el templo del Señor.

SALOMÉ.— Tus cabellos son horribles. Están cubiertos de lodo y polvo. Son como una corona de espinas colocada sobre tu frente. Son como una maraña de negras serpientes retorciéndose alrededor de tu cuello. No me gustan tus cabellos... Es tu boca lo que deseo, Jokanaán. Tu boca es como una banda escarlata en una torre de marfil. Es como una granada abierta con un cuchillo de marfil. Las flores de los granados que crecen en los jardines de Tiro, y que son más rojas que las rosas, no son tan rojas como tu boca. Las rojas notas de las trompetas que anuncian la llegada de los reyes, y que amedrentan al enemigo, tampoco lo son. Tu boca es más roja que los pies que pisan la uva en los lagares. Tu boca es más roja que las patas de las palomas que frecuentan los templos y son alimentadas por los sacerdotes. Es más roja que los pasos de aquel que llega de la selva donde ha dado muerte al león y donde ha visto tigres dorados. Tu boca es como una rama de coral que los pescadores han recogido en el crepúsculo del mar, el coral que guardan para los reyes. Es como el bermellón que los moabitas encuentran en las minas de Moab, el bermellón que los reyes les arrebatan. Es como el arco del rey de los persas, que está pintado con bermellón y que tiene puntas de coral. No hay nada en el mundo tan rojo como tu boca... Déjame besar tu boca.

JOKANAÁN.— ¡Nunca, hija de Babilonia, hija de Sodoma! ¡Nunca!

SALOMÉ.— Besaré tu boca, Jokanaán. Besaré tu boca.

EL JOVEN SIRIO.— ¡Princesa, princesa, vos que sois como un jardín de mirra, vos que sois la paloma de entre todas las palomas, no miréis a ese hombre, no lo miréis! ¡No le digáis semejantes cosas! No puedo soportarlas... Princesa, princesa, no digáis semejantes cosas.

SALOMÉ.— Besaré tu boca, Jokanaán.

EL JOVEN SIRIO.— ¡Ah! *(Se da muerte con su espada y cae entre SALOMÉ y JOKANAÁN.)*

EL PAJE DE HERODÍAS.— ¡El joven sirio se ha matado! ¡El joven capitán se ha dado muerte! ¡Se ha matado el que era mi amigo! ¡Yo le regalé una pequeña redoma de perfume y unos aros de plata, y ahora se ha matado! ¡Ah!, ¿no predijo él que ocurriría alguna desgracia? Yo también lo predije, y ha ocurrido. Sí, yo sabía que la luna estaba buscando un muerto, pero no imaginé que era a él a quien buscaba. ¡Ah!, ¿por qué no lo escondí de la luna? Si lo hubiese escondido en una caverna, ella no lo habría visto.

PRIMER SOLDADO.— Princesa, el joven capitán se acaba de matar.

SALOMÉ.— Déjame besar tu boca, Jokanaán.

JOKANAÁN.— ¿No tienes miedo, hija de Herodías? ¿No te dije, acaso, que había oído en el palacio el batir de las alas del ángel de la muerte; y no ha venido él, el ángel de la muerte?

SALOMÉ.— Déjame besar tu boca.

JOKANAÁN.— Hija del adulterio, sólo hay uno que puede salvarte, y es aquel de quien te hablé. Ve a buscarlo. Está en una barca en el mar de Galilea y habla a sus discípulos. Arrodíllate a la orilla del mar y llámalo por su nombre. Cuando vaya hacia ti, pues va hacia todos los que lo invocan, inclínate a sus pies y pídele la remisión de tus pecados.

SALOMÉ.— Déjame besar tu boca.

JOKANAÁN.— ¡Maldita seas! ¡Hija de una madre incestuosa, maldita seas!

SALOMÉ.— Besaré tu boca, Jokanaán.

JOKANAÁN.— No quiero verte. No voy a mirarte. Estás maldita, Salomé, estás maldita. *(Se reintroduce en la cisterna.)*

SALOMÉ.— Besaré tu boca, Jokanaán. Besaré tu boca.

PRIMER SOLDADO.— Debemos llevar el cadáver a otro lugar. Al tetrarca no le gusta ver cuerpos muertos, como no sean los cuerpos de aquellos que él mismo haya matado.

EL PAJE DE HERODÍAS.— Era como mi hermano, y aún más que un hermano. Yo le regalé una pequeña redoma llena de perfume y un anillo de ágata que siempre llevaba puesto. Al anochecer solíamos caminar junto al río, entre los almendros, y él me contaba cosas de su país. Siempre hablaba muy bajo. El tono de su voz era similar al sonido de la flauta de un flautista. También amaba mucho contemplar su propio reflejo en el río. Yo solía reprenderlo por esa costumbre.

SEGUNDO SOLDADO.— Tienes razón: debemos esconder el cadáver. El tetrarca no debe verlo.

PRIMER SOLDADO.— El tetrarca no vendrá aquí. Nunca sale a la terraza. Le teme demasiado al profeta. *(Entran HERODES, HERODÍAS y toda la CORTE.)*

HERODES.— ¿Dónde está Salomé? ¿Dónde está la princesa? ¿Por qué no regresó al banquete como se lo ordené? ¡Ah! ¡Allí está!

HERODÍAS.— No debes mirarla. Siempre la estás mirando.

HERODES.— La luna tiene un aspecto extraño esta noche. ¿No tiene un aspecto extraño? Es como una mujer loca, una mujer loca que está buscando amantes por todas partes. Está desnuda, también. Está completamente desnuda. Las nubes están tratando de cubrir su desnudez, pero ella no lo permitirá. Se muestra desnuda en el cielo. Se tambalea por entre las nubes como una mujer ebria... estoy seguro de que está buscando amantes. ¿No se tambalea como una mujer ebria? Parece una mujer loca, ¿no?

HERODÍAS.— No; la luna se parece a la luna, eso es todo. Entremos... no tienes nada que hacer aquí.

HERODES.— ¡Me quedaré aquí! Manesseh, tended alfombras allí. Encended antorchas y traed las mesas de marfil y las mesas de jaspe. El aire aquí es delicioso. Beberé más vino con mis invitados. Debemos rendir todos los honores a los embajadores del césar.

HERODÍAS.— No es a causa de ellos que te quedas aquí.

HERODES.— Sí, el aire es delicioso. Ven, Herodías, nuestros huéspedes nos esperan. ¡Ah! ¡Me he resbalado! ¡Me he resbalado con sangre! Esto es de mal agüero. Esto es de muy mal agüero. ¿Por qué hay sangre aquí?... Y este cuerpo, ¿qué hace este cuerpo aquí? ¿Creéis que soy como el rey de Egipto, que no da jamás un banquete a sus invitados sin mostrarles un cadáver?[1] ¿Quién es? No quiero mirarlo.

PRIMER SOLDADO.— Es nuestro capitán, señor. Es el joven sirio que ascendisteis a capitán hace sólo tres días.

---

[1] Según Heródoto, los egipcios solían contemplar un sarcófago con un cadáver al terminar sus banquetes para apreciar más los fugaces placeres de la vida (cfr. *Historia*, II, 78).

HERODES.— No di orden de que lo matasen.

SEGUNDO SOLDADO.— Él mismo se ha dado muerte, señor.

HERODES.— ¿Por qué? Lo hice capitán.

SEGUNDO SOLDADO.— No lo sabemos, señor. Pero él mismo se ha dado muerte.

HERODES.— Eso me parece extraño. Creía que sólo eran los filósofos romanos los que se mataban a sí mismos. ¿No es cierto, Tigellinus, que los filósofos de Roma se matan a sí mismos?

TIGELLINUS.— Hay algunos que se matan, señor. Son los estoicos. Los estoicos son gente muy vulgar. Son gente ridícula. Yo los veo como totalmente ridículos.

HERODES.— Yo también. Es ridículo matarse uno mismo.

TIGELLINUS.— Todos en Roma se ríen de ellos. El emperador ha escrito una sátira en su contra. Se la recita por todas partes.

HERODES.— ¡Ah!, ¿ha escrito una sátira en su contra? El césar es maravilloso. Puede hacerlo todo... Es extraño que el joven sirio se haya dado muerte. Me entristece que lo haya hecho. Me entristece mucho, porque era bello. Era muy bello. Tenía ojos muy lánguidos. Recuerdo que advertí que miraba a Salomé muy lánguidamente. A decir verdad, creo que la miraba demasiado.

HERODÍAS.— Hay otros que también la miran demasiado.

HERODES.— Su padre había sido un rey. Yo lo arrojé fuera de su reino; y tú hiciste de su madre, que había sido reina, una esclava, Herodías. Así que él estaba aquí como mi huésped, y por esa razón lo hice capitán. Me entristece que haya muerto. ¡Hey!, ¿por qué habéis dejado el cadáver aquí? No quiero verlo... ¡lleváoslo! *(Se llevan el cuerpo.)* Hace frío aquí. Está soplando un viento. ¿No está soplando un viento?

HERODÍAS.— No, no hay viento.

HERODES.— Te digo que sopla un viento... Y oigo en el aire algo que suena como un batir de alas, como un batir de vastas alas. ¿No lo oís?

HERODÍAS.— Yo no oigo nada.

HERODES.— Ya no se oye. Pero yo lo oí. Era el soplar del viento, indudablemente. Ya ha pasado. ¡Pero no!, lo oigo de nuevo. ¿No lo oís? Es precisamente como un batir de alas.

HERODÍAS.— Te digo que no hay nada. Estás enfermo. Vamos, volvamos adentro.

HERODES.— No estoy enfermo. Es tu hija la que está enferma. Tiene el semblante de una persona enferma. Nunca la había visto tan pálida.

HERODÍAS.— Ya te he dicho que no la mires.

HERODES.— ¡Escanciadme más vino! *(Traen vino.)* Salomé, ven, bebe un poco de vino conmigo. Tengo aquí un vino que es exquisito. El mismo césar me lo ha enviado. Moja tus pequeños labios rojos en él y yo vaciaré luego toda la copa.

SALOMÉ.— No tengo sed, tetrarca.

Herodes.— *(A Herodías.)* ¿Has oído la forma en la que me ha contestado tu hija?

Herodías.— Hace bien. ¿Por qué siempre estás mirándola?

Herodes.— ¡Traedme frutas maduras! *(Traen frutas.)* Salomé, ven, come frutas conmigo. Adoro ver en la fruta la marca de tus pequeños dientes. Muerde un pedacito de esta fruta y yo comeré todo lo que de ella quede.

Salomé.— No tengo hambre, tetrarca.

Herodes.— *(A Herodías.)* ¡Mira de qué manera has educado a tu hija!

Herodías.— Mi hija y yo venimos de estirpe real. En cuanto a ti, tu abuelo era un conductor de camellos. Y también un ladrón.

Herodes.— ¡Mientes!

Herodías.— Bien sabes que digo la verdad.

Herodes.— Salomé, ven y siéntate junto a mí. Te cederé el trono de tu madre.

Salomé.— No estoy cansada, tetrarca.

Herodías.— Ya ves la estima que te tiene.

Herodes.— Traedme... ¿qué es lo que quiero? Lo he olvidado. ¡Ah!, ya me acuerdo.

La voz de Jokanaán.— ¡Ved, el tiempo ha llegado! ¡Lo que predije ha sucedido; me lo dice el Señor! ¡He aquí el día del que he hablado!

Herodías.— Haced callar a ese hombre. No quiero oír su voz. Siempre está vomitando insultos contra mí.

Herodes.— No ha dicho nada contra ti. Además, es un gran profeta.

Herodías.— No creo en los profetas. ¿Cómo puede un hombre predecir lo que va a suceder? Nadie puede saber lo que va a suceder. Por otra parte, siempre me está insultando. Pero creo que le temes... Sí, sé muy bien que le temes.

Herodes.— No le temo. Yo no le temo a nadie.

Herodías.— Te digo que le temes. Si no le temes, ¿por qué no lo entregas a los judíos, que desde hace seis meses están pidiendo por él?

Un Judío.— En efecto, señor, sería mejor que lo dejaseis en nuestras manos.

Herodes.— Basta con ese tema. Ya conocéis mi resolución. No lo dejaré en vuestras manos. Es un hombre santo, un hombre que ha visto a Dios.

El Judío.— Tal cosa no es posible. Ningún hombre ha visto a Dios después del profeta Elías. Él es el último hombre que ha visto a Dios. En estos tiempos Dios ya no se muestra. Él se oculta. Y por eso han caído grandes males sobre la tierra.

Otro Judío.— A decir verdad, no se sabe si Elías vio realmente a Dios. Quizás fue sólo la sombra de Dios lo que vio.

Un Tercer Judío.— Dios nunca se oculta. Se muestra todo el tiempo y en todas las cosas. Dios está en todo lo que es malo, así como está en todo lo que es bueno.

Un Cuarto Judío.— Eso no debe decirse. Es una doctrina muy peligrosa. Es una doctrina que proviene de las escuelas de Alejandría, donde los hombres enseñan la filosofía de los griegos. Y los griegos son paganos. Ni siquiera están circuncidados.

Un Quinto Judío.— Nadie puede decir cómo se manifiesta Dios. Sus caminos son misteriosos. Puede ser que aquello que llamamos el mal sea el bien, y que aquello que llamamos el bien sea el mal. No sabemos nada. Debemos someternos a todo, pues Dios es poderoso. Puede hacer pedazos tanto al fuerte como al débil, pues nadie le importa.

El Primer Judío.— Dices la verdad. Dios es terrible. Destruye al fuerte y al débil del mismo modo en que el hombre aplasta el grano en un mortero. Pero este hombre nunca ha visto a Dios. Ningún hombre ha visto a Dios después del profeta Elías.

Herodías.— Hazlos callar. Me cansan.

Herodes.— Pero yo he oído decir que el mismo Jokanaán es vuestro profeta Elías.

El Judío.— Tal cosa no es posible. Han pasado más de trescientos años desde los tiempos del profeta Elías.

Herodes.— Hay algunos que dicen que este hombre es el profeta Elías.

Un Nazareno.— Estoy seguro de que es el profeta Elías.

El Judío.— No, no es el profeta Elías.

La voz de Jokanaán.— ¡El día ha llegado, el día del Señor! ¡Ya oigo en las montañas los pasos de aquel que será el Salvador del mundo!

Herodes.— ¿Qué quiere decir con eso del Salvador del mundo?

Tigellinus.— Es un título que el césar ha adoptado.

Herodes.— Pero el césar no está viniendo a Judea. Ayer mismo recibí mensajes de Roma. No decían nada al respecto. Y tú, Tigellinus, que estuviste en Roma durante este invierno, no oíste nada tampoco, ¿verdad?

Tigellinus.— No, señor, no oí nada al respecto. Sólo estaba buscándole significado al título. Es uno de los títulos del césar.

Herodes.— Pero el césar no puede venir. Le afecta mucho la gota. Dicen que sus pies se ven como los pies de un elefante. Además, existen razones de Estado. El que deja Roma la pierde. Él no vendrá. Pero en fin, césar es el señor, y vendrá si así lo desea. Sin embargo, no creo que lo haga.

Primer Nazareno.— No fue en referencia al césar que el profeta dijo esas palabras, señor.

Herodes.— ¿No?

Primer Nazareno.— No, señor.

Herodes.— ¿Y en referencia a quién, entonces?

Primer Nazareno.— En referencia al Mesías, que ha llegado.

Un Judío.— El Mesías no ha llegado.

Primer Nazareno.— Ha llegado, y obra milagros por todas partes.

Herodías.— ¡Ja!, ¡milagros! No creo en los milagros. Ya he visto demasiados. *(Al Paje.)* ¡Mi abanico!

Primer Nazareno.— Este hombre realiza verdaderos milagros. Por ejemplo, en unas bodas que se celebraban en un pequeño pueblo de Galilea, en un pueblo de cierta importancia, convirtió el agua en vino. Algunas personas que estaban presentes me lo contaron. También curó a dos leprosos que estaban sentados a las puertas de Cafarnaún con sólo tocarlos.

Segundo Nazareno.— No; eran ciegos los que curó en Cafarnaún.

Primer Nazareno.— No; eran leprosos. Pero también ha curado ciegos, y fue visto en una montaña hablando con ángeles.

Un Saduceo.— Los ángeles no existen.

Un Fariseo.— Sí existen, pero yo no creo que este hombre haya hablado con ellos.

Primer Nazareno.— Fue visto por una gran multitud hablando con ángeles.

El Saduceo.— Con ángeles no.

Herodías.— ¡Cómo me cansan estos hombres! Son ridículos. Son totalmente ridículos. *(Al Paje.)* ¿Y bien?, ¡mi abanico! *(El Paje le alcanza el abanico.)* Tienes la mirada de un soñador; no debes soñar. Es sólo la gente enferma la que sueña. *(Golpea al Paje con el abanico.)*

Segundo Nazareno.— También está el milagro de la hija de Jairus.

Primer Nazareno.— Sí, es cierto. Nadie puede negar eso.

Herodías.— Estos hombres están locos. Han mirado demasiado la luna. Ordénales callar.

Herodes.— ¿Qué milagro es ese, el de la hija de Jairus?

Primer Nazareno.— La hija de Jairus estaba muerta. Él la resucitó de entre los muertos.

Herodes.— ¿Resucita a los muertos?

Primer Nazareno.— Sí, señor. Resucita a los muertos.

Herodes.— No me gusta que haga semejante cosa. Le prohibiré que lo siga haciendo. No permito a nadie resucitar a los muertos. Hay que buscar a ese hombre para decirle que le prohíbo resucitar a los muertos. ¿Dónde se encuentra ahora?

Segundo Nazareno.— Está en todas partes, señor, pero es difícil encontrarlo.

Primer Nazareno.— Se dice que ahora se encuentra en Samaria.

Un Judío.— Es fácil ver que no es el Mesías, si se encuentra en Samaria. No será a los samaritanos a quienes vendrá el Mesías. El Señor maldijo a los samaritanos. Nunca llevan ofrendas al templo.

Segundo Nazareno.— Ya hace varios días que dejó Samaria. Creo que ahora debe de hallarse por los alrededores de Jerusalén.

Primer Nazareno.— No, no está allá. Acabo de llegar justamente de Jerusalén y hace ya dos meses que no saben nada de él.

HERODES.— ¡No importa! Pero encontradlo y decidle de mi parte que le prohíbo resucitar a los muertos. Convertir el agua en vino, curar a los leprosos y a los ciegos... puede hacer esas cosas si lo desea. No tengo nada contra ello. A decir verdad, creo que es algo bueno curar a un leproso. Pero no permitiré a nadie resucitar a los muertos. Sería terrible que los muertos regresasen.

LA VOZ DE JOKANAÁN.— ¡Ah, la lasciva, la ramera! ¡Ah, la hija de Babilonia, con sus ojos de oro y sus párpados dorados! Así dijo el Señor: «¡Que caiga sobre ella una multitud de hombres! ¡Que el pueblo tome piedras y la lapide!...

HERODÍAS.— ¡Ordénale callar!

LA VOZ DE JOKANAÁN.— »... ¡Que los capitanes de guerra la atraviesen con sus espadas! ¡Que la aplasten bajo sus escudos!...

HERODÍAS.— ¡Es infame!

LA VOZ DE JOKANAÁN.— »... Así haré desaparecer todas las perversiones de la tierra, y así aprenderán todas las mujeres a no imitar sus abominaciones».

HERODÍAS.— ¿No oyes lo que dice contra mí? ¿Le permites insultar a tu esposa?

HERODES.— No ha pronunciado tu nombre.

HERODÍAS.— ¿Y eso qué importa? Sabes muy bien que es a mí a quien trata de insultar. Y soy tu esposa, ¿no?

HERODES.— Ciertamente, querida y noble Herodías, eres mi esposa; y antes has sido la esposa de mi hermano.

HERODÍAS.— Fuiste tú quien me arrancó de sus brazos.

HERODES.— Ciertamente, yo era más fuerte que él... Pero no hablemos de eso. No deseo hablar de eso. Es la causa de las terribles palabras que el profeta ha pronunciado. Posiblemente suceda por ello alguna desgracia. No hablemos más de eso. Noble Herodías, nos estamos olvidando de nuestros invitados. Llena mi copa, mi bienamada. Llena con vino las grandes copas de plata y las grandes copas de cristal. Beberé a la salud del césar. Hay romanos aquí; debemos beber a la salud del césar.

TODOS.— ¡César! ¡César!

HERODES.— ¿Notas lo pálida que está tu hija?

HERODÍAS.— ¿Y qué te importa a ti si está pálida o no?

HERODES.— Nunca la había visto tan pálida.

HERODÍAS.— No debes mirarla.

LA VOZ DE JOKANAÁN.— Ese día el sol se pondrá negro como un saco de terciopelo, y la luna se pondrá roja como la sangre, y las estrellas del cielo caerán sobre la tierra como higos maduros, y los reyes de la tierra tendrán miedo.

HERODÍAS.— ¡Ah, ah! Me gustaría ver ese día del que habla, en el que la luna se pondrá roja como la sangre y las estrellas caerán sobre la tierra como higos maduros. Este profeta habla como un hombre ebrio... pero no soporto el sonido de su voz. Odio su voz. Ordénale callar.

HERODES.— No lo haré. No puedo entender qué es lo que quiere decir, pero podría ser un presagio.

HERODÍAS.— No creo en los presagios. Habla como un hombre ebrio.

HERODES.— Puede ser que se haya embriagado con el vino de Dios.

HERODÍAS.— ¿Qué clase de vino es ese, el vino de Dios? ¿En qué viñedos se cosecha? ¿En qué lagares se lo puede encontrar?

HERODES.— *(Sin apartar de ahora en adelante los ojos de SALOMÉ.)* Tigellinus, cuando estuviste en Roma esta última vez, ¿te habló el emperador respecto de...?

TIGELLINUS.— ¿Respecto de qué, señor?

HERODES.— ¿Respecto de qué? ¡Ah! Te pregunté algo, ¿no? He olvidado qué era lo que quería preguntarte.

HERODÍAS.— Ya estás otra vez mirando a mi hija. No debes mirarla. Ya te lo he dicho.

HERODES.— No sabes decir otra cosa.

HERODÍAS.— Y te lo seguiré diciendo.

HERODES.— Y sobre esa restauración del templo de la que tanto se ha hablado, ¿llegará a hacerse algo? Dicen que el velo del santuario ha desaparecido, ¿no es así?

HERODÍAS.— ¡Tú mismo fuiste quien lo robó! Estás diciendo cosas al azar. No me quedaré aquí. Entremos.

HERODES.— Baila para mí, Salomé.

HERODÍAS.— No permitiré que baile.

SALOMÉ.— No tengo ganas de bailar, tetrarca.

HERODES.— Salomé, hija de Herodías, baila para mí.

HERODÍAS.— Déjala en paz.

HERODES.— Te ordeno que bailes, Salomé.

SALOMÉ.— No bailaré, tetrarca.

HERODÍAS.— *(Riendo.)* Ya ves cómo te obedece.

HERODES.— ¿Qué me importa si baila o no? Tal cosa no significa nada para mí. Esta noche me siento feliz, me siento inmensamente feliz. Nunca me había sentido tan feliz.

PRIMER SOLDADO.— El tetrarca tiene un aspecto sombrío. ¿No tiene un aspecto sombrío?

SEGUNDO SOLDADO.— Sí, tiene un aspecto sombrío.

HERODES.— ¿Por qué no habría de sentirme feliz? El césar, que es el señor del mundo, el señor de todas las cosas, me aprecia mucho. Acaba de enviarme obsequios verdaderamente preciosos. También me ha prometido convocar a Roma al rey de Capadocia, que es mi enemigo. Es posible que en Roma lo crucifique, pues él puede hacer lo que quiera. En verdad, el césar es el señor. Así pues, ya veis que tengo motivos para sentirme feliz. Ciertamente, me siento muy feliz. Nunca me había sentido tan feliz. No hay nada en el mundo que pueda ensombrecer mi felicidad.

La voz de Jokanaán.— Él se sentará en este trono. Estará vestido en escarlata y púrpura. Tendrá en su mano una copa dorada rebosante de sus blasfemias. Y el ángel del Señor lo castigará. Y será devorado por los gusanos.

Herodías.— Ya oyes lo que dice de ti. Dice que serás devorado por los gusanos.

Herodes.— No es de mí de quien habla. Nunca dice nada contra mí. Es del rey de Capadocia de quien habla; del rey de Capadocia, que es mi enemigo. Es él quien será devorado por los gusanos, no yo. Nunca ha dicho nada contra mí, este profeta, salvo en que he pecado al tomar como esposa a la esposa de mi hermano. Puede que tenga razón. Pues, ciertamente, eres estéril.

Herodías.— ¿Yo soy estéril? ¿Yo? ¿Y lo dices tú, tú que estás siempre mirando a mi hija, tú que le pides que baile para tu deleite? Es absurdo. Yo he tenido una hija. Tú no has engendrado un solo hijo, no, ni siquiera con alguna de tus esclavas. Tú eres el estéril, no yo.

Herodes.— ¡Cálmate, mujer! Te digo que eres estéril. No me has dado un solo hijo, y el profeta dice que nuestro matrimonio no es un verdadero matrimonio. Dice que es un matrimonio incestuoso, un matrimonio que acarreará desgracias... y temo que tenga razón. Estoy seguro de que tiene razón. Pero no es este el momento para hablar de tales cosas. Ahora sólo quiero ser feliz. En verdad, soy feliz. No me falta nada.

Herodías.— Me alegra que estés de tan buen humor esta noche. No es tu costumbre. Pero ya es tarde. Entremos. No olvides que al amanecer saldremos de cacería. Debemos rendir todos los honores a los embajadores del césar, ¿no es así?

Segundo Soldado.— ¡Qué aspecto tan sombrío tiene el tetrarca!

Primer Soldado.— Sí, tiene un aspecto sombrío.

Herodes.— Salomé, Salomé, baila para mí. Te ruego que bailes para mí. Esta noche me siento triste, me siento profundamente triste. Cuando llegué aquí, me resbalé con sangre, lo que es de mal agüero; y luego oí, estoy seguro de ello, un batir de alas en el aire, un batir de vastas alas. No sé qué podrá significar... pero me siento triste esta noche. Baila para mí. Baila para mí, Salomé, te lo suplico. Si bailas para mí, podrás pedirme lo que quieras y te lo daré. Baila para mí, Salomé, y te daré lo que quieras, aun si es la mitad de mi reino.

Salomé.— *(Levantándose.)* ¿En serio me darás cualquier cosa que te pida, tetrarca?

Herodías.— No bailes, hija mía.

Herodes.— Todo, hasta la mitad de mi reino.

Salomé.— ¿Lo juras, tetrarca?

Herodes.— Lo juro, Salomé.
Herodías.— No bailes, hija mía.
Salomé.— ¿Por qué cosa lo juras, tetrarca?
Herodes.— Por mi vida, por mi corona, por mis dioses. Cualquier cosa que me pidas te la daré, hasta la mitad de mi reino, si tan sólo bailas para mí. ¡Oh, Salomé, Salomé, baila para mí!
Salomé.— Has jurado, tetrarca.
Herodes.— He jurado, Salomé.
Salomé.— ¿Todo lo que te pida, hasta la mitad de tu reino?
Herodías.— Hija mía, no bailes.
Herodes.— Hasta la mitad de mi reino. Serías más que hermosa como reina, Salomé, si es que se te ocurre pedirme la mitad de mi reino. ¿No es cierto que sería hermosa como reina?... ¡Ah! ¡Hace frío aquí! Sopla un viento helado, y oigo... ¿por qué oigo ese batir de alas en el aire? Parece como si un ave, una enorme ave negra, se cerniese sobre la terraza. ¿Por qué no puedo verla? El batir de sus alas es terrible. El viento que sus alas levantan es terrible. Es un viento frío. Pero no, no hace frío; hace calor. Me ahogo. Echad agua en mis manos. Dadme a comer nieve. Quitadme el manto. ¡Rápido, rápido! ¡Quitadme el manto! No, mejor dejadlo. Es mi corona la que me lastima, mi corona de rosas. Estas flores parecen ser de fuego. Han quemado mi frente. *(Se arranca la guirnalda de la cabeza y la arroja sobre la mesa.)* ¡Ah! Ahora sí puedo respirar. ¡Qué rojos son esos pétalos! Son como manchas de sangre sobre el mantel. Pero no importa. No se deben buscar símbolos en todo lo que se ve. La vida se volvería imposible. Es mejor decir que las manchas de sangre son tan hermosas como pétalos de rosa. O es mejor aún decir que... Pero no hablemos de esto. Ahora me siento feliz, me siento profundamente feliz. ¿No es verdad que tengo motivos para sentirme feliz? Tu hija va a bailar para mí. ¿No es cierto que bailarás para mí, Salomé? Prometiste que bailarías para mí.
Herodías.— No permitiré que baile.
Salomé.— Bailaré para ti, tetrarca.
Herodes.— Ya oyes lo que tu hija dice. Va a bailar para mí. Haces bien en bailar para mí, Salomé. Y, cuando hayas bailado para mí, no olvides pedirme cualquier cosa que desees. Lo que sea que desees yo te lo daré, hasta la mitad de mi reino. Lo he jurado, ¿verdad?
Salomé.— Lo has jurado, tetrarca.
Herodes.— Y nunca he faltado a mi palabra. No soy de esos que rompen sus juramentos. Nunca supe mentir. Soy esclavo de mi palabra, y mi palabra es la palabra de un rey. El rey de Capadocia siempre miente, pero él no es un verdadero rey. Es un cobarde. Además me debe una suma de dinero que nunca me pagará. Ha llegado, incluso, a insultar a mis embajadores. Ha dicho palabras ofensivas. Pero el césar lo crucificará en cuanto llegue a Roma. Estoy seguro de que

el césar lo crucificará. Y, si no es así, de todos modos pronto morirá, devorado por los gusanos. El profeta lo ha vaticinado. ¡Bueno! ¿Por qué te demoras, Salomé?

SALOMÉ.— Espero a que mis esclavas me traigan mis perfumes y los siete velos y a que me quiten las sandalias. *(Llegan las ESCLAVAS con perfumes y los siete velos y quitan a SALOMÉ sus sandalias.)*

HERODES.— ¡Ah, vas a bailar con los pies descalzos! Está muy bien, está muy bien. Tus pequeños pies serán como blancas palomas. Serán como blancas flores meciéndose sobre las ramas de los árboles... ¡Pero no, no! ¡Va a bailar sobre sangre! ¡Hay sangre derramada en el suelo! No debe bailar sobre sangre. Sería de muy mal agüero.

HERODÍAS.— ¿Y qué significa para ti que baile sobre sangre? Tú mismo la has pisado incontables veces...

HERODES.— ¿Qué significa para mí? ¡Ah, ved la luna! ¡Se ha puesto roja! ¡Se ha puesto roja como la sangre! ¡El profeta lo había predicho! Él predijo que la luna se pondría roja como la sangre. ¿No es cierto que lo predijo? Todos vosotros lo habéis oído. Y ahora la luna se ha puesto roja como la sangre. ¿No lo veis?

HERODÍAS.— Oh, sí, ya lo veo; y las estrellas están cayendo como higos maduros, ¿no es así? Y el sol se ha puesto negro como un saco de terciopelo, y los reyes de la tierra tienen miedo. Por lo menos esto último podemos verlo. El profeta, por una vez en su vida, ha tenido razón: los reyes de la tierra tienen miedo... Entremos. Estás enfermo. En Roma van a decir que estás loco. Entremos, te digo.

LA VOZ DE JOKANAÁN.— ¿Quién es aquel que viene de Edom, aquel que viene de Bosra, cuyas vestiduras están teñidas de púrpura, que brilla en la belleza de sus atavíos, que camina poderoso en su grandeza? ¿Por qué sus vestiduras están manchadas de escarlata?

HERODÍAS.— Entremos. La voz de ese hombre me está volviendo loca. No permitiré que mi hija baile mientras él está así gritando sin cesar. No permitiré que baile mientras tú la estás mirando de esa manera. En una palabra, no permitiré que baile.

HERODES.— No te levantes, oh, esposa, reina mía, pues no te valdrá de nada. No entraré en tanto ella no haya bailado. Baila, Salomé, baila para mí.

HERODÍAS.— No bailes, hija mía.

SALOMÉ.— Estoy lista, tetrarca. *(SALOMÉ baila la danza de los siete velos.)*

HERODES.— ¡Ah, maravilloso, maravilloso! Ya ves que ha bailado para mí, tu hija. Acércate, Salomé, acércate para que pueda darte tu recompensa. ¡Ah, yo pago bien a mis bailarinas! A ti te pagaré magníficamente. Te daré cualquier cosa que me pidas. ¿Qué es lo que quieres, Salomé? Habla.

SALOMÉ.— *(Arrodillándose.)* Quiero que me traigan de inmediato, en una bandeja de plata...

Herodes.— *(Riendo.)* ¿En una bandeja de plata? Claro, sí, en una bandeja de plata. Es encantadora, ¿verdad? ¿Qué es lo que quieres en una bandeja de plata, oh, dulce y hermosa Salomé, tú que eres la más hermosa de entre todas las hijas de Judea? ¿Qué quieres que te sea traído en una bandeja de plata? Dímelo. Lo que quiera que sea, te será traído. Mis tesoros te pertenecen. ¿Qué cosa es, Salomé?

Salomé.— *(Poniéndose de pie.)* La cabeza de Jokanaán.

Herodías.— ¡Ah, bien, bien dicho, hija mía!

Herodes.— ¡No, no!

Herodías.— ¡Muy bien dicho, hija mía!

Herodes.— ¡No, no, Salomé! ¡No me pidas eso! ¡No escuches la voz de tu madre! Siempre te está dando malos consejos. No le prestes oído.

Salomé.— No le he prestado oído a ella. Es para mi propio placer que pido la cabeza de Jokanaán en una bandeja de plata. Has jurado, Herodes. No olvides que has jurado.

Herodes.— Lo sé. He jurado por mis dioses. Lo sé muy bien. Pero te ruego, Salomé, que me pidas cualquier otra cosa. Pídeme la mitad de mi reino y te la daré. ¡Pero no me pidas lo que me has pedido!

Salomé.— Te pido la cabeza de Jokanaán.

Herodes.— ¡No, no, no quiero!

Salomé.— Has jurado, Herodes.

Herodías.— Sí, has jurado. Todos te oyeron jurar. Hiciste tu juramento delante de todos.

Herodes.— ¡Cállate! ¡No es contigo con quien hablo!

Herodías.— Mi hija ha hecho bien en pedirte la cabeza de Jokanaán. Él me ha cubierto de insultos. Ha dicho cosas monstruosas en contra de mí. Puede verse que ella ama mucho a su madre. No cedas, hija mía. Él ha jurado, él ha jurado.

Herodes.— ¡Calla, no me hables!... Ven, Salomé, ven, tenemos que ser razonables, ¿no es cierto? ¿No es cierto que tenemos que ser razonables? Nunca me he mostrado severo contigo. Siempre te he amado... Puede que te haya amado demasiado. Por eso, no me pidas semejante cosa. Es algo terrible, algo espantoso de pedir... Vamos, de seguro estás bromeando. La cabeza de un hombre separada de su cuerpo es algo feo de ver, ¿o no? No es conveniente que los ojos de una virgen vean semejante cosa. ¿Qué placer podrías encontrar en ello? Ninguno. No, no, no es eso lo que deseas. Escúchame. Tengo una esmeralda, una gran esmeralda redonda, que el favorito del césar me ha enviado. Si miras a través de esta esmeralda puedes ver cosas que están sucediendo a una enorme distancia. El mismo césar lleva una esmeralda igual cuando va al circo. Pero mi esmeralda es más grande que la suya. Sé muy bien que es mucho más grande. Es la esmeralda más grande del mundo entero. A ti te gustaría, ¿no es cierto? Pídemela y te la daré.

Salomé.— Exijo la cabeza de Jokanaán.

Herodes.— No, no estás escuchando. No estás escuchando. Déjame hablar, Salomé.

Salomé.— La cabeza de Jokanaán.

Herodes.— No, no, no es eso lo que deseas. Lo dices para atormentarme porque te he estado mirando toda la noche. Es cierto, te he estado mirando toda la noche. Tu belleza me trastornaba. Tu belleza me ha trastornado cruelmente, y te he mirado demasiado. Pero ya no te miraré más. Uno no debe mirar demasiado ni a las cosas ni a las personas. Sólo a los espejos hay que mirar, pues los espejos sólo muestran nuestras máscaras. ¡Oh, oh, traedme vino! ¡Me muero de sed!... Salomé, Salomé, seamos amigos. Ven. ¡Ah!, ¿qué iba a decir? ¿Qué era? ¡Ah! Ya me acuerdo... Salomé; no, pero acércate más, temo que no me escuches. Salomé, tú conoces mis pavos reales blancos, mis hermosos pavos reales blancos, que se pasean por el jardín, entre los mirtos y los altos cipreses. Sus picos están dorados con oro puro, y los granos que comen están dorados con oro puro también, y sus patas están pintadas con púrpura. Cuando ellos gritan, la lluvia cae; y la luna aparece en los cielos en cuanto despliegan sus colas. Se pasean siempre de a dos entre los cipreses y los negros mirtos, y cada uno tiene un esclavo que lo atiende. A veces vuelan entre los árboles, y luego se echan en el pasto o a orillas del lago. No hay en todo el mundo aves tan bellas como estas. No hay rey en el mundo que posea aves tan maravillosas como estas. Estoy seguro de que ni el césar tiene aves tan magníficas como las mías. Te daré cincuenta de mis pavos reales. Te seguirán a donde quiera que vayas, y en medio de ellos serás como la luna en medio de una gran nube blanca... Te los daré todos. Sólo tengo cien, y en todo el mundo no hay rey que tenga pavos reales semejantes a los míos. Pero te los daré todos. Tan sólo debes librarme de mi juramento y no debes pedirme lo que me has pedido. *(Vacía la copa de vino.)*

Salomé.— Dame la cabeza de Jokanaán.

Herodías.— ¡Bien dicho, hija mía! Y en cuanto a ti, lo de tus pavos reales es ridículo.

Herodes.— ¡Cállate! Siempre estás gritando; gritas como una fiera salvaje. No lo sigas haciendo. Tu voz me molesta. Cállate, te digo... Salomé, piensa en lo que estás haciendo. Es posible que este hombre sea un enviado de Dios. Yo estoy seguro de que es un enviado de Dios. Es un hombre santo. El dedo de Dios lo ha tocado. Dios ha puesto en su boca palabras terribles. Tanto en los palacios como en los sitios desiertos Dios está siempre con él... Al menos, es posible. No se sabe. Es posible que Dios esté con él y junto a él. Además, si él muriese podría sucederme alguna desgracia. En todo caso, él ha dicho que el día en que muera le sucederá una desgracia a alguien. Y eso sólo puede referirse a mí. Recuerda que me resbalé con sangre cuando llegué aquí.

Y que también oí un batir de alas en el aire, un batir de vastas alas. Esos son muy malos augurios, y de seguro también hubo otros. Estoy seguro de que también hubo otros, aunque no los vi. Bien, Salomé, tú no deseas que me suceda una desgracia. Tú no deseas eso, ¿verdad? Entonces, escúchame.

Salomé.— Dame la cabeza de Jokanaán.

Herodes.— ¡Ah, ay, no me estás escuchando! Tranquilízate un poco. Yo... yo estoy tranquilo. Estoy muy tranquilo. Escucha. Tengo joyas ocultas en este palacio, joyas que incluso tu madre jamás ha visto; joyas que son maravillosas. Tengo un collar de perlas, de cuatro hileras de perlas. Son como lunas encadenadas con rayos de plata. Son como cincuenta lunas atrapadas en una red de oro. Una reina lo lució sobre el marfil de sus pechos. Te verás tan hermosa como una reina cuando lo luzcas tú. Tengo amatistas de dos tipos, unas que son negras como vino y otras que son rojas como vino mezclado con agua. Tengo topacios tan amarillos como los ojos de los tigres, topacios que son rosados como los ojos de las palomas, y topacios verdes que parecen ojos de gato. Tengo ópalos que arden siempre con una llama como de hielo, ópalos que entristecen las mentes de los hombres y que sienten miedo de las sombras. Tengo ónices que parecen las pupilas de una mujer muerta. Tengo piedras lunares que cambian cuando la luna cambia y que palidecen al ver el sol. Tengo zafiros que son grandes como huevos y azules como flores azules. El mar se mueve en su interior y la luna nunca perturba el azul de sus olas. Tengo crisolitas y berilos, crisopacios y rubíes. Tengo sardónices, piedras de jacinto y calcedonias. Y te daré todo esto a ti, todo, y añadiré aún más cosas. El rey de las Indias me acaba de enviar cuatro abanicos hechos con plumas de papagayo; y el rey de Numidia, una túnica hecha con plumas de avestruz. Tengo un cristal en cuyo interior no está permitido que las mujeres vean, y que los jóvenes no pueden contemplar sino hasta que fueron golpeados con varas. En un cofrecillo de nácar guardo tres turquesas maravillosas. Quien las lleva sobre su frente puede imaginar cosas que no existen, y quien las lleva en su mano puede hacer estériles a las mujeres. Estos son grandes tesoros que están por encima de todo precio. Son tesoros sin precio. Pero esto no es todo. En un cofre de ébano tengo dos copas de ámbar que son como dos manzanas de oro. Si un enemigo vierte veneno en estas copas, se ponen como manzanas de plata. En un cofre con incrustaciones de ámbar tengo unas sandalias con incrustaciones de cristal. Tengo mantos traídos del país de Sérica, y brazaletes adornados todo alrededor con carbúnculos y con jade, procedentes de la ciudad del Éufrates... ¿Qué deseas más que esto, Salomé? Dime qué deseas y te lo daré. Todo lo que me pidas te lo daré, excepto una cosa. Te daré todo lo mío, salvo una vida. Te daré el manto del sumo sacerdote. Te daré el velo del santuario.

Los Judíos.— ¡Oh, oh!

Salomé.— Dame la cabeza de Jokanaán.

Herodes.— *(Dejándose caer en su sitial.)* ¡Ay, que se le dé lo que pide! Ciertamente, es digna hija de su madre. *(El Primer Soldado se aproxima. Herodías quita de la mano del Tetrarca el anillo de la muerte y se lo da al Soldado, que de inmediato se lo lleva al Verdugo. El Verdugo lo recibe, asustado.)* ¿Quién me ha quitado el anillo? Tenía un anillo en mi mano derecha. ¿Quién ha bebido mi vino? Había vino en mi copa. Estaba llena de vino. Alguien se lo ha bebido. ¡Oh, estoy seguro de que alguna desgracia caerá sobre alguien! *(El Verdugo se introduce en la cisterna.)* ¡Ay!, ¿por qué di mi palabra? Los reyes nunca deberían dar su palabra. Si no la cumplen es terrible, y si la cumplen es terrible también.

Herodías.— Mi hija ha hecho bien.

Herodes.— Estoy seguro de que sucederá alguna desgracia.

Salomé.— *(Inclinándose sobre la cisterna y escuchando.)* No se oye nada. No, no oigo nada. ¿Por qué no grita, este hombre? ¡Ah!, si alguien tratara de matarme yo gritaría, lucharía, no querría sufrir... ¡Golpea, golpea, Naamán, golpea, te digo!... No, no oigo nada. Sólo hay silencio, un terrible silencio. ¡Ah, algo ha caído al suelo! Oí caer algo. Es la espada del verdugo. Tiene miedo, este esclavo. Ha dejado caer su espada. No se atreve a matarlo. ¡Este esclavo es un cobarde! Que vengan soldados. *(Ve al Paje de Herodías y se dirige a él.)* Acércate; tú eras amigo de aquel que murió, ¿no es así? Bien, te diré que aún no ha habido suficientes muertos. Diles a los soldados que bajen allí y que me traigan lo que he pedido, lo que el tetrarca me prometió, ¡lo que me pertenece!... *(El Paje retrocede. Salomé se vuelve hacia los Soldados.)* Venid, vosotros, soldados. Bajad a esta cisterna y traedme la cabeza de ese hombre. *(Los Soldados retroceden.)* ¡Tetrarca, tetrarca, ordena a tus soldados que me traigan la cabeza de Jokanaán! *(Un enorme brazo negro, el brazo del Verdugo, surge de la cisterna, presentando sobre un escudo de plata la cabeza de Jokanaán. Salomé se apodera de ella. Herodes oculta su rostro detrás de su manto. Herodías sonríe y se abanica. Los Nazarenos caen de rodillas y comienzan a orar.)* ¡Ah! No quisiste dejarme besar tu boca, Jokanaán. Bien, pues ahora la besaré. La morderé con mis dientes así como se muerde una fruta madura. Sí, besaré tu boca, Jokanaán. Te lo dije. ¿No te lo dije, acaso? Te lo dije. ¡Ah!, ahora la besaré... Pero ¿por qué no me miras, Jokanaán? Tus ojos, que eran tan terribles, tan llenos de rabia y desprecio, están cerrados ahora. ¿Por qué están cerrados? ¡Abre tus ojos! ¡Levanta tus párpados, Jokanaán! ¿Por qué no quieres mirarme? ¿Es porque me temes, Jokanaán, que no te atreves a mirarme? Y tu lengua, que era como una roja serpiente que escupía veneno, ya no se mueve, no dice nada ahora, Jokanaán, esa víbora escarlata que escupió su veneno sobre mí. Es extraño, ¿no? ¿Por qué no se agita más esa víbora roja? No quisiste nada de mí, Jokanaán. Me rechazaste. Dijiste cosas horribles de mí. Me trataste como a una ramera, como a una cortesana, ¡a mí, Salomé, hija de Herodías, princesa de Judea! Pues bien, Jokanaán, yo sigo viva, pero tú, tú estás muerto, y tu cabeza me pertenece. Puedo hacer con ella lo que quiera. Puedo arrojarla a los perros y a las aves. Lo que los perros dejen, las aves lo devorarán... ¡Ah, Jokanaán, Jokanaán, tú fuiste el único hombre a quien amé! Todos los otros hombres me dan asco. Pero tú, tú eras hermoso. Tu cuerpo era una columna de marfil sobre un pedestal de plata. Era un jardín lleno de palomas y de azucenas plateadas. Era una torre de plata rodeada de escudos de marfil. No había nada en el mundo tan blanco como tu cuerpo. No había nada en el mundo tan negro como tus cabellos. No había nada en el mundo tan rojo como tu boca. Tu voz era un incensario que dejaba escapar extrañas fragancias, y, cuando te miraba, llegaba a mis oídos una música extraña. ¡Ah!, ¿por qué no me miraste, Jokanaán? Escondiste tu rostro detrás de tus manos y de tus insultos. Pusiste sobre tus ojos la venda de aquel que sólo ansía ver a su Dios. Pues bien, has visto a tu Dios, Jokanaán, pero a mí... a mí nunca me viste. Si me hubieses visto me habrías amado. Yo... yo te vi, Jokanaán, y te amé. ¡Ah, cómo te amé! Y aún te amo, Jokanaán, a ti, sólo a ti... Estoy sedienta de tu belleza, estoy hambrienta de tu cuerpo... y ni el vino ni las frutas pueden apaciguar mis deseos. ¿Qué haré ahora, Jokanaán? Ni los ríos ni los océanos pueden apagar mi pasión. Yo era una princesa y tú me despreciaste. Yo era una virgen y tú me arrebataste mi virginidad. Yo era casta y tú llenaste mis venas de fuego... ¡Ah!, ¿por qué no me miraste, Jokanaán? Si me hubieses mirado me habrías amado. Bien sé que me habrías amado; y el misterio del amor es más grande que el misterio de la muerte. Sólo el amor debería ser tenido en cuenta.

HERODES.— Tu hija es monstruosa, tu hija es del todo monstruosa. Realmente, lo que ha hecho es un gran crimen. Estoy seguro de que ha cometido un crimen contra un Dios desconocido.

HERODÍAS.— Yo apruebo lo que mi hija ha hecho, y ahora me quedaré aquí.

HERODES.— *(Levantándose.)* ¡Ah, ya está hablando la mujer incestuosa! ¡Ven! No me quedaré aquí. ¡Ven, te digo! Estoy seguro de que algo terrible sucederá. ¡Manasseh, Issachar, Ozías, apagad las antorchas! No miraré estas cosas y no dejaré que estas cosas me miren a mí. ¡Apagad las antorchas! ¡Ocultad la luna! ¡Ocultad las estrellas! Ocultémonos en nuestro palacio, Herodías. Comienzo a sentir miedo. *(Los* ESCLAVOS *apagan las antorchas. Las estrellas desaparecen. Una vasta nube negra cruza por delante de la luna y la cubre por completo. La escena queda muy oscura. El* TETRARCA *llega a la escalera.)*

La voz de Salomé.— ¡Ah, he besado tu boca, Jokanaán! ¡He besado tu boca! Había un sabor amargo en tus labios. ¿Sería el sabor de la sangre? Aunque quizás fuera el sabor del amor... Dicen que el amor tiene un sabor amargo... pero ¿qué importa? ¿Qué importa? He besado tu boca, Jokanaán. *(Un rayo de luna cae sobre Salomé, iluminándola.)*

Herodes.— *(Volviéndose y viendo a Salomé.)* ¡Matad a esa mujer! *(Los Soldados se precipitan y aplastan bajo sus escudos a Salomé, hija de Herodías, princesa de Judea.)*[2]

[2] Cfr. Lucas, 6, vers. 17 y ss.: «Pues el mismo Herodes había ordenado apresar a Juan y lo había encadenado en la cárcel a causa de la mujer de su hermano Filipo, Herodías, a quien había tomado por esposa. Porque Juan le decía: "No te es lícito tener a la mujer de tu hermano". Herodías lo odiaba y quería matarlo, pero no podía porque Herodes temía a Juan, sabiendo que era un hombre justo y sabio, y velaba por su seguridad. Además, lo escuchaba con gusto, aunque quedaba muy perplejo al oírlo. Mas sucedió que Herodes, en su cumpleaños, ofreció un banquete a sus nobles, sus tribunos y la gente principal de Galilea. Y entonces entró la hija de Herodías y danzó, para gran gusto de Herodes y sus invitados. Y el rey dijo a la doncella: "Pídeme lo que quieras y te lo daré". Y se lo juró diciendo: "Lo que me pidas te lo daré, hasta la mitad de mi reino". Y ella salió y consultó qué pedir a su madre, quien le respondió: "La cabeza de Juan el Bautista". Entonces regresó de inmediato junto al rey y le dijo: "Quiero que me des la cabeza de Juan el Bautista en una bandeja de plata". Y el rey se apenó mucho; mas, a causa de haber jurado delante de sus invitados, no se atrevió a desairarla, por lo que ordenó a un verdugo que le trajese la cabeza de Juan. Y el verdugo entró a la cárcel, le cortó la cabeza, se la presentó en una bandeja a la doncella, y esta se la entregó a su madre».

ÍNDICE

www.ingramcontent.com/pod-product-compliance
Lightning Source LLC
LaVergne TN
LVHW050544160826
845677LV00011B/2171

9789872666873